WORLD TEACHER
異世界式教育エージェント
ネコ光一 Illustration：Nardack
12
JN102992

この花は
色んな使い道があるのよ
有翼人の少女との旅路——

本当？
どんな使い道なの？
カレン Karen

CONTENTS

ワールド・ティーチャー

異世界式教育エージェント 12

ネコ光一

イラスト／Nardack

《プロローグ》

「シリウス様。紅茶をどうぞ」

「ああ、ありがとう」

獣国……アービトレイを出発してから数日後。

順調に旅を続けている俺たちは、街道から少し外れた野原に馬車を停めて休憩していた。

馬車を引っ張るホクトの体力ならば一日中走っても問題はないのだが、急ぐ旅でもないので何度か休憩を挟みながらのんびりと進んでいるのである。

エミリアに淹れてもらった紅茶を飲みながら一息吐いていると、少し離れた場所でレウスとホクトが模擬戦をしている声が聞こえてきた。

「っと……ふっ！」

「オン！」

そちらへ視線を向けてみれば、ホクトが繰り出す連続攻撃をレウスが大剣で受け流し続けているのが見える。

先程からレウスが反撃もせず防戦一方なのは、今回は攻撃ではなく防御に関する訓練だからだ。凄まじい速さで放たれるホクトの前足を、レウスは何とか反応して大剣で受け流していた。

「……オン！」

「この……ぐあっ⁉」

どうやらホクトがレベルを一段階上げたらしい。

速さだけでなく尻尾の一撃も加わり始め、遂に反応が間に合わなくなったレウスは腹に一撃貰い吹っ飛ばされていた。

「オン！」

「つぅ……ま、まだやれるぜ！」

何を言っているのか俺はわからないが、おそらくホクトは『立て』と言っているのだろう。

言葉通りレウスはすぐに立ち上がり、乱れた息を整えながらホクトとの模擬戦を再開していた。この調子なら、レウスの才能が開花するのもそう遠くはあるまい。

一方、リースとフィアは向かい合って相談しながら魔法の訓練を行っていた。

「うーん、このくらいの力ならどうかな？」

「……駄目ね。まだ重たくて精霊が嫌がっているわ」

二人がやろうとしているのは精霊魔法による合体魔法らしいが、やはり精霊の気まぐれさによって上手くいっていないようだ。

しかし無理だと諦めるような二人じゃないし、何事も試行錯誤が大切だ。ここは何も言わずしばらく見守っているとしよう。

そんな風に各々が訓練をしている中、俺とエミリアはアービトレイで手に入れた、俺たちが現在いる大陸……ヒュプノ大陸の地図を広げて道を確認していた。

「この調子なら、近くの町まで明日には到着出来そうだな」

「そしてこの町を通り、こちらの山を大きく迂回する街道を通って……サンドールですね」

サンドール。

ヒュプネ大陸において古くから存在し、この世界で一番大きいと言われている国だ。

世界一と言われるので見物するのが楽しみな国なのだが、その分だけ闇もまた深そうである。ただでさえ俺たちはフィアやホクトと一緒の為目立つので、面倒事に巻き込まれる可能性が非常に高い。

だからヒュプノ大陸にある他の町や国を巡り、サンドールの情報をしっかりと集めてから向かう予定だったのだが、今は予定を大幅に変更して直接向かう事になった。

では何故予定を早めたのか？　それはある理由からだ。

話は数日前に遡る。

※　※　※　※　※

「ぐあああぁぁ――っ!?」

「だあああぁぁ――っ!?」

アービトレイ国の王女であるメアリーが攫われそうになった、ベルフォードの野望を阻止してから一ヶ月後。

今日も訓練場からレウスとキースの叫び声が響く中、俺は一人で獣王の執務室に訪れていた。

「お忙しい中、わざわざ時間を取っていただきありがとうございます」

「そんなに畏まらなくていい。それで、私に伝えたい事とは何だ？」

「実は、そろそろ旅を再開しようと思いまして……」

「……そうか」

冒険者である俺たちが国を出ると聞いた獣王は残念そうな表情を浮かべていたが、使用人に飲み物を頼んだ後には、いつもの勇ましい表情に戻っていた。

これまで何度も引き留めてきたので、さすがに今回は無理だろうと理解したからだろう。

「妻もキールもだが、特にメアリーが寂しがるだろうな」

出発しようとするとメアが泣きそう……いや、実際に泣きながら引き止めてくるので、中々踏ん切りがつかなかったのである。

そうこうしている内に一ヶ月も経ってしまい、昨夜ようやくメアが納得してくれたので出発が決まったわけだ。

「それは俺たちもです。でも俺たちは冒険者ですから、いつまでも同じ所に居座るわけにはいきませんので」

「うむ、確かにそうだ。こちらこそ無理を言って長々と滞在させてすまなかったな。出発は何時頃だ？」

「準備は整えていますので、遅くても明日、明後日には出発する予定です」

「わかった。ではこれまでの活躍に応じた報酬を用意するとしよう。色々と世話になった分も含めて……これでどうだ？」

事前に用意していたのだろう。獣王が俺たちの功績と報酬額を纏めて記入した紙を差し出してきたので確認したのだが……。

「これは……少し多過ぎでは？　こちらも頼み事をしましたし、半分でも十分ですよ」

「大々的に公表は出来なかったが、お主たちは我が国を救ってくれた英雄だぞ？　それにお主の頼み事は私たちにとっても有意義だったからな」

ちなみに俺の頼み事とは、ガルガン商会に連絡を取り、俺たちが愛用する食材や香辛料の補充だ。

一国の王に頼む事なのかと突っ込まれそうな内容だが、以前俺がこの国には存在しない食材等を使った料理を食べさせてみたら感銘を受けられ、取り扱っているガルガン商会の存在を教えたら即座に動いてくれたのである。

遠く離れた大陸間なのに、貿易を容易く許可するその決断の早さには驚いたものだ。どうやらメアの事情もあって、食に関しては並々ならぬ拘りがあるらしい。

というわけで俺もそれに便乗し、手紙の配達や食材の補充を頼んだわけである。輸送の手間暇を考えれば、報酬の半分が吹っ飛んでもおかしくはないだろう。

「メアリーと妻のわだかまりを解消してくれた事だけでなく、何より娘を身も心も成長させてくれたのだ。私の個人的な礼も含まれておるから、遠慮なく受け取るがいい」

「……わかりました。ありがたくいただきましょう」

思わず遠慮してしまいそうな金額だが、ここまで言われては受け取らないのは失礼だろう。

アービトレイを訪れた理由の一つが金欠だったが、何だかんだありつつも目的を見事に達成出来たわけだ。これでしばらく旅費には困らないな。

事前に伝えていた魔石による現物支給もあるのを確認していると、獣王は少し真剣な表情で机上の書類を探りながら俺に聞いてきた。

「実は私からも聞いておきたい事があるのだが、お主はサンドールという国を知っておるか？」

「話だけでしたら。確かこの世界で一番大きいと言われる国ですよね？」

「うむ、このヒュプノ大陸の最北端……我がアービトレイとほぼ反対側に位置する国だ。そして半年くらい先の話だが、そこで大陸間会合が開かれるのだよ」

大陸間会合とは……十年に一度、各国の重鎮や王が前回決めた国に集まり、自国の状況や近況を語り合う世界規模の会合……だったか？

　この会合に参加出来るのは、明確な統治者がいる大国のみなので、参加する国はそれほど多くはなく、招待国もまたこの会合によって選ばれる。

　つまり大陸間会合(レジェンディア)に参加出来る時点で大国だと認められているので、相当名誉ある事らしい。

「前回はフォルテ大陸のとある大国で行われたな。本当に王なのかと首を傾(かし)げたくなる者も見られたが、中々有意義な会合だった」

「冒険者である私たちには縁がなさそうな話ですけど……」

「いや、お主たちに参加してほしいとかそういう話ではないのだ。実は前にお主たちから聞いたエリュシオン国も大陸間会合(レジェンディア)に参加しているので、そこの王について少し聞きたい事があるのだよ」

　確かに俺たちの事を知りたいと獣王一家から催促され、数年間過ごしたエリュシオン国での生活を話した事がある。そのせいでメアが学校に行ってみたいと言い出し、獣王とキースが大いに騒いだものだ。

　他にも獣王たちのようにエリュシオンの王族とも仲良くなった点も話したが、エリュシオン王……カーディアスについて何を聞きたいのだろうか？

「……失礼ですが、何故それを知りたいのでしょう？」

「国と大陸は違えど、王族同士で縁を結んでおいて損はあるまい。それにお主たちが気を許している相手ならば、他の王よりは信頼出来そうではないか」

前回の大陸間会合(レジェンディア)では忙しくて碌(ろく)に会話をしていなかったが、今回は積極的に話し掛けてみようと考えているらしい。だからカーディアスについて聞いておきたいわけか。

「それにな、以前会った時に感じたのだが、エリュシオンの王はどうも他人とは思えぬのだ」

「それは……何となくわかります」

親馬鹿というか、娘を可愛(かわい)がっている点はそっくりだからな。

そういう面で気が合いそうな感じもするが、自分の娘の方が可愛い……なんて喧嘩(けんか)したりしないだろうな？

「お主の話題を出せば、向こうの警戒も緩むであろう。話せる範囲で構わないから教えてくれないか？」

「わかりました。エリュシオンの王は厳格ながらも気さくな御方(おかた)で、かつて冒険者をしていた事もありました。他にも食事が趣味でして……」

ここ半月近くの付き合いで、獣王が卑怯(ひきょう)な男ではないのは理解しているが、リースがエリュシオン王の実の娘という事は話すべきではあるまい。

とりあえず無難に、私的な見解も含めたカーディアスの性格や、趣味嗜好(しこう)等について教えておいた。

　それから獣王からサンドールの情報を貰った後、夜になって皆を部屋に集めた俺は、これからの方針について話した。

「大陸間会合ですか。大陸中の王族が集まるとなると、凄く慌ただしそうですね」

「警備が厳重そうだし、本当なら終わってから向かうべきだと思うけど、それでもシリウスは行くつもりなの？」

「ああ。カーディアスさんがいるなら、顔くらいは見せに行こうと思ってな。リースだって会いたいだろうし」

「もちろん！　でも、本当にいいの？　前に話した時は、サンドールはもっと後回しにする予定だったよね？」

「どちらにしろ行く事には変わらないんだ。俺たちの事は気にせずもっと気楽に考えるといい」

「ありがとう。ふふ……父様、元気にしているかなぁ？」

　故郷を恋しく思っている様子は見られないが、やはり父親に会えると知って喜んでいるようだ。

　こうして次の目的地が決まったところで、先程から一言も発さずにいるレウスの様子が気になった。どうやら何か気がかりな事があるらしい。

「なあ、兄貴。俺の勘だけどさ、その偉い人が集まる会合ってのにリーフェ姉も来るんじゃねえのか？」

リースはこれまでに何度も、ガルガン商会を通じてリーフェル姫とカーディアスに手紙を出していたからな。

　現在いるヒュプノ大陸へ向かうという内容を書いた事もあるので、こちらの動きを予測したリーフェル姫が、次期女王として経験するべきだ……とか口にしながら来る可能性は高いだろう。

「とはいえ、絶対会えるとは限らないんだ。水を差すようで悪いが、あまり期待し過ぎないようにな」

「リーフェ姉なら絶対いると思うんだけどなぁ」

「私は会ってみたいわね。リースのお姉さんとお父さんだもの」

「うん。私もフィアさんを紹介したいな」

　姉であるリーフェル姫と、姉代わりのようなフィアが出会ったらどうなるか想像もつかないが、俺も再会出来る事を祈るとしよう。


　そして出発の日……俺たちは城の前で獣王一家との別れを済ませていた。

　レウスとキースがお互いの拳をぶつけ合い、女性陣がメアとイザベラと話をしている中、俺は獣王と向かい合って握手を交わしていた。

「お前たちならば心配はないと思うが、道中気をつけるのだぞ」

「お気づかいありがとうございます。では、サンドールでまた会いましょう」

すでに獣王たちには、大陸間会合（レジェンディア）に合わせてサンドールへ向かうと説明はしている。

このまましばらくここで過ごし、獣王たちと一緒にサンドールへ向かう提案もされたが、俺は大陸を回りながら向かいたいので遠慮した。

そして獣王との握手を終えたところで、女性陣との挨拶を終えたメアが俺に体当たりをする勢いで抱き付いてきたのである。

「お兄さん……私ね、皆と一緒で凄く楽しかった！」

「それは良かった。俺もメアの先生になれて楽しかったよ」

「お兄さんが教えてくれた事、頑張って続けていくから。そして……もっともっと強くなるからね」

「ああ、頑張れ。だけど、自分一人では……」

「うん。皆に相談しながら……だよね？」

俺からゆっくりと離れたメアの目には涙が浮かんでいたが、笑顔で見送ろうと精一杯の笑みを浮かべていた。

最後にメアの頭を撫（な）で、俺たちが馬車に乗り込めば、後は出発するだけである。

するとホクトに敬礼していた兵士たちが馬車の進行方向に整列し、まるでパレードのような列を町まで作っていたのである。

若干呆（あき）れながら、馬車の後部で獣王たちに手を振っていると……。

「お兄さーん！　私……大きくなったらお姉さんたちみたいにいい女になるから！　そうしたら四番目のお嫁さんにしてね！」

「「ちょっと待てぇぇ――っ！」」

「脱出だホクト！」

「オン！」

余談だが、キースだけは町の外まで追いかけてきたと追記しておく。

※　※　※　※

……とまあ、そんな風に慌ただしくアービトレイを出発した俺たちは、寄り道をしながらサンドールへ向かっているわけだ。

地図で自分たちの位置と目的地の確認が終わったところでリースとフィアが戻ってきたので、二人はエミリアが淹れた紅茶を飲みながら一息吐いていた。

「ふぅ……大分無駄な部分が抜けてきたね」

「ええ、この調子で頑張っていきましょ。シリウスの方は終わったかしら？」

「ああ、皆が飲み終わったら出発するとしようか。ホクト、レウス。その辺で……」

訓練は止めておけと振り向いてみれば、ばつが悪そうに視線を逸らすホクトと、大の字で倒れているレウスの姿があった。

「クゥーン……」

「えーと……手加減に失敗したと仰っていますね」

最早エミリアの通訳がなくてもわかる状況である。

ホクトは気不味そうにしているが、そのやり過ぎてしまう気持ちは俺もわかる。最近のレウスは様々な行動を試すようになり、時折こちらの予想を超える動きをしてくるからだ。

教える側は大変でも、レウスの成長をしっかりと感じ取れる。

嬉しい悲鳴とは正にこういう事だろう。

「……休憩は延長だな」

「そうね」

《翼の少女》

「まだまだホクトさんには敵わねえなぁ……」

しばらくするとレウスは何事もなかったかのように目覚めたので、移動を再開した俺たちは森に覆われた街道を進んでいた。

ちなみにいつもなら走っているレウスは大事をとって馬車に乗っているが、すでに体を動かしたくてうずうずしているようだ。やられてきた経験だけは長いので、回復も早いものである。

「なあ兄貴。俺はもう大丈夫だから、外を走ってもいいか？」

「駄目だ、もうしばらく休んでいなさい。暇なら負けた理由をしっかり思い出しているといい。イメージトレーニングも大事だぞ」

「負けた理由か。ホクトさんの動きは速過ぎるから、数手先まで考えるのが間に合わないんだよな……」

レウスとホクトでは種族による圧倒的な能力差があるので、先読みだけでは到底捌ききれまい。もっと様々な経験を重ね、勘を鍛えれば互角に戦えるようになるだろう。

「でも私からすれば、ホクトの攻撃が見えるどころか、先を読んでいる時点で凄いわよ」

「何度も戦っていればフィア姉だってわかるようになるぜ。ちなみに兄貴の攻撃はこう……グネグネで予想が出来なくて、ホクトさんはぱぱっと来るから避け辛いんだよな」

「ごめん、よくわからないわ」

「たぶんレウスしかわからないと思いますよ」

今の説明を完全に理解出来そうなのは、本能で剣を振るうライオルの爺さんくらいだろう。順調に成長しているのは素晴らしいが、人に教えるのが苦手なのは相変わらずだ。

そんなレウスを少し呆れながら眺めていると、突然馬車の動きが止まり、ホクトが鼻を動かしながら周囲を警戒し始めたのである。

「……オン！」

「敵襲か？」

「シリウス様。何かがこちらに接近しているとの事です」

すぐに『サーチ』を発動して周囲を調べてみれば、どうやら俺たちの進行方向から馬車が迫っているようだ。

ここは街道なので馬車とすれ違う事は珍しくないのだが、気になるのは馬車の速度である。明らかに全力で馬を走らせているのだが、もっと広範囲を調べれば理由はすぐに判明した。

「ホクト。街道から少し逸れて道を譲るんだ。俺たちは……」

「戦闘準備は万全です」

「私も大丈夫だよ」

「精霊も警告してきたわ。相当な数のようね」

こちらへ迫る馬車は魔物に追われているようなのだ。

あの勢いですれ違ったらぶつかる可能性があるので、馬車を街道から逸れた位置に移動させてしばらく待っていると、砂煙を激しく巻き上げながら走る馬車と、その背後から迫る多くの魔物を肉眼で確認出来た。

「やはり追われているようだな。それにしても、随分と引き連れているじゃないか」

「何とか逃げていますが、あのままだと馬の体力が保ちそうにありません。近い内に追いつかれそうですね」

迫ってくる馬車の後方には、ホクトを二回り小さくした黒い狼の魔物……メルキウルフが追いかけているのだが、その頭上には巨大な蜂の魔物が数十匹も飛んでいたのである。

「あれは魔花蜂だな。だが街道に現れるのも珍しいな」

「魔物が街道に現れるのが珍しいのかよ？」

「魔花蜂は巣を森の奥深くにしか作らないから、こんな場所で襲われる事は滅多にないわ。蜂蜜の採取に失敗した冒険者のようね」

あの蜂の巣から採れる蜂蜜は美味しい上に栄養が豊富なのだが、採取するには巣を守る大量の魔花蜂を相手にしなければならない。

蜂一匹の大きさは俺の片腕はあり、それが百近くも同時に襲ってくるのだから、相手にするには相応の準備と実力が必要である。はっきり言って、地上を走るメルキウルフよりも遥かに厄介だろう。

「状況はわからないが、魔法で援護くらいはしておくか。後は向こうの出方次第で動くとしよう」

「わかりました」

「オン！」

　向こうは馬車から矢を放ったり、手当たり次第物を投げて抵抗しているようだが、数が多過ぎて効果は薄いようである。

　俺たちも魔法で魔物を迎撃したが、馬車へ当たらないように放ったせいで、あまり数を減らせなかったようだ。

　次第に蜂が群がり始めている馬車が俺たちに近づいたところで、御者台で手綱を握っていた男が俺たちの存在に気付いて大声を上げた。

「おお、中々良さそうな連中ー……」

「何をしている！　さっさと逃げるんだよ！」

　しかし馬車内部からこちらを見ていた男が叫ぶと、馬車は一切速度を落とす事なく俺たちの前を通り過ぎた。

　馬車を急に止める方が危険だし、向こうも生き残るのに必死なので恨むつもりはない。

だが、基本的に逃げる相手を追いかける筈の魔物が、馬車の追跡を突然止めたのは予想外だった。

しかも俺たちの目の前なので、こいつ等の相手をするしかなさそうだ。

「仕方がない。さっさと退治する……ん、この匂いは？」

「あれだよ兄貴。さっき馬車から落ちたんだ」

レウスが指差した方へ視線を向けてみれば、馬車が通り過ぎた街道の真ん中に鉄製の箱が落ちていた。

鉄箱は俺がギリギリ入れそうな大きさで、外から中身が見えない箱だが、距離があっても感じる刺激臭はあれから発しているようだ。

「うぅ……何だろう？　鼻に刺さるというか、あまり嗅ぎたくない匂いだよ」

「魔物を惹き寄せる実を使ったのね。けど、この匂いの強さは一つや二つって感じじゃなさそうだわ」

フィアの言葉を証明するように、鉄箱には多くの魔物が群がっていた。

更にあの匂いには、魔物を惹き寄せるだけでなく興奮させる作用があるのだろう。群がり過ぎてあぶれた魔物が俺たちに狙いを定めたようである。

「このタイミングからして、偶然落ちたとは思えないな」

「はい。どうやら私たちも囮にされたみたいですね」

事故だろうと故意だろうと、己が引き連れた魔物を他人へ押し付ける行為は許される事ではない。

視認出来たのは一瞬だが、乗っていた者たちの顔と馬車の特徴は覚えたので、町に着いたら冒険者ギルドに報告しないとな。

だがその前に……。

「オン！」

「わかっているさ、先にこいつ等を片付けないとな」

興奮しているせいか、明確な実力差があるホクトの威圧を受けても逃げる様子が見られないので、戦うしかなさそうだ。

狼が十体に蜂が五十近くと結構な数だが、俺たちならば敵ではあるまい。

「レウスとホクトは狼を。後は俺たちで蜂を落とす……」

分担して速やかに全滅させせようと思ったその時、鉄箱を見ていた俺はある事に気付く。

「っ!? 作戦変更だ！　魔物を相手にしながら俺についてこい！」

急な作戦変更でも、皆は冷静に動いて俺に続いてくれる。

そして迫る魔物を薙ぎ払いながら鉄箱に近づいたところで、作戦を変更した理由に皆も気付いたようだ。

「何だ、箱の中に誰かいるのか!?」

「女の子の悲鳴だよ！　ナイア、箱に当てちゃ駄目だからね」

「箱を中心に円陣を組むんだ！　フィア！」

「ええ、大きいの行くわよ！　皆、やっちゃいなさい！」

鉄箱を避けて放たれた水の塊と竜巻により、鉄箱に群がっていた狼と蜂が一掃される。

その間に左右に分かれて突撃したホクトとレウスが狼を担当してくれたので、俺はエミリアを連れて鉄箱に近づいた。

「大丈夫ですか！　すぐに助けますから、返事をしてください！」

「ひっ!?　あぁ……」

目の前まで近づいたところで、魔物の騒音によって微かにしか聞こえなかった悲鳴がはっきりと聞き取れた。

声からして女の子だと思われるが、鉄箱には扉の他に小さな空気穴が数個あるだけなので、中身がどのような状況かはわからない。

少なくとも中の人が怯えているのは確かなので、エミリアは安心させるように声を掛けながら鉄箱の扉に手を掛ける。

「くっ……鍵が！」

「時間があれば道具でいけそうだが、これは切った方が早そうだな」

「私にお任せください！」

嗅覚が優れるエミリアにとって、この魔物寄せの実の匂いは相当苦しい筈だ。

それでも彼女は懸命に堪えながら魔力を集中させ、小さな風の刃を放って鍵の繋ぎ目だけを的確に切り裂いていた。

見事な腕前だと感心している間に鉄箱の扉が開かれ、エミリアと中の様子を窺ってみれば、怯えた表情でこちらを見る一人の少女の姿があった。

「いやぁ……」

「酷い。こんなにも幼い子を閉じ込めるなんて」

「怒るのは後だ。俺たちは君を助けに来たんだ。こっちへおいで」

なるべく優しく声を掛けながら手を差し出すが、少女は端っこに座ったまま動こうとしない。このような状況だし、見知らぬ人を恐れるのは当然だろう。

ここは同じ女性であるエミリアに任せ、まずは少女を落ち着かせたいところだが……。

「オン！」

「兄貴！　更に魔物が近づいているってホクトさんが！」

箱の中の潰れた実の匂いに周辺の魔物が反応し始めているらしく、あまり長居している余裕はなさそうである。

しかし実の液体が少女の体にも付着しているので、ただ連れ出すだけでは駄目そうだ。

「リース。丸洗いで頼む」

「うん、すぐに用意するからね。ナイア、お願い」

少女には悪いが、ここは少々強引に行かせてもらうとしよう。

少し遅れてやってきたリースはすぐに状況を理解し、精霊であるナイアに頼んで水の塊を生み出してくれたので、俺は少女の腕を掴んで強引に箱から引っ張り出した。

噛みつかれるくらいの覚悟はしていたが、最早抵抗する体力もないらしく、少女はされるがままである。

「うぅ……」

「すまんな、少しだけ我慢してくれ」

少女の腕は、強く握れば折れそうなくらいに細く頼りない。子供だからというのもあるが、おそらく食事を碌に与えられていなかったからだろう。

それでも問答無用で少女を水の中へ放り込めば、リースの指示によって水全体が淡く光り出し、少女に付いた汚れが落ち始める。

後は洗濯が終わり、新たな魔物が集まる前にここを離れるだけだが、エミリアとリースが呆然とした表情で少女の姿を眺めている事に気付いた。

「兄貴、狼の方は大体片付けたぜ！」

「こっちも終わったわ。それで、女の子は無事……って、この子は!?」

鉄箱の中では暗くてよくわからなかったが、明るい場所で改めて姿を確認すると、少女には俺たちにはない特徴があった。

金色の髪を肩まで伸ばした少女の背中には……。

「この子は有翼人……なのか？」

天使を彷彿させるような、純白の翼が生えていたのである。

だが、俺たちが気になったのはそれだけではない。本来なら翼は左右対称で同じ大きさだというのに、少女の翼は右側だけが明らかに小さかったのだ。

有翼人。

その名の通り、背中に翼を持つ人型の種族だ。

資料や噂によると人口が極端に少なく、ヒュプノ大陸のどこかにある山奥の集落で一生を過ごすそうなので、エルフと並ぶくらい希少な存在らしい。

そんな有翼人の少女を助けた俺たちは、魔物寄せの匂いで新たな魔物が集まる前にその場から離れて安全な場所まで移動していた。リースの魔法によって例の匂いはしっかり落ちたのか、魔物が追いかけてくる様子はないので一安心だろう。

それから野営に適した場所を見つけた頃には日が傾き始めていたので、皆で手分けして野営の準備に入る。

俺はお馴染みとなりつつある胃に優しいスープを作りながら、馬車内に寝かせた少女を見守っている女性陣へと声を掛けた。

「あの子の様子はどうだ？」

「まだ起きる気配はなさそうです」

「怪我は治したし、寝息は穏やかだから大丈夫だとは思うけど、そろそろ心配になってきたかも」

出会ってからすでに数時間近く経っているが、実はまだ少女の事は何も判明していない。

あの時、リースが生み出した水の塊に放り込まれた少女は、水の中でしばらくもがいいたかと思えば急に意識を失ったからである。

水の中にいた時間はほんの数秒だし、そもそもリースはきちんと呼吸出来るように調整はしていたので、おそらく気が抜けて気絶してしまったのだろう。リースの優しさが込められているのか、あの水に包まれる感覚は結構心地好いからな。

というわけで未だに少女は眠ったままだが、先程『スキャン』で診たところ栄養不足による衰弱くらいで、致命的な怪我や病気がないのは確認済みだ。

希少価値ゆえに叩かれる事はなかったのか、馬車から落ちた衝撃以外の傷痕がなかったのは幸いだと思う。

「それにしても、不思議な子だな」

「ええ、私も会うのは初めてだけど、聞いた事のある有翼人と違うようね。この子が特殊なのかしら？」

翼を持つ種族だけあって、有翼人はある程度自由に空を飛ぶ事が出来るそうだ。

普段は折り畳まれている翼を広げると結構な大きさになるらしく、空の移動に関してはその翼で調整していると思われるので、有翼人にとって翼は重要な筈だ。

だというのに、この少女の翼は誰が見てもわかるくらい左右のバランスが悪い。

遺伝か何かの影響だと思われるが、考えてみれば他の有翼人を見た事がないし、これが普通という可能性もある。

成長したら自然と揃うのかもしれないし、あまり触れないようにしよう。珍しいという意味では、俺たちと一緒にいるエルフや百狼も負けていないし。

「でも翼より体の方が問題ね。全く、幼い子をこんな目に遭わせるなんて許せないわ」

「うん。馬車から落としたり、こんなに痩せるまで食事を与えないなんて酷過ぎるよ」

「奴隷には逆らう意欲を奪う為に最低限の食事しか与えないんです。叩かれるのも嫌でしたけど、お腹が空く方が辛かったですね……」

少女の髪は碌に手入れもされておらずぼさぼさで、栄養不足だと言わんばかりに体全体が痩せ細っている。

そんな少女の姿を見て、かつて奴隷だったエミリアは苦い思い出が蘇ったのだろう。悲しそうに少女を見つめていたので、俺はエミリアの頭を撫でてやった。

「なら、起きたらすぐに何か食べさせてやらないとな。エミリア、お前がそんな顔でいたらその子も不安がるから、少しは落ち着きなさい。お前たちと初めて会った時のノエルはそんな顔をしていたか？」

「……いいえ。お姉ちゃんはいつも笑っていて、優しい目で私たちに接してくれました」

あの時のノエルは若干緊張していたものの、子供のように純粋な笑みで姉弟の心を解きほぐしていたからな。

頭を撫でている内にエミリアが落ち着いたのでスープ作りを再開していると、狩りに出ていたレウスとホクトが戻ってきた。

「おかえり。立派な獲物を捕まえてきたようだな」

「クゥーン……」

ホクトが血抜きを済ませた大きな獲物を俺の前に置くなり頭を寄せてきたので、その頭をたっぷりと撫で回してやる。

前世で犬だった頃に比べて図体は立派になったが、狩りの成果を見せて褒めてほしいと甘えてくるのは変わらないな。

「レウスもお疲れさん。首尾はどうだ？」

「ばっちりだぜ。思ったより巣は大きかったけど、数が減っていたから楽だったよ」

続いてレウスから渡された大きな袋の中を確認してみれば、中から甘い香りを発している塊……魔花蜂の巣が入っていた。

俺たちに襲い掛かってきたのなら巣の守りも多少手薄になっているので、レウスの訓練も兼ねて採ってきてもらったのである。

巣が大きかったらしく持ってきたのは一部分だけだが、それでも蜂蜜と蜂の子がたっぷり詰まっていそうだ。しかしこのままだと食べ辛いので、レウスに選り分け作業を頼んでおいた。

「任せとけ。ところで兄貴、あの女の子は起きたのか？」

「まだ眠ったままだ。そうだ、余裕があったらその蜂蜜を使った料理も作ってみるかな。栄養もたっぷりだし」

「ならあれを作ってくれよ、あれ！」

「いいね。じゃあ私も分けるのを手伝うよ」

ちなみにレウスが言うあれとは、蜂蜜をたっぷりかけたフレンチトーストの事である。作る度に弟子たちが取り合いをするくらい人気料理の一つだ。

蜂蜜に惹かれたリースも作業に加わり、魔花蜂の巣から抽出された蜜は用意した容器に詰められ、食べ頃な蜂の子も木皿へ移されていく。

成長した魔花蜂は大きくても、生まれて間もないものは俺の小指程度しかない。見た目はちょっとあれでも蜂蜜以上に栄養豊富で、美容にも良いので女性にも喜ばれる食材だったりする。

蜂蜜は明日の朝食かお菓子に使うから置いておいて、蜂の子はこのまま夕食に使うとしようか。

「シリウス様。一品増やすのであれば、私がスープの方を見ていますね」

「あの子を見ていなくてもいいのか？」

「気にはなりますが、フィアさんが見てくれますし、待つより動いている方が気が紛れますから」

「そうか、なら頼んだぞ」

「この子は任せておいて」

そんなわけでいつもの分担作業となり、俺は今日の収穫物と渡された蜂の子を使った夕食の献立を考えるのだった。

それからスープと夕食が完成し、食べ終わった頃になっても少女は目を覚まさなかったので、焚き火を囲んだ俺たちは改めて少女について話し合っていた。

「希少な有翼人を見られたのは嬉しいが、まさかこんな状態で出会うとは思わなかったな」

「そうね。出来れば普通に出会って話をしてみたかったわね」

「でも幼い子を救ったのですから、悪い事ばかりではありませんよ。ところでシリウス様は、あの子をどうされるおつもりなのですか？」

「可能であれば親か同族の下に帰そうと思っているよ。まずは話を聞いてからだが」

他人である俺たちがそこまでする義理はないが、こうして出会ったのも何かの縁だろう。どちらにしろ子供を放ってはおけないし、それに少女を保護して親の下へ連れて行けば有翼人と知り合いになれるかもしれない。

そう説明すると姉弟とリースは嬉しそうに頷いているが、フィアだけは仕方がなさそうに苦笑していた。

「まだ何もわからないのに、貴方は相変わらずね」

「見聞を広める旅なんだ。知り合いを沢山作って損はないだろう？」

「それは同意するわ。そんな貴方だからこそ、私はこうして楽しく旅を続けていられるんだし」

フィアと初めて出会ったあの時、悪漢に襲われていた彼女を助けた理由は色々とあったが、友になってみたいと思ったのが一番に浮かんだからな。あの頃はただ友達になろうと思って接していたのに、気付けば恋人同士となって一緒に旅をしているのだから不思議なものである。

そんな風に昔を思い出しながらエミリアの淹れた紅茶を飲んでいると、俺の横で伏せていたホクトが小さく吠えた。

「兄貴、あの子が起きそうだってさ」

「わかった。さて、お姫様のご機嫌はどうかな」

目覚めると同時に見知らぬ人が近くにいると驚くと思うので、俺たちはその場から動かずに少女が起きるのを静かに待っていた。

そして毛布を除けながらゆっくりと上半身を起こした少女だが、気絶する前の事を覚えていないのか、寝惚け眼で周囲を見渡しているようだ。

「……どこ？」

首を傾げながら馬車から顔を出したところで、少女は俺たちの存在に気付いて動きを止めた。

銀狼族の姉弟が驚いた時に尻尾がピンと立つように、少女の折り畳まれていた翼が一気に広がっていた。不謹慎ではあるが、その姿が微笑ましく見える。

そんな不揃いの翼を広げてこちらを警戒している少女に、エミリアはかつてのノエルのように優しく声を掛けていた。

「こんばんは。体は大丈夫？」

「……おねーちゃん、誰？」

僅かながら警戒が解けたのか、少女は翼をゆっくりと畳みながら可愛らしく首を傾げていた。

勝手に歩き回ると危険なので、もし怯えて逃げ出したら無理矢理にでも捕まえるつもりだったが、今のところその心配はなさそうだ。

「私はエミリアって言うの。そこにいたら寒いから、こっちにおいで。一緒に温まろう？」

「お腹は空いていないかな？　温かいスープもあるよ」

「あう……」

困惑し、怯える少女の姿が母性本能をくすぐるのか、エミリアとリースは抱き締めてあげたいと言わんばかりの熱い視線を少女へ送っている。

そして少女は俺たちを一人一人ゆっくりと見渡してから……。

「あら、私がいいのかしら？」

「……うん」

「「そんなっ!?」」

「ひっ!?」

静かに経緯を見守っていたフィアの背中に隠れてしまった。

ショックを受けている二人に驚きながらも少女はフィアから離れようとしないので、先陣は彼女に任せるとしよう。

「それじゃあ、まずは自己紹介からね。私の名前はフィア。次は貴女（あなた）の名前も教えてくれないかしら？」

「……カレン」

「そう、カレンね。可愛らしい名前じゃない」

名前を褒められたのが嬉しかったのか、少女……カレンは頬を染めながら翼を小刻みに震わせていた。

「次は私たちですね。先程も紹介しましたが、私の名前はエミリアと申します」

「私はリースだよ。よろしくね、カレンちゃん」

「…………」

続いてエミリアとリースが自己紹介をするが、カレンは怯えた様子でフィアの背中に隠れるだけである。

その明確な拒絶に二人は溜息（ためいき）を吐（つ）きながら肩を落としていた。

「怖がらなくても大丈夫よ。ここにいる人たちは、貴女に酷（ひど）い事は絶対にしないから……ね？」

「でも、怖い……」

おそらく捕まっている間に色々あったのか、人への不信感が強いのだろう。

しかし俺たちはそんな連中とは違うと口にしたところで、子供がそう思い込んだものを簡単に変えられる筈もない。危険ではないと理解してもらうまで下手に刺激しないのが一番なのだろうが、何故フィアだけは大丈夫なのだろうか？

「でも私は怖くないのね？」

「うん。お姉ちゃんは何か違う気がする」

互いに希少な種族なので、無意識に惹かれてしまうのかもしれない。

まあ理由は一旦置いておいて、少しでも気を許してくれる相手が出来たのは大きい。これでカレンから話も聞けるし、逃げる心配もなくなったからな。

「次は俺の番だな。俺はレウス……」

「ひっ!?」

「何でだ!?　まだ名前しか言ってねえだろ！」

「急に大声を出すからです。特にレウスは体が大きいのですから、もっと気をつけて接しなさい」

「兄貴！　背を縮めるにはどうすればいいんだ？」

「無茶を言うな」

ホクトを除き俺たちの中でレウスの背丈は一番大きく、子供からすれば威圧感があるのだろう。

だがそんなレウスがエミリアに怒られて俺に縋っているので、カレンは不思議そうにレウスを眺めていた。

「ほら、ああ見えてもお姉さんには弱いのよ。だから怖くないでしょう？」

「……うん」

残念ながらカレンは納得してしまったようだ。

レウスには可哀想だが、弱い部分を見てカレンの警戒が若干解けたので良かった……かもしれない。

「それであの大きな狼がホクトよ。見た目は怖いけど、とても可愛くて頼りになる子よ」

「狼さん……」

怖がらせないよう、静かに伏せのままでいたのが功を奏したのか、意外にもカレンはホクトに恐怖を感じていないようだ。

「最後に、向こうのお兄さんがシリウスね。私たちのリーダーよ」

「よろしく、カレン」

「………」

なるべく刺激しないように笑いかけてみたのだが、やはり怖がっているのか返事もしてくれない。少々残念だが、焦る必要もないのでじっくりと付き合っていくとしよう。

自己紹介が済んだところで、そろそろカレンに何か食べさせてやらないとな。

そんな俺の視線に気付いたエミリアは静かに頷き、木皿に先程作ったスープを注いでからフィアへ渡していた。

「ねえ、カレン。あの二人が作ってくれたスープがあるけど食べる？　温かくて美味しいわよ」

「食べていいの？」

「もちろん。じゃないと私たちが全部食べちゃうわよ？」

そしてスープを掬ったスプーンをカレンの鼻先へ近づければ、空腹には勝てなかったのかカレンは口に入れてくれた。ちなみにそれはエミリアとリースもやりたかっただろう、俺の横で悔しそうにしている姿は見なかった事にしておく。

「……美味しい」

「そう。もう自分で食べられる？」

「うん、出来る」

フィアから皿を受け取ったカレンは、熱さに苦戦しながらも次々とスープを口に運んでいく。

しかし美味しいと言いながら食べてくれるのは嬉しいのだが、笑みではなく口元を僅かに緩ませるだけなのが残念だ。

まだ俺たちとは出会って間もないし、酷い目に遭ったのだから仕方がないのだろうが、もっと素直に笑えるようになってほしいものである。

しばらくしてカレンがスープを食べ終えて落ち着いたところで、改めてフィアはカレンへ質問をしていた。

「カレンは今いくつなのかしら？」

「えーと……五歳」

「それじゃあ、お父さんとお母さんがどこにいるのかわかる？」

「……言いたくない」

「困ったわね。私たちは貴女をご両親の下へ連れて行ってあげたいと思っているの。せめて家だけでもいいから教えてくれないかしら？」

「でも、言ったら怒られたもん」

この怯えよう、おそらくカレンを捨てていった連中にも同じ質問をされ、答えたら何か酷い事をされたらしい。

大人げない連中に皆が静かな怒りを覚えている中、フィアはそれを表へ出さないようにしながらカレンへ優しく語り掛けていた。

「お姉ちゃんたちは絶対に怒ったりしないから、教えてくれないかしら？」

「……わからないの」

「つまり家どころか、ここがどこかもわからないって事？」

そんなフィアの答えに、恐る恐るといった様子でカレンは頷く。まあ五歳という年齢で考えればそれも当然かもしれない。

「カレンね、ママと歩いていたら川に落ちたの。それで起きたらママはいなくて、あの怖い人たちがいて……」

「そう、大変だったようね」

親を思い出したのだろう、泣きそうになっているカレンの頭を撫でようとするフィアだが、手を近づけると嫌がるので下手に触る事も出来ないようだ。頭を守るって事は、あの連中に叩かれたりしたのかもしれない。

それでもフィアは根気強く話し掛け続け、カレンについて色々と情報を引き出してくれたので、俺は状況を纏めてみた。

カレンは有翼人が暮らす集落で家族と暮らしていたそうだが、散歩していたら何者かに襲われて川に落ちてしまったらしい。

そのまま下流まで流されたところで、あの連中……カレンの話からして商人らしき連中に捕まってしまったのだ。

そして無理矢理あの鉄箱に閉じ込められ、僅かな食料と水を与えられながら数日後、突然馬車が揺れ出したかと思えば激しい衝撃が起こり、隙間から見える魔物に怯えていたところで俺たちがやってきたわけだ。

こうして聞くと酷い話ではあるが、幸運に恵まれている点も幾つかある。

川に流されていながら無事だったり、奴隷として捕まっていた期間が数日程度だったり……とかな。

かつてエミリアにあった精神的外傷も見られないし、今は状況の変化についていけず周囲に対して過敏になっているだけだろう。

幸いな事にフィアだけには懐いているので、俺たちが気をつけて接すれば同行させても問題はなさそうだ。

　スープでお腹が満たされたのか、気付けばカレンはフィアに縋るようにして寝息を立てていた。

　そのあどけない寝顔に女性陣が魅了される中、レウスが小声で今後について話し掛けてきた。

「結局、有翼人についてはよくわからなかったな。これからどうするんだ、兄貴？」

「明日には近くの町に着くから、そこで情報収集だな。有翼人は希少な種族だし、ギルドで聞けば場所の手掛かりくらいは見つかるだろう」

　それが正確な場所とは限らないが、それっぽい場所にカレンを連れて行けば何か思い出す可能性もある。

　あの商人を探して聞き出す手もあるが、カレンを奴隷にするだけでなく魔物を俺たちに押し付けて逃げるような奴だからな。わざわざ来た道を戻ってまで関わりたくもないし、あくまで最終手段として考えておくとしよう。

　情報もだが、町に着いたらカレンの服も買ってやらないとな。

　助け出した時のカレンは身体を隠せる布切れのような服だけだったので、今はエミリアが持っていた予備のシャツに翼の穴を無理矢理開けたのを着せているからだ。

「今日は明日に備えて休むとしよう」

「そうね。じゃあ今晩の順番だけど、まず私から……」

「いや、フィアは見張りをせず、そのままカレンと添い寝でもしていてくれ。夜中にふと目覚めた時、フィアが近くにいないと不安だろうし」

「だな、俺たちに任せてくれよ」

「オン！」

「ならお言葉に甘えるわね。ふふ……子供が出来たらこんな気分なのかしら？」

そして優しくカレンを抱き上げたフィアは、馬車に戻って眠りについた。

普段は皆の姉みたいに振る舞うが、こうして見るとまるで母親みたいだな。フィアの新たな魅力を垣間見た気がする。

「ああ、私も添い寝したかったなぁ……」

「私はカレンちゃんを挟んでシリウス様と一緒に寝たいですね。そうすればまるで親子のようですし……うふふ」

そんな心から羨ましがっている女性二人を宥めながら、俺たちは見張りの順番を決めるのだった。

次の日、見張りの順番が最後だった俺は、皆の起床に合わせて朝食の用意をしていた。

料理が出来れば匂いで自然と目覚めるだろうが、なるべく音を立てないように準備をしていると、ふと背中から視線を感じたのである。

「…………」

「……カレンか？」

振り返れば、馬車から顔だけ出してこちらをじっと窺うカレンの姿があった。

俺と視線が合うとすぐに隠れたが、しばらくすると再び顔を出してくるので、俺は笑みを浮かべながら声を掛けた。

「お腹が空いたかい？　朝食ならすぐに出来るから待っていなさい」

「っ!?」

だがカレンは警戒するように翼を広げるだけで、その場から動こうとしない。

昨夜食べたのはスープだけなので腹が減っている筈なのだが、これは中々手強そうだ。

その後、目覚めたエミリアとリースも呼びかけてみるが、カレンは俺たちに近づく事はなかった。

「上手くいきませんね。お腹は減っているようですし、お肉をちらつかせれば近づいて来ると思ったのですが……」

「もぐもぐ……腹減ってんのを我慢するのは良くないぜ」

「もぐもぐ……そうだね。干し肉ってこんなにも美味しいのに」

「釣れるのはいつもの二人だけです」

まるでコントのような三人を余所に、カレンはフィアの傍から離れようとしない。

顔を洗う時も、着替えで馬車の反対側に移動する時もフィアの後ろをついて回る姿は、まるで前世で見たカルガモの親子みたいである。

　ちなみにいつも俺の隣に控えているホクトだが、今はカレンを怖がらせないように少し離れた所で見張りをしてくれているので、後でブラッシングをしてやらないとな。

「よし、今日は要望通りフレンチトーストだぞ。皿を持って並びなさい」

「「「はーい」」」

「ふれんち……何？」

「簡単に言えばパンを焼いたお菓子みたいなものね。甘くて美味しいわよ」

　フィアが説明してくれる中、俺は次々とパンを焼き上げて順番待ちをしている弟子たちの皿へ乗せていき、昨日採ってきた蜂蜜をお好みで垂らせば完成だ。

　そして全員に行き渡ったところで俺も食べ始めたわけだが、カレンだけは渡された皿を手にして固まっていた。エミリアの話によると、奴隷の食事は最後になるのが当たり前だと教えられるので、すぐに食べていいのか迷っているらしい。

「どうしたの？　早く食べないと冷めちゃうわよ」

「……カレンも食べていいの？」

「勿論だ。それはカレンの為に作ったんだから、食べてもらわないと困るな」

　俺の言葉に覚悟を決めたのか、カレンが蜂蜜たっぷりのフレンチトーストを一口齧ると、背中の翼が音を立てる勢いで広がった。

　その過剰な反応に驚く俺たちを余所にカレンは凄まじい勢いで食べ続け、あっという間に完食してしまったのだが、まだ物足りなさそうに皿へ目を落としたままである。お腹の調子を考えて量を調整したつもりだが、少し小さく切り過ぎたみたいだな。

「ふふ、足りないみたいね。もっと食べたいのなら、シリウスに欲しいってお願いしてみたら？」

「でも……」

「子供が遠慮なんかしなくてもいい。でも、お腹が痛くなるまで食べるのは駄目だぞ」

「じゃあ……もっと欲しいの。蜂蜜も……沢山」

「いいよ。ほら、こっちへおいで」

怯えながらも俺の前へやってきたカレンだが、追加分を皿へ乗せるなり逃げるようにフィアの背後に隠れてしまう。

これは、懐くまでまだまだ時間が掛かりそうだ。姉弟やリースみたいに、おかわりを遠慮なく出来るようになるのは何時になる事やら。

「おかわりお願いします」

「兄貴、おかわり！」

「シリウス様、もう一切れいただけませんか？」

いや……ここまで積極的なのもちょっと困るかもしれない。食欲旺盛な子はすでに十分間に合っているし。

結局カレンとの距離はほとんど縮まらないまま、朝食を食べ終えた俺たちは野営の片付けをしてから旅を再開した。

商人たちに捕まった事を思い出したカレンが馬車に乗るのを渋る場面はあったが、フィアとくっ付いた状態なら大丈夫そうなので、予定通り今日中に町へ着きそうだ。

その後、馬車の後部では、フィアの隣に座ったカレンによる説明会が行われていた。

「あの鳥は、ルカインバード。この辺りだけにいる鳥なの」

「地方特有の鳥なのね。じゃあ、あの花はわかるかしら？」

「えーと……ミオリ花だよ。寒い時に咲く花で、お腹が痛い時に潰して食べると痛くなくなるの」

「カレンは物知りなのね」

「ママに教えてもらったの」

昨夜と違い体力が回復したのか、今日のカレンは少しだけ饒舌である。

相変わらずカレンの表情に大きな変化は見られないが、フィアに褒められている時だけは翼を動かして喜ぶという、何とも微笑ましい光景が繰り広げられている。

「あとね、本にも書いてあったの」

「カレンはもう文字が読めるの？」

「うん、ちょっとだけ」

翼をパタパタと動かしながらフィアと会話しているカレンの後ろ姿を、俺とエミリアは御者台に座って眺めていた。ちなみにレウスとリースは馬車の外で走りながら二人の会話を聞いているようだ。

「凄いよな、兄貴。俺がカレンと同じ頃って、文字どころか本すら知らなかったぜ？」

「私もです。カレンちゃんはとても勉強熱心な子のようですね」

「お前たちは文字とは無縁の暮らしだったから仕方がないさ。それにしても……」

カレンの話を聞いている内に、俺は少し違和感を覚えていた。

先程俺が口にしたように、銀狼族は人里離れた森の奥深くに住む種族なので文字を覚える必要がほとんどない。

そして有翼人も人里離れた場所で住んでいるそうなので、文字を覚える必要性がないのである。更に本があるという点も妙なので、実は密かに人と交流をしているのだろうか？

もう一つ気になるのが、ホクトをあまり恐れていないという点だ。人や魔物を怖がっても、ホクトが襲わないと理解すると同時に恐れなくなっていたからな。

幾つか気になる点はあるが、仲良く会話をしているところに水を差すのも何だ。折りを見てフィアに聞いてもらうとしよう。

「うん。ご本を読むのが好きなのね」

「カレンは本を読むのが好き。色んな事がわかるの……面白いの」

「じゃあこれは知っているかしら。あのミオリ花は擦り潰して食べるより、乾燥させた後でお湯に浸して飲む方がいいのよ」

「そうなの？」

ちなみに補足すると、ミオリ花は乾燥させてお茶にする事により、無駄な成分が抜けて効率良く必要な成分を取り込む事が出来るからだ。ちなみに飲み過ぎると逆に腹を下すので注意が必要である。

そんなフィアによる豆知識を聞いたカレンは、興味深そうに翼をパタパタと動かしていた。

「でも……何でなの？」

「えっ!?　えーと……詳しい説明になるとちょっと難しいのよね。鎮静作用と言ってもわかるかどうか……シリウスお願いね」

「こっちに振るのは構わないんだが、俺だとカレンが怖がるんじゃないか？」

「どうしてなの？」

「ほらほら、期待した目で見ているわよ」

フィアの袖を握ってはいるが、知りたいと言わんばかりに真剣な視線を俺へ向けている。

ここまで熱心なら大丈夫そうだし、何かあれば距離を取ればいいか。

そんなわけでカレンが理解しやすいように、なるべく噛(か)み砕きながら説明をしてみた。

「……とまあ、そういう成分が含まれているからなんだ」

「んー……うん。面白かった」

時々確認を取りながら説明をしてみたが、驚く事にカレンは明確な理解を見せていた。

更に初めて聞く単語が出れば、即座にその意味を知りたがる知識への貪欲さも見られる。

この子は好奇心が旺盛なだけではなく、頭も相当切れる子だというのがよくわかった。

「カレンは私と同じで色んなものを見たり知りたいみたいね。大きくなったら冒険者になるのもいいかもしれないわ」

「冒険者は、魔物と戦うから怖いってママから聞いたから」

「そうね、確かに魔物は怖いわ。でも今朝カレンが食べた蜂蜜は、あの怖い蜂の魔物が作ったものなのよ？」

「っ!? あんなに美味しいのに？」

思い出してみれば、カレンが今朝食べたフレンチトーストはパンよりも蜂蜜の方に夢中だった気がする。

そして真実を知らされたカレンは、雷にでも打たれたかのように目を見開いていた。

襲ってきた蜂が、あんなにも甘い蜂蜜を生み出すとは思えなかったのだろう。

「とまあ、冒険者になると色んな事がわかるようになるの。その代わり、魔物と戦えるくらいに強くならないと駄目だけどね」

「戦わないと駄目なの？」

「絶対ってわけじゃないけど、どちらにしろ戦えるようになっておいた方がいいわ。大切なのは強くなる事。それだけは覚えておきなさい」

「……うん」

無理強いさせるつもりはないが、おそらくフィアは己の身くらいは守れるようになれとカレンに教えたいのだろう。

強くなる点に関しては俺も同感である。このまま無事に集落へ戻ってそこで生涯過ごすとしても、今回のような経験が一度きりとは限らないのだから。

幼い子に対して厳しい言い方でもあるが、それもカレンを本気で心配しているが故だ。何よりフィアの目は慈愛に満ち溢れているので、俺が口を挟む必要はなさそうだな。


その後、偶に襲いかかってくる魔物を倒しながら俺たちは街道を進み続け、日が沈み始めた頃にハンガと呼ばれる町へ着いた。

アービトレイ国の半分にも満たない規模のハンガであるが、サンドール国への中間地点となる宿場町でもあるので、自然と多くの冒険者や商人が集まる町でもある。

そんな町で俺たちは様々な人々が行き交う道を進んでいるのだが、ホクトとフィアの存在もあって俺たちは相変わらず目立っていた。

「今のところ、カレンに対する妙な視線は向けられていないようだな」

「一番目立つのは翼ですから、それを隠せば普通の子供にしか見えませんからね」

とりあえずカレンには大人用のローブを羽織らせて翼を隠しているので、有翼人だとばれる心配はないだろう。

「というか、私たちはカレンちゃん以上に目立っちゃう人がいるからなぁ……」

「でも油断は駄目よ。特にカレンは翼を急に動かさないように気をつけなさい」

「……うん」

フィアの袖を握り、周囲の人々に怯えながらもカレンは素直に頷いてくれた。

こうして注目を集めながらも無事に宿の確保は出来たのだが、宿の主人が獣人ではなかったので、ホクトは馬車を預ける倉庫で寝てもらう事になったのが残念だ。

そしてホクトへ寝る前にブラッシングをしに来ると伝えた後、俺たちは宿の食堂で夕食を食べていた。

「これ、見た目と違って辛いね。こんな味付けもあるんだ」

「美味しいとは思いますが、私にとっては少し味が濃過ぎる気がしますね」

「俺もそう思う。やっぱり兄貴の味付けが一番だな」

六人掛けのテーブルに座り、この地方独特の味を楽しみながらも一通り食べ終えた俺たちだが、リースとレウスのハラペコ姉弟はまだ足りないようで追加注文をしている。

その一方、カレンは一人前の半分を食べたくらいで満足しているようだ。

「まだ一つしか食べていないけど、カレンはもういいの？」

「うん。お腹一杯」

「でも少な過ぎねえか？　もっと沢山食べないと大きくなれないぜ」

「だね。美味しいものを食べる時間が短いのは勿体ないよ」

「二人とも、その辺りにしておきなさい。貴方たちと一緒にしては駄目です」

子供なのもあるが、俺たちの中では結構珍しい小食な子である。

そんなやりとりをしながら追加料理を待つ間、俺たちはこれからの予定を話し合っていた。

「明日は有翼人に関する情報を集めながら、町でのんびりするとしよう。後は物資の確認もしておかないとな」

「わかりました。ですが物資の確認は私がしますので、シリウス様はお休みください。今日は久しぶりのベッドなのですから」

「野営でもホクトが守ってくれるから安心だけど、やっぱり宿に泊まるのとは違うよね」

「そうね。カレンも外ばかりじゃ辛いでしょ？」

「ううん、今は暖かいから平気」

「……きっと、毛布一枚しか与えられなかったのでしょう。色んな意味で寒かったんだと思います」

皆が同情するようにカレンを見るが、当の本人は果実水が注がれたコップを両手で握ったまま首を傾げるだけである。

そんな可愛らしい姿に魅了されたり、辛い目に遭った事に同情したりと、家の女性陣の反応が中々に忙しい。

「まあ見ての通り本人が深刻そうにしていないんだ。俺たちが過剰に心配しても仕方がないと思うぞ」

「だね。でも……本当に可愛いなぁ。近づけないからもどかしいよ」

「はい、カレンちゃんの頭を撫でてあげたいです」

「私も撫でてあげたいけどね……」

「……美味しい」

現状、唯一懐いているフィアであろうと、手を伸ばすとカレンは叩かれると思って逃げてしまうからな。

三人の女性が溜息を吐く中、少女はマイペースに果実水を飲むのであった。


次の日、久しぶりのベッドで気持ち良く目覚めた俺は身支度を整えてから、レウスと一緒に女性陣が泊まっている部屋を訪れたのだが……。

「カレンが起きない？」

「はい。何度も声を掛けてみたのですが、寝返りを繰り返すだけでして」

「私が揺すっても起きないのよ」

「病気……じゃないよな？　それだったら兄貴が気付く筈だし」

すでに三人は目覚めて出掛ける準備は出来ているのだが、カレンだけベッドで眠ったままなのである。

最初は衰弱しているせいだと思ったが、話を聞いていると違うようだ。

「もう……ちょっと……」

「兄貴。これって普通に寝ているだけだよな？」

「私もそう思う。久しぶりのベッドが気持ち良いのかな？」

「そういえば、昨日は私の隣で何度もうたた寝していたわね。疲れているせいかと思ったけど、どうも違うみたい」

　あと五分……と、今にも口にしそうなその様子から、どうもカレンは人一倍眠る事が好きなどころか、寝起きも悪いようだ。

　放っておいたら昼まで眠りそうな気もするし、そろそろ起きてもらいたいものだが、ここまで気持ち良く寝ているのと起こすのも気が引けてくる。

「仕方がない。ギルドには俺とレウスだけで行ってこよう。皆はカレンの様子を見ながら休んでいてくれ」

「うん、カレンちゃんの事は私たちに任せて」

「では少し作戦を練りましょう。少しでも早くカレンちゃんを撫でる為に」

「作戦もいいが、カレンが起きたら俺に連絡してくれよ」

　カレンは俺たちとどれだけ一緒にいられるかわからないし、下手すればこの大陸を隅々まで共に歩き回る可能性だってあるのだ。

　少し荒療治かもしれないが、カレンには町中を歩き回って少しでも人混みに慣れてもらうべきだと皆に説明しておいた。もしかすれば、道中で顔見知りと出会う可能性もあるからな。

「では、準備が整いましたらシリウス様に連絡します」

「頼んだ。その後は町中で合流する流れにしよう。それじゃあ行ってくる」

「「行ってらっしゃいませ」」

「ふみゅ……」

相変わらず目覚める気配がない眠り姫の寝顔を一瞥してから、俺はレウスを連れて冒険者ギルドへと向かうのだった。


「有翼人？」

「はい、彼等はどこに住んでいるのか判明しているのでしょうか？」

冒険者で混み合うハンガの冒険者ギルドへやってきた俺たちは、旅の途中で集めた魔物の素材を買い取ってもらい、その計算をしている間に受付の女性へ有翼人について聞いてみた。

しかしその質問をするなり、女性の目つきが鋭くなった事に気付く。

「……先に聞くけど、有翼人を探してどうするつもり？」

「私は見聞を広める為に世界を巡っていまして、珍しい景色を見たり、様々な種族と交流したいからです。もしかして有翼人と関わるのは禁止されているのでしょうか？」

「特にそういうのはないけど、有翼人と関わるのは止めておきなさい。命が幾つあっても足りないから」

「何でだよ。俺たちは会って話がしたいだけだぜ？」

「貴方たちはここへ来たのが初めてだから教えておくわ。有翼人の住処があると言われている場所はね、竜の巣と呼ばれる危険な場所なの」

　その呼び名の通り数多くの竜種が生息しており、足を踏み入れる事さえ困難な山脈が広がる、この大陸屈指の危険地帯だそうだ。

　それでも有翼人や竜の素材を求めて突撃する者が後を絶たないらしく、そういった連中は皆瀕死の状態で戻って来るか、竜に殺されてしまうとか。

「随分と物騒な場所のようですね。ですが、戻ってきた者が碌にいないのに、何故そこに有翼人の住処があると言われているのですか？」

「かなり昔の記録だけど、そこで有翼人と出会った冒険者がいるからよ。何でも知性ある竜と遭遇して認められ、有翼人と友誼を結んだとか」

　前例があるならと、竜と交渉を試みた者もいたそうだが、そんな竜と遭遇した者はまだいないらしい。

　しかし山に向かった者が空を飛ぶ人の姿を見た事があるそうなので、有翼人がいるという話だけは信憑性が高いようだ。

「とにかく！　竜の巣は危険過ぎるから、有翼人を探すのは止めておきなさい。私たちがどれだけ危険だって忠告をしても、調子に乗ったパーティーが何組か戻らない事があったんだから」

今の俺たちのように忠告しても、碌に聞かず酷い目に遭った冒険者を見続けてきたのだろう。結局のところ自己責任とはいえ、そりゃあ忠告も真剣になるわけだ。

「わかりました。ご忠告、ありがとうございます」

「いえいえ。ギルドの職員として当然の事ですし、お二人からはこんなにも上質な素材をいただきましたから」

道中で多くの魔物と戦って素材を剝いできたが、集め過ぎると嵩張るので希少な部位だけを剝ぎ取ってきたからな。

数が取れない素材を一気に売った御蔭もあり、俺たちは受付の女性に笑顔で見送られながらギルドを後にした。

「一杯奢ってもらった礼として言ってやる。竜の巣に行くのだけは止めとけ」

「そりゃあ俺も有翼人は見てみたいけどよ、あそこは人が行く場所じゃねえからな」

「若いもんが無駄に生き急ぐなって」

それから他の冒険者や情報屋から有翼人について聞いてみたが、大半はギルドで聞いた話とほとんど変わりはなかった。

変わった情報になると、有翼人と竜は共存関係を結んでいる……とか、山を覆い尽くす程の巨大な竜がいた……等と眉唾な情報もあったが、共通しているのは危険だという点だ。

本来ならそこまで危険を冒してまで向かう必要もないが……。

「カレンがいる以上、竜の巣とやらへ行ってみるしかなさそうだな」

何とも不穏な話ばかりではあるが、有力な場所が特定出来たのはありがたい事だ。

他に気になる点を挙げれば、有翼人と竜が共存関係を結んでいる話だな。

確かに空を飛べる点は似ているが、違いは明らかだからな。もしかすると有翼人は竜を惹(ひ)きつける特殊な能力を持っているのかもしれない。

謎が多く興味が尽きないので、カレンの件がなくても有翼人の住処を探しに行こうと俺は思っただろうな。

「兄貴。竜がいるって聞いたけど、キースの所で戦った竜とは違うんだよな？」

「ああ、多分あの時の竜はよくて下竜種(かりゅうしゅ)か、中竜種(ちゅうりゅうしゅ)だな。今回は何倍も大きく強そうな竜が多そうだから、準備は怠らないようにしないと」

この世界の竜は様々な種類がいるが、大まかに分けて上竜種、中竜種、下竜種と呼ばれている。もちろん上に近い程強い竜というわけだ。

ちなみにアービトレイの城で戦った翼竜は下竜種で、ドラグロスの部位に使われていた竜は中竜種だろう。

そしてギルドや情報屋の話では、知性のある竜……上竜種らしき姿も確認されているわけか。

「でもさ、本当にそんな所へ行って大丈夫なのか？　俺は構わないけどさ」

「別に戦いに行くわけじゃないんだ。戦闘はなるべく避けるつもりだし、情報通り話が通じる相手だったらカレンを預けて立ち去ればいい」

有翼人であるカレンがいれば何らかの反応がある可能性は高いし、向こうから接触してくるかもしれないからな。

もちろん問答無用で戦闘になるかもしれないので、逃げる事も視野におかなければなるまい。最終手段ではあるが、ホクトに頼んで強行突破してもらい、有翼人の住処にカレンだけ置いて立ち去る方法もある。

何にしろ、竜の巣へ行ってみなければわからないのだ。

「さて、次の目的地も決まったし、皆と合流するとするか」

「おう！　今頃姉ちゃんたちは、カレンを撫でようと頑張っているんだろうな」

あまりカレンに入れ込み過ぎると別れが辛くなるだろうが、世話を焼くのを止めろとも言えない。

度が過ぎると親の下へ帰す事さえ渋るかもと考えたが、親と離れる辛さを知っている彼女たちならば問題はないだろう。今は皆の好きにさせておくか。

情報を集めている最中にエミリアから連絡は来ていたので、俺とレウスは合流場所である町の中心部へと向かった。

そして到着した場所は多くの人でごった返していたが、家の女性陣はフィアを筆頭にかなり目立つのですぐに見つかった。

　だが遠くから確認してみると、二人だけ妙に熱が入っている事に気付く。

「カレンちゃん、これ食べますか？」

「こっちも美味しいよ？」

「……いらない」

　どうやら、エミリアとリースが屋台で買った串肉をカレンに食べさせようとしているらしい。

　しかし無情にも振られてしまい、二人は差し出していた串肉を悲しそうに自分の口へ運んでいた。

「まだ駄目なようですね」

「はぁ……美味しいけど、ちょっとしょっぱい味がする」

「でも昨日に比べたら前進していると思うわ」

　昨日は言葉もなく、無言で拒否するようにフィアの背中に隠れていたからな。

　今は隠れたりはしないので、前進しているのは間違いないと思うが……。

「どう、美味しい？」

「……うん」

「ふふ、シリウスとは違った愛おしさを感じるわね」

「何ですか、フィアさん。それは勝者の余裕ですか？」

「私も食べさせてあげたいのに」

フィアが差し出した串肉だけはしっかりと食べているので、二人は更に悔しそうである。

そんな状況に苦笑しつつ合流しようとしたのだが、俺たちより先に女性陣へ近づく三人の男たちがいた。身形からして冒険者だと思われる。

またフィアやエミリアを狙った不埒な輩だろうか？

いつもならそういう連中はホクトを恐れて近づいてこないものだが、あいにく今日のホクトはカレンに怖がられないように、距離を取って物陰から見守っているので男たちは気付いていないようだ。

「あいつ等！　すぐに行こうぜ、兄貴！」

「いや、ちょっと待て。ホクトも待てだ」

女性陣も近づいてくる男たちに気付いたようだが、カレンの様子だけが変だ。まるで男たちを見たくないとばかりにフィアの背中に隠れて怯えているのである。

よく見ると、あの男たちの一人は見覚えがある。昨日俺たちに魔物を押し付けた連中の馬車に乗っていた奴に間違いない。

本来ならすぐに飛び出すべきだろうが、ある作戦を思いついた俺は少し様子を見ようとレウスとホクトへ待機の指示を飛ばす。

そして気配を殺しながらいつでも飛び出せるように身構えていると、カレンの様子に気付き警戒を強めたフィアが男たちへ鋭い視線を向けながら話しかけていた。

「私たちに何か用かしら？」

「へへ……いや、ちょっとそこの子供に用があってね。本当はエルフのあんたとお近づきになりたいところだけどさ」

「そう。どちらでもいいけど、用があるならそこで言ってちょうだい。この子が怯えているから、それ以上近づかないでほしいの」

そこがフィアにとって適した間合いなのだろう。およそ三歩分の距離で相手を止め、エミリアとリースもまたカレンを守るように立ち位置を変えていた。

「仕方ねえな。実はよ、俺たちが連れていた翼の生えた子供がいなくなっちまったんだ。だからその背中に隠れている子供を確認させてくれよ」

「断るわ。この子は私たちの妹だから関係ないもの」

「おいおい、そんなので誤魔化せると思ってんじゃねえぞ。お前もいつまで泣きついてんだ！　正体はわかっているんだから、さっさと戻って来やがれ！」

「ひっ!?」

一歩も引かないフィアに男たちは徐々に苛（いら）つき始め、怒鳴り声によってカレンの羽織っていたローブの背中部分が大きく盛り上がってしまう。

反射的に動かしてしまった翼をすぐに畳むカレンだが、男たちはしっかりと見ていたらしく、確信を得たような笑みを浮かべながらフィアへ詰め寄っていた。

「所詮は餓鬼か。なあエルフの姉ちゃん、今のはどう見ても翼だろ？　エルフの妹が有翼人ってのはおかしくねえか？」

「家族っていうのは血の繋がりだけじゃないの。そんな事もわからないなんて小さい男ね」

「何だと！」

「おい、もういいだろうが。妹だろうが何だろうが俺たちが連れていた奴には違いねえんだ。さっさとこっちへ――……」

「お待ちください」

「させない！」

一人の男が手を伸ばしてきたが、間に割り込んだエミリアが男の手を掴み、リースはカレンを守るように背中から抱きしめていた。

「妹を怖がらせるのは止めていただけますか？　これ以上何かするのであれば、こちらも強硬手段を取らせていただきます」

「大丈夫。私たちが守ってあげるから、怖がらなくていいよ」

「いい加減にしろ！　そいつは俺たちが捕まえた奴隷なんだぞ！」

「この子が貴方の連れという証拠はないし、そもそも私は貴方たちがこの子を馬車から落としたのを見たわ。しかも魔物寄せの実も使った状態でね。それを今更自分のものだと主張するのは筋が通らないわよ？」

何らかの事情があるのか、カレンには奴隷の証明になる隷属の首輪がされていなかったからな。

なので本人が認めない限り誰の所有物だったかなんて証明出来る筈もなく、フィアの正論をぶつけられて男たちは言葉を詰まらせていた。

このまま放っておいても大丈夫だとは思うが、そろそろ俺たちも動くとするか。

「理解したのなら帰りなさい。さもないと酷い目に遭うわよ？」

「くそ、どこまでも強気な女だ」

「でも俺はそういう女は嫌いじゃないぜ。もう面倒だからさ、全員連れて行くってのはどうだ？」

「待てよ。姉ちゃんたちの前に俺とホクトさんと遊ばねえか？」

「ガルルルルッ！」

気配を殺しながら背後から接近したレウスとホクトが殺気を浴びせれば、男たちは恐怖に顔を歪めながら固まっていた。

「な、何で魔物が町に!? それに何でこんな怒って……」

「その狼は俺の従魔で、お前たちが絡んでいるのは俺たちの家族だからだ。危害を加えようとすれば怒るのも当然だろう？」

「従魔でも何でもいいから、さっさと下がらせろよ！ 襲い掛かってきたらどうするんだ！」

「下手に手を出さなければ、こいつは何もしないさ。ところで幾つか聞きたい事があるのだが、お前たちは昨日ー……」

「これ以上、付き合っていられるか！」

「い、行くぞ！　あいつに伝えねえと」

カレンを見つけた時の状況について聞いてみようと思ったのだが、質問する前に男たちは逃げ出してしまった。

全く、ホクトが恐ろしいのはわからなくもないが、あんな胆力でよく今まで生きてこれたものだ。冒険者として生きるには、様々なものが足りていない気がする。

そんな男たちを呆れた表情で見送っていると、背中から視線を感じたので振り返れば、エミリアとリースが少し非難するような視線を向けている事に気付いた。

「どうした？　何か言いたそうな目だな」

「シリウス様。一つお聞きしたいのですが、近くにいたのにどうして隠れていたのでしょうか？」

「そうだよ。私たちはいいけど、カレンちゃんは凄く怖がっていたんだから」

「それについては悪かった。少し強引だとは思うが、カレンにエミリアとリースの事を知ってもらおうと思ってな」

「私たちの事を……ですか？」

「それはどういうー……あっ!?　ご、ごめんねカレンちゃん。いきなり抱き締めちゃったけど……痛くなかった？」

「……平気」

　カレンを抱きしめたままだったリースは慌てて離れたが、カレンはフィアに隠れる素振りを見せないどころか、自分を守ってくれた二人の顔をじっと見つめていた。

「私……おねーちゃんたちの妹なの？」

「ええ、私はそう思っているわよ。もちろん、貴女(あなた)たちもでしょ？」

「はい、私もカレンちゃんの事は妹だと思っていますよ」

「わ、私もだよ。もしかして嫌……だったかな？」

「ううん。私、おねーちゃんが沢山いて……嬉(うれ)しい」

　そしてカレンはほんの少しだけ口元を緩ませながら、エミリアとリースへ自ら近づいたのである。

　予想通り、二人の優しさに気付いてくれたようだ。少々怖がらせてしまったが、ここまで来れば時間の問題だろう。目の前に立っても逃げないカレンに二人は、笑みを浮かべながらハイタッチを交わしていた。

「やりましたね。次は頭を撫(な)でてあげる事に挑戦です！」

「でも、焦っちゃ駄目だよ。私だってカレンちゃんの頭を撫でてあげたいんだから、もっとゆっくりとね」

「やったな、姉ちゃん！　なあカレン、実は俺もカレンの事は妹だと思ってて──……」

「っ!?」

この流れに便乗しようとするレウスだったが、カレンはフィアの背後に隠れてしまった。

それだけでなくエミリアとリースからも非難の目を向けられてしまい、背中に哀愁を漂わせながらレウスは俺へと振り返る。

「兄貴ぃ……」

「まあ、俺たちは男だから仕方ないさ。これからゆっくりと理解してもらえばいい」

「オン！」

あの時、エミリアたちに任せず俺たちが助けに入っていれば、カレンは俺たちに心を許していたのかもしれない。

しかし男である俺たちよりも、同じ性別であるエミリアたちの方が気を許し易いと思うし、カレンへの入れ込みようは女性陣の方が強かったからな。

これで切っ掛けはなくなったものの、エミリアたちと仲良くしている姿を見せていれば、その内俺たちにもカレンは打ち解けてくれるだろう。


それから俺たちは皆で町を散策した後で近くの食堂に入り、昼食を食べながら集めてきた情報を共有していた。

「……というわけで、次の目的地は竜の巣だ。危険な場所だと聞いてはいるが、行ってみる価値はあると思う」

「かなり有力な情報だね。これで無事にカレンちゃんを家に帰してあげられそう」

「そうね。でも有翼人が竜と共存しているなんて不思議ね。カレン、貴女がいた家の周りに竜はいなかったのかしら？」

「うん、竜なら沢山いるよ。何でここにいないのか不思議だと思っていたの」

「「「………」」」

本人に聞くのが一番手っ取り早かったかもしれないが、カレンの説明では家の周囲は山に囲まれた高い場所……としかわからなかったのである。

更に幼いだけでなく、有翼人にとって竜は当たり前のような存在なので、こちらから質問しないと違いがわからなかったのだろう。

「と、とにかくこれで間違いなさそうだな兄貴」

「ああ。今頃カレンの母親が探しているだろうし、今日中に準備を済ませて明日にはここを出発するとしようか」

そして全員の意見が一致し、注文した料理が粗方片付いた頃……突如大きな声が食堂内に響いたのである。

「あそこだ！　あそこで飯を食っている連中だ」

「なあ、俺はもう連中と関わりたくねえんだ。もう帰ってもいいだろ？」

聞こえてきた声に振り返れば、先程絡んできた連中が食堂の入口に立っている事に気付く。

仕返しにでも来たのかと思ったが、どうも様子が変だな。

「ふむ……お前たちはもう帰っていいぞ。これで契約も終了で構わないな？」

「頼んだって二度とやるかよ！」

「俺たちは忠告したからな！」

よく見ると連中は明らかに気配の違う男を一人連れていた。

その男は案内させたであろう連中に小さな袋を渡した後、柔らかい笑みを浮かべながら俺たちの前にやってきたのである。

「申し訳ありません。少々お時間をよろしいでしょうか？」

「あ……う……」

「どうしたの？　私たちがいるから落ち着いて」

相手に警戒心を与えないように微笑（ほほえ）んでいる男だが、カレンが怯（おび）えてフィアの背中に隠れるのも無理はあるまい。

何せ……。

「一つ聞くが、そちらは俺たちに何をしたのか理解した上で来たと思っていいんだな？」

「それはもちろん。ですからこうして皆様に謝罪をしに来たのです」

深々と申し訳なさそうに頭を垂れているこの男は、先程の連中と同じくあの時の馬車に乗っていた一人だからだ。顔と魔力反応は覚えているので間違いあるまい。

四十代くらいの男で、年齢を重ねているだけあって落ち着きというものを感じられる。

しかしカレンを捕まえるような連中なのだから、警戒は強めておくべきだな。

「この子が怖がるので、少し向こうで話そう。あー……エミリア、一緒に来てくれ」

「はい！」

一応謝罪に来たのだから喧嘩腰で対応するのも大人げないので、一旦俺はエミリアと男を連れて別のテーブルへと移動する。余談だが、エミリアを同行させたのは彼女が一緒に行きたいと視線で訴えていたからだ。

「では改めて、私の名前はアシット。とある国に仕える商人です」

「冒険者をしているシリウスだ」

「シリウス様の従者、エミリアと申します」

簡単に互いの紹介を済ませたところで、俺の対面に座ったアシットが頼んだ飲み物を勧めてきたが、俺は丁寧に断ってから本題へと入る。

「さっきまで飲み食いしてたから十分だ。それより謝罪しに来たって事は、俺たちに魔物を押し付けたのを認めるわけだな？」

「その通りです。予期せぬ事態に混乱していたとはいえ、この度は本当に申し訳ありませんでした。謝って済む問題ではありませんが、まずはこちらをお受け取りください」

申し訳なさそうに頭を下げたアシットは、懐から小さな袋を取り出してテーブルの上に置いた。

「……これは何だ？」

「今回の件で迷惑をかけたお詫びです。遠慮なく受け取ってください」

おそらく中身は金品の類だろう。魔物を押し付ける行為は相手を殺すような行為には違いないので、そんな事をしたと広まれば商人として致命的になる。

つまりこれはお詫びだけでなく、口止め料も含まれている可能性も高そうだ。そういえば有翼人の情報収集を優先していたから、この件についてはギルドへ報告し忘れていたな。

しかしこうして直接謝罪しに来たし、俺たちも怪我はないので許しても構わないのだが、一つだけどうしても見過ごせない点があった。

「わかった、謝罪は受けよう。だがあんたには少し聞きたい事がある。すでにあの男たちから聞いていると思うが、俺たちが保護したあの少女を囮にするとはどういう事だ？　魔物の気を逸らすなら、魔物寄せの実だけを使えば良かった筈だ」

「その点については私も頭が痛い話でして。全てはあの男たちが暴走したせいなのです」

あの男たちとは先程女性陣に絡んだり、アシットをここへ案内してきた三人組の事だろう。

アシットは心底呆れた表情で昨日の事を語り始めた。

「私には専属の護衛がいるのですが、この辺りにはあまり詳しくありません。なので周辺に詳しいと語るあの男たちを雇ったのですが、これがとんだ役立たずでして……」

この辺りなら任せろと大口を叩いていたのだが、どうやら雇ってもらいたいが為に嘘をついていたらしく、実際は大して詳しくなかったそうだ。

更に実力もないのに態度だけはやけに大きく、蜂や狼に追われていたのは男たちが勝手に行動したのが原因らしい。

極めつけは魔物から逃げている途中の話で、恐怖で混乱していた男たちは騒ぐカレンに目を付け、アシットの許可なく魔物寄せの実を鉄箱へ放り込んで馬車から落としたそうだ。

「依頼主である私の言う事を碌に聞かない酷い男たちでした。そもそも私の使命は少女をとある人の下へ連れて行く事なので、囮として利用なんてする筈がありません」

「そのわりには男たちへ報酬を渡していたようだが？」

「払わないとしつこそうですし、今回は己の見る目がなかったのだと思い払いました。すでに事情はギルドへ報告済みですので、あの男たちにはいずれ処分が下されるでしょう」

碌に会話もしていないが、欲望に忠実そうな連中だったからな。

嘘もついていたみたいだし、それが報告されているなら連中は間違いなくギルドから注意を受けるだろう。それで変われなければ、いずれ悪評が広まって冒険者としてやっていけないだけだ。

「そんなわけで、私はあの少女を捨てたわけではないのです」

「ああ、色々と理解は出来たよ。用があるのは俺たちにだけじゃないって事もな」

「ええ、お察しの通り、私は皆様への謝罪だけでなく、あちらの少女を回━……いや、探す為でもあります」

何でも俺たちが去った後でアシットたちはカレンを探して現場に戻ったらしく、そこで魔物の死骸はあっても人が死んだ痕跡がない事に気付いたらしい。

現場の痕跡からカレンが生きている可能性が高いと睨んだアシットは、俺たちを追いかけるようにこの町を訪れ、あの男たちに責任を取れと言って探すように命じたそうだ。あの連中がカレンを連れて行こうとしたのはそういうわけか。

そしてレウスとホクトに追い払われた男たちから話を聞き、俺たちの事を探してやってきたわけだ。

一通り事情を説明したところで、アシットは先程出した袋より二回りも大きい袋を取り出して机へ置いた。

「これまでの無礼を承知でお願いいたします。どうかこれであの子を返していただけませんか?」

ご丁寧に袋の口を開いて見せてくれたのだが、予想通り中には金貨がぎっしりと詰まっている。袋の大きさからして確実に百枚以上……前世の感覚で考えれば、一千万円くらいは入っているだろうな。

「元は我々が見つけた子ではありませんか。それに、あの子供を連れて帰らなければ私の命も危ういのです」

「………」

「足りませんか? ならばこれでどうでしょう」

無言でいる俺にアシットは更に袋を取り出してこちらへ寄せてきたが、俺は溜息を吐きながら二つの袋をアシットへ投げ返した。

「やはり魔物の件で怒っているのでしょうか？　それともあの男たちが失礼な事でも？」

「いや、それは関係ない。単純に俺がカレンを渡したくないだけだ」

自らの命が危ういと、情に訴えるような面持ちで食い下がってくるが、俺ははっきりと断る。

カレンが行きたいと言うのであれば別だが、あんなにも怖がっている時点で嫌がっているのは明らかだからな。

それにカレンを囮にしたのはアシットではないとはいえ、それを行った男たちを碌に管理出来ていないどころか、カレンに碌に食べさせていなかった時点で許せないのだ。

ふと横に立つエミリアへ視線を向けてみれば、真剣な表情をしていても相手に見えないようにこっそりと尻尾を振っている事に気付く。俺がはっきりと断ったのが嬉しかったのだろう。

「言っておきますが、私程あれを高く買い取る者はいませんよ？　どれだけ希少だろうと、あんな出来損ないの翼を持つ有翼人になれば買い叩かれる可能性が……」

「あの子が他と違うから何だ？　どれだけ金を積まれようと俺の答えは同じだ」

保護した以上は親の下へ帰してやりたいし、皆が口にしたようにカレンは俺たちの妹みたいなものだからな。

「ですが……」

「お聞きの通り、あの子はシリウス様と私たちが責任を持って保護しますので、どうぞお引き取りくださいませ」

そして絶妙なタイミングでエミリアが割り込んでアシットを黙らせていた。

従者教育で培った見事なお辞儀と言葉に二の句が継げなくなったアシットは呆然としていたが、しばらくすると苦い表情を浮かべながら頭を掻き始めたのである。

「……本気で金に興味がねえのか。面倒な奴に拾われたもんだ」

己にしか聞こえない呟きだが、魔力で強化していた俺の耳は奴の本音を聞き逃さなかった。

どうやら本性を現したようだな。

「聞こえているぞ。今までの作り笑いより、そっちの方が自然で似合っているな」

「ち、やり辛い奴だ。素直に金を受け取っていれば良かったのによ」

人当たりの良さそうな笑みや丁寧な応対、そして同情を誘うような話は、相手を油断させるアシットの常套手段だったわけだ。

こういう猫を被ったりする奴とは、過去に何度も相手をしてきたからな。隠しきれない僅かな感情の揺れを察したゆえに、俺は下手に出ず高圧的な態度で接していたのである。

俺が金で動かないと理解したのだろう、アシットは苛立たし気にテーブルを指で叩きながらこちらを睨みつけてきた。

「悪い事は言わん、さっさとあの出来損ないを渡しな。さもないと後悔するぞ」

「だから断ると言っている。その金を使って適当な奴隷でも探してくればいい」

「それが出来たら苦労しねえよ。何せこいつは一国の領主様、直々の依頼なんだからな。つまり俺の邪魔をすれば国を敵に回すってわけだぞ」

「……どこの国だ？」

「不味(まず)いって事は理解しているようだな。有翼人を欲しているのは、何とあのオベリスクの領主様だ」

　オベリスク？

　まだ行った事はないが、アービトレイの獣王から教えてもらった大陸間会合(レジェンディア)にも入っている、別の大陸にある大国の一つ……だったか？

　アシットの出まかせの可能性もあるが、あの自信に満ち溢(あふ)れた表情に加え、平然と金貨を出せる財力……後ろ盾があると感じさせる余裕からして無視するのは厳しいか。

「領主様はな、珍しい種族を集める趣味を持った変な野郎だが、報酬は奮発してくれるお得意様なんだ。この金貨も前払い金の一部ってわけだ」

「前払いでこれ程とはな。そんなにも有翼人が欲しいのか？」

「そうさ。あの野郎の執着は半端ないぜ？　俺がこの件を報告すれば、お前たちをお尋ね者にしても欲しがるだろうな。ほら、わかったのならあの出来損ないをさっさと渡しな。あの屑(くず)たちのせいで、ただでさえ予定が狂ってー……」

「ならば尚更(なおさら)渡せないな。別の大陸なんかに連れて行かれたら、故郷が遠くなるだけだ」

「正気かお前は？　大国から狙われるって俺は言っているんだぜ？」

「理解はしている。けど、それがどうした？」

　完全に脅しにきているが、俺の返答は変わらない。

　オベリスクはアービトレイに近い大国らしいので、敵対すれば面倒事になるのは確実だろうが、カレンが故郷へ帰れない事に比べたら天秤にかけるまでもない。聞くまでもないだろうが、俺の仲間たちも同意見であろう。

　そんな俺の拒絶に、アシットは顔を引きつらせながら乾いた笑いを漏らしていた。

「はは……強がるのは止めときな。言っておくが、他の大陸に逃げたって無駄だぜ？　あの国の連中は敵対者に容赦しねえし、そういう奴に対する特別な粛清部隊も育てているんだぜ？　逃げ切れると思ってー……」

「でもそれは、あんたが報告したらの話……だよな？」

　向こうが脅してくるのであれば、こちらもやり返すまでである。それに強力な部隊を持つ大国だろうと、敵であると知られなければ狙われる事もないからな。

　徹底的に抗戦する意志で睨み返してやれば、アシットの表情に明らかな動揺が見られた。

　だが大国を相手に取引しているだけはあるのか、こういう状況には慣れているのだろう。

　すぐに気を持ち直し、俺とアシットはしばらく睨み合いを続ける事になった。

「あんた、本気か？」

「冗談でこんな事は言わないさ。希少な種族なら見つからなかったと報告しても誤魔化せるだろうし、もっと探せば他の有翼人が見つかる可能性もある。全てはあんた次第だ」

　つまりカレンと俺たちの事を忘れなければ、ここであんたの人生を終わらせる……と、言いたいわけだ。

　そして騒ぎにならない程度に射抜くような殺気を放てば、アシットは深い溜息を吐きながら点を仰いでいた。

「ふぅ……どれだけ有翼人が希少かわからねえ野郎が簡単にほざくな。仕方ねえ、なら俺と勝負をしないか？」

「……内容と条件は？」

「明日、町の外でお互いの代表同士で戦って決める……つまり決闘だ。お前等が勝ったらここでの出来事は全て忘れてやるし、この金もくれてやる。俺たちが勝ったらあの出来損ないを寄越しな」

「勝負は構わないが、逆恨みされても困るぞ」

「舐めるなよ。俺はこんな事をやっちゃいるが、商人としての誇りは持っているんだ。約束は守るし、もし俺たちが負けたらオベリスクにも黙っておいてやる。せっかく手に入れかけた商品を簡単に諦めるわけにはいかねえんだよ」

　しつこいのも商人だからだ……と、俺の殺気を真っ向から受けながらもアシットは言い返した後、己の護衛についても語り出した。

　昨日は魔物の群れから逃げていたくせに自信満々なのは、アシットの専属護衛とやらが上級冒険者並の実力者だからだそうだ。

それなら逃げる必要はなかったのではと思うが、さすがに戦えない者を守りながらは厳しかったらしく、その護衛の判断で逃げていたらしい。

要するに、さしでの勝負なら勝機があるって言いたいわけか。

今回はここが落とし所か。別にこの男を信頼したわけではないが、放っておくわけにもいかないので勝負を受けるしかあるまい。

「わかった、決闘で決めるとしよう」

「そうこないとな。それで明日についてだが……」

そして簡単なルールと、戦う場所を決めてから、アシットはテーブルに置いた袋を回収してから立ち上がった。

「じゃあな、明日までに別れを済ませておくんだな」

「待て、こっちの袋を忘れているぞ」

「迷惑をかけたのは事実ですから、それは差し上げますよ」

アシットの態度が出会った時の状態に戻っているので、話はこれで終わりのようだ。

今のところ懐は十分な余裕はあるが、金なら使い道は幾らでもあるし、こいつは謝罪金でもあるので遠慮なく受け取っておくとしよう。

振り向きもせずに食堂を出て行ったアシットの姿を見送ったところで、隣に控えるエミリアの機嫌が悪くなっている事に気付いた。

「あの御方は、カレンちゃんを物のようにしか見ていないのですね。それに翼が少し違っているだけで、あんな呼び方をするなんて許せません」

「物事を完全に割り切っている男だな。カレンが怖がるのも納得だ」

「シリウス様。もし明日の勝負に誰を選ぶかで迷っているのであれば、どうか私にお任せください。相手が何者であろうと、私は負けるつもりはありません」

「随分と頼もしい台詞じゃないか」

「カレンちゃんを渡したくはありませんし、私はシリウス様の従者ですから」

最早お馴染みとなっているエミリアの言葉と笑顔であるが、その誇らし気な笑みを見ているとこっちも満たされてくる。

「ああ、エミリアは俺にとって自慢の従者だよ。もちろん妻としてもだ」

「うふふ、勿体ないお言葉です」

勝手に勝負を決めてしまったが、今回の場合は皆も喜んで賛同してくれると思うので、後は全力を尽くすのみだな。

細かい事は全員で考えるとして、俺はエミリアの頭を撫でてから皆の下へ戻るのだった。


アシットがいなくなったので、もうカレンも落ち着いただろうと思いながら戻ったのだが、どうも雰囲気がおかしい。

フィアの袖を摑んでいるのは先程と同じなのだが、戻ってきた俺を泣きそうな目で見ているからだ。

一体何事かと首を傾げていると、カレンに近づけないレウスが説明してくれた。

「カレンがさ、さっきの男に渡されるかもって怖がっているんだよ」

「そんな事はしないって何度も言い聞かせているんだけど、あの人を見ていると不安で仕方がないみたい」

「ここからだと何も聞こえなかったけど、あの男の雰囲気が途中で明らかに変わっていたわよね？　何があったのか教えてちょうだい」

皆も気になっているようなので経緯を報告する事にしたが、これ以上カレンを不安にさせたくないので、明日の勝負とオベリスクについては触れずに説明した。皆には後で『コール』を使って報告しておくとしよう。

「というわけで、カレンの事は断ったから安心してくれ」

「ね、言った通りでしょ？　シリウスさんなら大丈夫だって」

「……うん」

「よし、あいつもいなくなったし、そろそろ行こうぜ兄貴」

テーブルに並んでいる無数の皿は全て綺麗になっているので、俺がアシットと話している間に追加の料理を食べ終えていたようだ。

少々長い昼食になってしまったが、予定通り出発に向けた買い出しに戻るとしよう。

しかしその前にやる事があるので、俺は椅子から降りようとするカレンの前に跪いて目線を合わせながら語り掛けた。

　突然の行動にカレンは警戒しているが、逃げようとはしないので話は聞いてくれそうだ。

「カレン。まだ俺たちは、君からどうしてほしいのか聞いていなかったね」

「……どうしたい？」

「そうだ。俺たちはカレンを守ってあげるし、お母さんの下へ連れて行こうと思っている。けどな、カレンからどうしてほしいのかはまだ聞いていないんだ」

　カレンを保護し、母親の下へ帰そうとしているのは俺たちが勝手にやっている事であり、カレンは今のところただ頷いているだけなのだ。見方によっては、俺たちが引っ張っているから何となく一緒にいるようなものである。

　もちろんこんな幼い子が家に帰るのを嫌がる筈はないので、無意味な問答かもしれない。だがこういうのはきちんと自分の口で伝えるのが大切だと思うのだ。

　短い付き合いとはいえ、どうせならもっと己の感情を出せるように成長してもらいたいからな。

「家に帰りたいか、それだけでもいいから答えてほしい。カレンの口からだ」

「私は……帰りたい。ママに……会いたい」

「ああ、わかった。じゃあ俺たちが連れて行ってあげるけど、一緒に来るかい？」

「うん！　私は……おねーちゃんたちと一緒に行く……行きたい！」

　怖さで震えながらも、カレンは俺の目をしっかりと見ながら答えてくれた。

ここまで答えられたのなら十分だろう。しかし満足気に頷く俺の横で、エミリアたちが胸を撃ち抜かれたかのように固まっている事に気付く。

「ああ……可愛(かわい)いですね」

「わ、私もカレンちゃんと一緒に行きたいよ！」

「お姉さんたちに任せておきなさい。絶対にカレンを家に連れて行ってあげるからね！」

元からだが、心を鷲摑(わしづか)みにされたっていうのはこういう事だろう。偶然とはいえ、カレンは母性本能と保護欲を刺激する絶妙な上目使いを見せたからである。

それにしてもお姉ちゃんたち……か。男の俺とレウスに懐いてくれるのはまだまだ時間が必要そうだ。

「兄貴。今朝は姉ちゃんたちが作戦会議していたけど、俺たちも必要なんじゃないか？」

「……そうだな」

ホクトも交えて会議するとしよう。

それから必要な物を購入し、夕食も外で済ませた俺たちは宿へと戻っていた。

買い物の途中でカレンの目を盗みながら明日行われる勝負の件と、国を敵に回す可能性についての説明もしたが、考える間もなく全員がカレンを選んだ。

皆の優しさは誇らしく思うが、揉め事(もめごと)は少ないに越した事はない。

というわけで俺は自分の部屋に呼んだ姉弟にある事を頼み、出掛ける準備をしてから女性陣の部屋にやってきていた。

「カレンはもう寝たのか？」

「うん。ちょっと目を離している間に眠っちゃったみたい」

部屋に入ると、カレンはベッドでうつ伏せの状態で寝息を立てていた。何だか今朝も似たような事があったような気もするが、買い物で歩き回って疲れたのだろう。

よく見れば開いた本に顔を突っ伏したまま眠っているので、色々と苦笑したくなる姿だ。

「本が面白くても、眠気には勝てなかったようね」

あの本は町で買い物をしている時に見つけたものである。

この大陸に自生する植物について書かれた図鑑のような本で、カレンが興味深そうに眺めていたので俺が買ってプレゼントしたのだ。

残念ながらそれでも笑顔は見せてくれなかったが、ありがとうとちゃんと礼を言ってくれたので良かったと思う。

その後カレンは宿に戻るなり、睡魔に負けるまで夢中になって読み続けていたわけだ。

「最初は膝の上に乗せて一緒に読もうとしたけど、断られたの。残念だわ」

「負けずに次も挑戦してみてくれ。あれだと姿勢が気になるし、どうせなら座って読んでほしいからな」

背中に翼があるので仰向け(あおむ)けは厳しいとわかってはいるが、うつ伏せで読み続けていると体への負担が大きいものだ。せめて横になってくれた方が安心するんだがな。

どうにかならないものかと悩んでいると、リースが慈愛に満ちた笑みを浮かべながらカレンへと近づいていた。

「このままだと顔に痕が付いちゃうから、本は隣に置いておくね」

「……うにゅ」

「はう!?」

すると眠っていたカレンが、本を抜き取ろうとしたリースの腕に抱き付いたのである。

戸惑ってはいるが嬉しそうにしているリースを眺めていると、俺の隣に立っていたフィアが納得するように頷いていた。

「カレンは眠っていると抱き付く癖があるようね。昨日も私の腕に抱き付いてきたもの」

「なら抱き枕を作ってみるのもいいかもしれないな」

ホクトの毛で作った抱き枕なら、柔らかくて感触も素晴らしい物が作れそうだ。

だが肝心のホクトの毛はブラッシングしても滅多に抜けないので、作るのに時間がかかるのが欠点だ。ハサミで切る手もあるが、それはさすがに可哀想だからな。

しかし抱き枕があれば、クッションとしてうつ伏せ時の負担も減らせるかもしれない。

本気で作るか検討していると、そっと体を寄せてきたフィアが目を細めながら小さく笑っていた。

「ふふ、なんだか今の私たちって、子育てに悩む夫婦みたいね」

「言われてみれば確かにな。子供が出来るとこんな感じになるんだろうか」

「私たちの子供はいつになるのかしらね？　こっちはいつ出来ても構わないのに」

「それを言われると弱いな」

実は本人の熱望により、フィアだけとは子供を作るように動いているのだが、これが全くと言っていい程に授からないのである。

エルフの出生率は極端に低いとは聞いていたが、まさかここまでとは思わなかった。

それでも人族との間でも授かった例はあるらしいので、何か独特の法則性があると思うのだが……今のところ何も見つかっていない。

「ごめんね。カレンを見てちょっとだけ欲が出ているみたい。私がエルフなせいで、貴方が悪いわけじゃないのに」

「気にするな。俺も頑張っていくから、焦らずにいこう。人生を楽しむのが俺たちだろう？」

「……そうね。母親だけじゃなくて、恋人としての毎日を楽しまないとね。ところで、もう出掛けるのかしら？」

「ああ。皆が寝る前には帰ってくるよ」

「貴方なら滅多な事はないと思うけど、気をつけて行ってらっしゃい」

「カレンちゃんは任せて」

俺が何をしようとしているのか理解していても、リースとフィアは笑顔のまま見送ってくれる。

そんな二人に感謝をしつつ、俺は自分の部屋へ戻るのだった。

自分の部屋に戻ると、机の前で作業をしていた姉弟が俺に気付いて顔を上げた。

俺と同じく姉弟も外出する準備だけでなく、武器も携帯しているのでこれから戦いへ赴く姿でもあった。

「シリウス様。こちらの準備は整っております」

「俺もだ。ホクトさんもさっき聞いてきたけど問題ないってさ」

姉弟が作業しながら眺めていたのは、大雑把に手描きされたこの町の見取り図である。

見取り図は俺たちが泊まっている宿を中心に描かれていて、侵入予想ルートと死角になりそうな箇所に丸が描かれていた。

俺が姉弟に頼んでいた用事とは、宿の周辺を歩かせてこの見取り図を作らせる事であったのだ。

「お疲れさん。予定通りこの位置の防衛はエミリアに、レウスは正面で囮(おとり)と威嚇担当だ。何かあれば臨機応変に動け」

「わかりました」

「任せてくれ兄貴！」

「俺は動き回りながら情報収集を試みる。状況次第では宿から離れるから後は頼んだぞ」

明日は早朝からアシットとの勝負があるのに、何故(なぜ)俺たちは戦いへ赴くような準備をしているのか？

　それはアシットの送った刺客が、カレンを狙って奇襲を仕掛けてくる可能性があるからだ。

「でも兄貴、本当に敵が来るのか？」

「ああいう欲深い連中は、手段を問わない方法を選ぶ場合が多い。備えておいて損はないさ」

　あの時、商人としての誇りがどうこう言っていたが、強力な後ろ盾を平然とちらつかせて脅してくる時点で怪しいものだ。

　そんな奴が俺たちに勝負を持ちかけてきたのは、俺が脅しに屈するどころか逆に脅してきたからだろう。あの場で戦うのはよろしくないと判断し、一旦逃げる為の口実だと思われる。

　そもそもアシットはカレンさえ確保出来ればいいので、夜の内に刺客を送って俺たちを始末すれば勝負なんて関係ないのだ。勝負の時間を早朝にしたのも、俺たちを早めに就寝させる為の小細工であろう。

　もちろん襲撃がない可能性もあるが、その時はその時である。

　明日の勝負で遠慮なく叩きのめし、二度と俺たちに関わりたくない程の恐怖を植え込んでやればいいだけの話だ。

「連中は俺たちが魔物の群れを倒す実力を持っていると理解している筈だ。大勢で攻めてくるだけならいいが、背後から潜入するような裏の連中を雇う可能性も高い。気配は常に研ぎ澄ませておけ」

「おう！　忍び込んで来る相手なら俺たちが適任だな」

「ええ。どんな相手が来ようと、隠れたシリウス様を探すのに比べたら楽なものです」

気配が鋭いだけでなく、嗅覚が優れた銀狼族とホクトを相手に隠れるのは至難の業だろう。最近は俺でも本気で隠れないとすぐに見つけられてしまう程だからな。

「何を仕出かしてくるかわからないから、無茶はせず、無駄に追撃しないように。あくまでカレンを守る事が第一だからな」

今まで俺が裏で密かに動いている事を皆はすでに知っているが、俺の気持ちを汲んであえて口を出す事はなかった。

だが守られてばかりでは嫌だと言い出したのは……半年くらい前だろうか？

それ以来、今回のような状況や、裏で動く連中と関わる時は全員へ説明して手伝ってもらうようになっていた。もう子供ではないし、様々な経験をさせる為に許可したのである。

しかし暗殺の類だけはやらせるつもりも、許可するつもりはない。そんな汚れ仕事は俺だけで十分だからな。

そのまま静かな時間が過ぎ、人々が寝静まる深夜になった頃、宿の屋根に座って待機していた俺は風下から妙な気配を感じた。

すぐさま『サーチ』を発動して周囲を調べてみれば、こちらに接近する反応を幾つか捉えたのである。

酔っ払いにしては明らかに数が多く、何より真っ直ぐこちらへ向かっているので間違いあるまい。

俺は別の場所で待機している姉弟へ『コール』を発動させながら屋根から飛んだ。

「来たようだな。手筈通り頼んだぞ」

『はい！』

『任せとけ！』

さて、振りかかる火の粉を払いに行くとしよう。

音もなく地上へ着地した俺は、溶け込むように闇夜へ姿を隠した。

―― アシット ――

実に生意気で面倒な連中に遭遇したその日の夜、俺は宿の部屋で酒を飲みながら悪態を吐いていた。

「ったく、何でこうも上手くいかねえんだか……」

こうして町で一番豪華な宿に泊まり、一仕事終えた後で飲む酒が堪らねえってのに、さっきから苛立ちが全く収まらねえ。

本来なら前金も余った状態で、目的である有翼人を確保出来ていた筈だからな。

「ただでさえ面倒な種族だってのに、これ以上の浪費は勘弁してほしいぜ」

少し前……俺のお得意様である、オベリスクの領主から有翼人が欲しいと言われた。

ポンと渡された潤沢過ぎる前金と莫大な報酬に惹かれて依頼を受けたはいいが、現地で調べてみれば有翼人ってのは想像以上に厄介な種族なのが判明した。

希少なのは数が少ないからだと思っていたが、まさか竜が住む山奥に住んでいるとはな。あの野郎が大金を惜しみなく出すわけだ。

何か成果を残さねえとあの領主に見限られそうだし、最悪俺たちは死んだと思わせて逃げる手も考えたが……やはり報酬は捨て難い。

だから出来る限り足掻いてやろうと、まず俺は現地に詳しい冒険者を雇う事にした。

冒険者に竜の巣へ案内してもらい、斥候が得意な俺の護衛が竜の目を掻い潜って有翼人を攫ってくる作戦で行く事にしたわけだ。

そして条件に合った冒険者を見つけて目的地へ向かう途中で、幸運な事に俺たちは有翼人を確保する事が出来たのだ。

上流から流されてきたのだろう、休憩の為に立ち寄った川べりで有翼人の餓鬼が流れ着いているのを見つけ、生きているのが判明した時は声を上げて喜んだものだ。

大人ではなく餓鬼という点も良かった。あの変態領主様は、自分で首輪を付けるのが趣味だし、本来なら逃げられないようにする隷属の首輪を付けなくても餓鬼なら簡単には逃げられねえからだ。

まあ翼が変な出来損ないの有翼人だが、この餓鬼が有翼人なのは間違いない。後は死なない程度に餓鬼へ食事を与えながらオベリスクへ戻るだけだった。

大した苦労もせず、これで大金を得られる喜びに打ち震えていたのに……。

「くそが！　何度思い出しても腹が立つ。全てあの屑共が悪いんだ！」

あの冒険者を名乗る屑共を雇ったのは、案内役ではなく竜に挑ませて囮にする為でもあった。

だからこそ口先で丸め込みやすい馬鹿を雇ったのだが、俺が目を離している隙にあの屑共は魔花蜂の巣を見つけて手を出しやがった。

御蔭で俺たちは魔物の群れに追われる羽目になったが、一番許せないのはあの出来損ないを囮にしようと勝手に馬車から放り出した事だ。

あのまま走り続けていれば魔物から十分逃げ切れた筈なのに、臆病風に吹かれやがって。

「全くだ。あんな調子でよく今まで生き延びてきたものだな」

そんな俺の愚痴を聞いていた護衛……カトラスが同意するように頷いていた。

冒険者登録はしていなくとも、上級冒険者ともやり合える兄弟の兄で、俺とは長い付き合いでもある護衛兼相棒だ。

「まあ、その運もここまでだったな。弟に狙われて生きているとは思えん」

そしてあの屑共だが、先程カトラスの弟の手によって始末された。

苛々させられた点もだが、碌に仕事も出来なかった屑共に一石貨も払いたくなかったので、金の回収も兼ねて始末させたのである。

むしろ道中の食費も返してもらいたいくらいだが、残念ながら俺が最後に渡した報酬以外に金は持っていなかったらしい。死んでも腹が立つ屑共だ。

「だからもう屑共の事は忘れろ。問題はあの連中だ」

結果的にあの出来損ないが生きていたのは良かったが、あれを拾った連中……特にあの生意気な小僧は厄介だ。

金に全く興味を見せないどころか、オベリスクの名で脅してみても屈するどころか逆に脅してくるとは思わなかったぜ。

妙に強そうな従魔を引き連れているどころか、俺たちが押し付けた魔物に襲われながらも被害が全く見られなかったからな。

つまりそれ相応の強さを持っているので、力尽くで奪うのも難しいと判断した俺は、町にいる荒くれ共を金で集め、カトラスの弟たちと共に連中のいる宿へ襲撃を命じたわけだ。

御蔭で前金がほぼなくなっちまったが、あの連中に交じっていたエルフと銀狼族を売れば十分な稼ぎになりそうだ。

「相手はたった五人だが、妙に大きい狼もいるからな。念には念を入れて人数も十分揃えたし、今夜には片付く……ん？」

「お、噂をすればだな」

追加の酒やつまみも頼んでねえし、この時間に扉を叩く奴はカトラスの弟か雇った連中以外いねえだろう。

「……誰だ？」

「俺だ。依頼完了の報告に来た」

「おお、待っていたぞ！」

一応カトラスが警戒しながら扉を開ければ、マントとフードで全身を隠した男が大きな袋を抱えて立っていた。

実に怪しい男だが、こいつは今回のような仕事を生業にしているせいか姿を晒すのを嫌うので、最初からこんな風体だった。

まあ顔や体は見えなくとも、あの妙に高い身長と特徴的な声から俺が雇った男で間違いないので、カトラスに頼んで部屋に招き入れてやる。

「首尾はどうだ？」

「この中だ。今は薬で眠らせてある」

そして部屋に入ってきた男が手にしていた袋を床に下ろすと、その衝撃で袋の口から数枚の白い羽根が飛び出す。あの純白の羽根は有翼人のもので間違いなさそうだ。

俺は笑みを浮かべながら報酬を取り出そうとしたが、男が誰も連れていない事に気付く。

「待て、残りの女はどうした？」

「エルフと銀狼族の女なら、外に待機している他の奴に預けている。そっちは金を受け取ってからだ」

「あの生意気な小僧はどうした？」

「始末した。人質を使えば大人しいものだったよ」

そう言いながら取り出したものは、あの小僧へ渡した口止め用の金貨袋だった。

「いいだろう。ほら、こいつが報酬だ」

「……随分と安く見られたものだ」

しかし報酬の中身を確認した男は不満気な声を上げていた。確保したエルフと銀狼族を売った方が稼げるし、気持ちはわからなくもないがな。

だがこちらもこれ以上の金を出す余裕はない。この件は一国を敵に回す依頼だって事を教えてやったら渋々行ったくせに、本物を見て惜しくなったのか？

仕方がねえ、誰を敵に回すかもう一度教えて……。

「待て！　こいつ、違うぞ！」

「ん？　違う…………っ!?」

カトラスが大きな声を出した事で気付いたが、男が不満を漏らした時の声……何か妙だ。

掠(かす)れ気味だった声が妙に若々しいというか、とにかく別人であるとカトラスに遅れて俺も気付いたその時、男はマントを脱ぎ捨てて正体を現したのである。

「お前たちの本音は聞かせてもらったよ」

「き、貴様!?」

そこにいたのは、出来損ないを拾ったあの小僧だった。

だが俺が問い詰めるよりも先にカトラスが動き、小僧の顔面目掛けてナイフを突き出すが……気付けばカトラスの方が宙を舞って床へ叩き付けられていた。

呆然(ぼうぜん)としている間にカトラスを蹴飛ばして気絶させた小僧は、取り出した縄でカトラスの体を縛ってから俺へと振り返る。

「これでお前とゆっくり話が出来そうだな」

その目は昼間に見た穏やかなものとは違い、カトラスが餓鬼だと思える程に鋭く、息が詰まるくらいの威圧感を放っていた。

手を伸ばしても届かない距離だというのに、まるで首元にナイフを突きつけられているような感覚の中、小僧は……

「さて……昼に話した商人の誇りとやらを、もう一度聞かせてもらおうじゃないか」

この場に似つかわしくない、爽やかな笑みを浮かべていた。


―― シリウス ――


こちらを狙っているであろう集団が迫る中、俺は宿の全体を見渡せる高い屋根の上で身を隠しながら姉弟の様子を確認していた。

広範囲の『サーチ』による結果、こちらに迫っている怪しい反応の数は二十人程で、その内の三人が宿の裏手から迫っているようである。

そして正面から堂々と迫る集団は、宿から少し離れた場所に立っているレウスと遭遇したようだ。

「何だお前は？　俺たちはそこの宿に用があるから、さっさとどけよ」

「大体十五人くらいか。結構いるなぁ」

レウスの担当は正面から迫る敵の迎撃である。

そんなレウスの前にやってきた連中だが、おそらくアシットに金で雇われたならず者たちだろう。多種多様な身形から冒険者も多く交じっているようだ。

アシットは俺たちの実力を多少は把握している筈なので、人数を揃えれば勝てる……とは思っていない筈だ。

つまり正面からやってきた集団は囮であり、本命は裏手に回った三人なわけだ。アシットの目的はカレンであり、別に俺たちを倒す必要はないからな。

「銀髪と狼の耳……話に聞いた銀狼族か。あれが目標の奴か？」

「いや、捕まえるのは女の方で、男は好きにしろって話だったな？」

「なら一気にやっちまうか」

「お前等、ここに何の用があって来たのか教えてくれねえか？」

静かに問いかけるレウスであるが、冒険者たちの返答は武器を構える事であった。

その様子にレウスは溜息を吐きつつ、背負っていた大剣を抜いて剛破一刀流の構えを取りながらもう一度語り掛ける。

「先に言っておくけど、このまま帰るなら俺は追わないぜ。でも攻めてくるなら容赦しないからな」

「随分と強気な奴だな。まさかお前、俺たちがお行儀よく順番にかかってくると思っているのか？」

「へ、冒険者をやってればこういう事はよくあるもんだ。恨むなら、あの男に目を付けられた事を恨みな」

「どう見ても盗賊にしか見えないお前等が冒険者を語るのはおかしいだろ」

「減らず口を――……うっ!?」

レウスの鋭い指摘に一人が前へ飛び出そうとするが、その足は即座に止まった。

何故ならレウスが誰よりも早く踏み込み、振り下ろした大剣の切っ先が男の目の前にあったからだ。

その動きに全くついていけなかった冒険者たちが呆然とする中、元の位置に戻ったレウスは周囲を睨みつけながら再び大剣を構える。

「これが最後の忠告だぜ。さすがにこんなにもいると手加減が難しいから、誰が死んでも知らねえぞ？」

「ふざけた事を抜かしてんじゃ――……ぐほっ！」

「同時にかかればー……がはっ!?」

数で勝る状況が気を大きくしているのか、冒険者たちは怒りの言葉を口にしながら次々と迫っていた。しかしレウスの剣が振るわれると同時に数人が纏めて吹き飛ばされ、近くの生垣や夜の闇へと消えていく。

同時に攻めようと、レウスの前に見えない壁があるように弾かれていく光景に、さすがに冒険者たちの足が止まっていた。

「くそ!? 近づけねえ!」

「ナイフだ! 遠距離から攻めろ!」

「このくらい、どうって事はねえ!」

最早飛び道具程度で焦るレウスではない。

周囲から放たれる無数の投げナイフを、冷静に大剣と手甲で全て叩き落とすレウスの姿に、連中も覆しようのない実力差に気付いたようだな。

「どうなっていやがる!? ここまで強いなんて聞いてねえぞ!」

「……どうする？」

「逃げても追われねえって、こいつ言っていたよな？」

ようやく逃走も視野に入れ始めているようだが、考えている暇があったら逃げるべきだろう。もしレウスが手加減していなければ、すでに体が真っ二つにされていてもおかしくないからな。

危機感が足りていないお粗末な連中ばかり雇っているのは、囮としてだけでなく捨て駒としても利用する為だろう。やはり本命は宿の裏側から迫る別働隊か。

ここはレウスに任せておいて大丈夫そうだが、一人だけ気になる男が見られる。

他の冒険者たちより体が一回り大きい上に、強者の雰囲気を感じさせる大男だ。前回はいいかげんな者を雇ったせいで痛い目を見たので、おそらくこの連中を見張る監視役だと思われる。

あの男をこっそりと締め上げ、相手の情報を得るべきかと悩んでいると、弱気になって逃げ出そうとした一人の冒険者が男の横を通り抜けようとすると……。

「おっと、勝手に逃げちゃ駄目だろ」

男が逃げる冒険者の顔面を掴み、そのまま体ごと持ち上げていたのだ。装備を抱えた成人男性を片手で持ち上げるとはな。

これはレウスも一筋縄ではいくまいと思った瞬間……男は掴んだ手に力を込め、何かが砕けるような音と共に地面へ冒険者を放り捨てたのである。

「っ!?　てめえ！　何をしていやがる！」

地面へ落ちた冒険者は頭を潰されて完全に絶命したのか、ぴくりとも動かない。

敵とはいえ、軽々しく命を奪う行為にレウスは激しい怒りを見せるが、男の方は何がおかしいのかと不思議そうにしている。

「戦いもしない臆病者を片付けただけだよ。何でお前が怒っているんだ？」

「そこまでする必要はねえ！　止めるなら殴るだけでいいじゃねえか！」

「だって殴るだけじゃつまらないだろ？　肉を潰す音と感触が気持ちいいんだからさ」

人の命を奪う事に躊躇がないどころか、喜ぶというあまりよろしくない性癖の持ち主らしいな。

男の異端ぶりに冒険者たちも危機感を覚えたのか、蜘蛛の子を散らすように逃げ始め、気付けばレウスと男の一騎打ちのような状況になっていた。

「あ、お前等、そんな風に逃げんなよ。追いかけるのが面倒じゃねえか」

「戦う相手は俺だろうが。さっさとかかってきやがれ！」

放っておいては危険だと判断したレウスは男の前へ立ちはだかるが、何故か握っていた剣を鞘に仕舞って地面に置き、徒手空拳の構えを取ったのである。

「何だ、そいつを使わないのか？」

「お前のような強そうな奴は、剣だと殺しちまうかもしれねえからな。俺は姉ちゃんたちを狙う奴等は許せねえけど、お前みたいな奴にはなりたくねえ」

命をかけているのだから、レウスの行動は甘いと考える者は多いだろう。

だが……お前はそれでいいのだ。

命の大切さを理解し、それを軽々しく扱わないレウスを俺は誇りに思う。

「はは！　剣に頼ってる奴が俺と殴り合いってか。面白え！」

相手の状況なんて知った事じゃないのか、会話の途中だというのに男はレウスへ迫り拳を振るっていた。

遠くからでも風を切る音が聞こえそうな鋭い一撃だが、レウスは体を捻って回避し、カウンターのように男の腹へ拳を打ち込む。

「へぇ……やるじゃねえか。剣だけじゃなく殴るのも得意ってか」

だが反対側の腕で防いでいたのか、男には効いていないどころか楽しそうな笑みを浮かべている。

「こりゃあ潰し甲斐がありそうだぜ。なあ、お前の名前教えてくれよ」

「……レウスだ」

「俺様はマッドだ。じゃあ、お前の肉を潰させてもらうぜぇ！」

マッドと名乗った男は目を爛々と輝かせながら迫るが、今度は拳を振るうのではなく摑みかかるように動いていた。

相手の体を握り潰す事に異様な執着を持っているし、組まれると非常に厄介だろう。普段なら対抗して力比べを始めたかもしれないが、今回のレウスは少し違うようだ。

「ぬっ！　ふっ！　くそ、ちょこまかと！」

「お前の動きが雑なだけだ」

ただ避けるだけでなく、伸ばされる腕を手や肘で叩いて受け流すあの動き……俺がレウスの攻撃を捌いている時の動きだな。

剣だと手加減が難しいだけで、俺やホクトと模擬戦を繰り返してきたレウスにとっては難しい相手ではなさそうだ。完全にマッドの動きを見切っている。

「……他にはいねえみたいだな」

「てめえ！　ふざけてんのか！」

「あ、悪い。見えるからつい」

その証拠に、宿へ近づく敵がいないか余所見しながら戦っているからだ。守る為の戦いなのでそれは構わないのだが、レウスのやり方は逆だ。周囲は気配で探り、目は相手から逸らすべきではないからな。

本人は挑発するつもりはなくとも、マッドの目からすれば面白くはあるまい。苛立ちを露わにしながら、動きを更に速くしていく。

「はは！　捕まえたぜ！」

だが向こうもレウスの動きに対応し始めたのか、動きに変化を付けて遂にレウスの腕を摑む事に成功したようだ。

即座に腕を握り潰そうと力を込めるマッドであるが、期待した音が聞こえてこない事に笑い声が止まる。

「これくらいで俺の腕をやれると思うんじゃねえぞ！」

日々の訓練により鍛えられた筋肉と腕力により、レウスの腕は鉄すらも凌駕する硬さを得ているのだ。

自慢の握力が通じない事に驚く相手の腹へレウスは蹴りを叩き込むが、マッドは悶えながら数歩だけ後退するだけだった。

「がっ……は!?　この……野郎がぁ！」

「駄目か。なら、これはどうだ！」

向こうもレウスに劣らず頑丈な体をしているらしい。片膝を突いて息を乱してはいるが、まだ戦えると言わんばかりにレウスを睨みつけている。

その様子を確認したレウスは腰を少し落とし、右腕を腰だめにしながら魔力を集中させ、気合と共に飛び出してあの技を放っていた。

「ウルフ……ファング！」

「な!?　う、おおぉぉぉっ!?」

レウスの爺さん……ガーヴから教わった必殺技は、守りを固めたマッドの両腕に当たるが、その一撃は相手の防御すらぶち抜いて遥か後方へ吹っ飛ばしたのである。

吹き飛ばされ闇夜へ消えたマッドは、どこかの壁に激突して動かなくなった。

一応『サーチ』でマッドの様子を確認してみたところ、意識を失っているだけで死んではいないようだ。

ただ、あの衝撃からして確実に腕の骨は砕けたと思うので、今後は二度と人を握り潰せる力を出せないだろう。

「やり過ぎたかな？　でもまあ……いいか。あんな事を楽しむ腕なんかない方がいいし」

殴った感覚から重傷なのは理解しているレウスだが、あまり悲観はせず置いた剣を回収していた。それについては俺も同意見なので、レウスが気にしていないなら結果オーライだな。

こうして一番手強(てごわ)そうなマッドを倒した事により、僅かに残って様子見していた冒険者たちは完全に戦意を喪失したようだ。

「あんたらはどうするんだ？　帰るなら……」

「じょ、冗談じゃねえ。これ以上、化物共に付き合っていられるかよ！」

「ついでにあいつ拾って……って、行っちまったか」

宿の正面を守るのが主なので、遠くへ吹き飛ばしたマッドの様子を見に行くような事もしていないし、レウスの方はもう大丈夫そうだな。

ちなみに並行して見守っていたエミリアの方だが、向こうは特に問題は見られず、そろそろ片が付きそうである。

随分と頼もしくなった姉弟の成長に心を満たされながら、俺はその場から移動するのだった。


「あ、シリウス様」

「お疲れさん。こちらは問題なさそうだな」

レウスがマッドと戦っている間、宿の裏手側ではエミリアが密(ひそ)かに戦っていたのだが、俺が向かった頃にはすでに終わっていた。

碌(ろく)に話も聞かされず囮(おとり)として使われた冒険者たちと違い、こちら側は実力だけでなく隠(おん)

密に長けていそうな者が奇襲しようと迫っていたのだが、屋根の上から逆に奇襲したエミリアの手によって難なく気絶させられ、今はロープで縛られて地面に転がされていた。

相手が三人とはいえ一息で制圧し、あっという間にロープで縛り上げる見事な早業だったが……。

「随分と手際がいいな」

「従者として当然の嗜みですから」

何故こんなにも複雑かつ綺麗な縛り方なのだろうか？　この縛り方、どう見ても亀を模したあれである。

ちゃんと手と足も縛っているので問題はないのだが、このやり方を俺は教えた覚えがない。そもそもロープワークが従者として何の嗜みなのか後で問い詰めたいところだ。

突っ込み所が多いエミリアであるが、今はやるべき事を済ませるとしよう。

褒めてほしいとばかりに尻尾を振るエミリアの頭を撫でていると、馬車を保管する倉庫にいたホクトがやってきた。

「オン！」

「そっちも終わったみたいだな」

実はホクトにも三人くらい迫っていたのだが、当然ながら軽く撃退され、現在その三人は気絶した状態でホクトに運ばれてきた。

その男たちもエミリアの手によって縛られ、合計六人となった襲撃者たちを見下ろしていた俺は、マントで全身を隠している長身の男に目を付けた。

「こいつだな。悪いがエミリア、この男の縄を解いてくれ」

「わかりました。ですが、この御方をどうされるおつもりですか？」

「マントを拝借したいんだ。この男に成りすまして連中と接触してくる」

「はぁ……」

条件に合った奴がいなければ別の手を考えるつもりだったが、この男ならば十分だろう。しかし体をマントで隠そうと、この男と俺の伸長差は大きく、すぐにばれてしまうだろう。そんなので本当に成り代われるのかと、エミリアが不思議そうに男の拘束を解いている間に、俺は馬車からある物を持ってきていた。

「それは確か、前にレウスへ履かせていた靴ですね？」

「ああ、高下駄だ。これを履いて体をマントで隠せば、少なくとも身長は誤魔化せるだろう？」

レウスのバランス感覚を鍛える為に自作した物の一つだが、こういう使い方も出来るわけだ。

「後は……おい、起きろ」

マントを回収してから再び縛られた男の頬を軽く叩き、強引に目覚めさせてから幾つか質問をしたところ、予想通りこいつ等はアシットに依頼されてカレンを奪いに来たようだ。

ホクトがいる俺たちに手を出すのは危険だと最初は断ったそうだが、アシットに脅されて仕方なく依頼を受けたらしい。

「こんな仕事をやっているんだ。本当はあんたたちには手を出したくなかったんだが、結局このざまだよ。畜生が！」

「つまりあんたも被害者みたいなものか。これ以上俺たちと関わらないと誓えば、命は助けてやってもいい」

「……わかった」

とある貴族の娘とでも説明されていたのか、カレンが有翼人である事は知らされていないらしい。たとえ知られても、大国を敵に回す恐怖の前には勝てないとふんだのかもしれない。

元から消極的な上に、踏み込んではいけない部分もわかっているみたいだから、今回の件が片付いたら解放してやるつもりだ。もちろん心の底からわからせる為に、ホクトの威圧を存分に味わわせた後でだが。

そのまま他にも情報を吐かせた後、俺は男のマントを羽織ってからエミリアに出かけてくると伝えた。

「少し行ってくる。もう襲撃はないと思うが……ごほん、警戒は怠らないようにな」

「っ!?　相変わらず見事な早業です」

わざわざ男を起こしたのは情報を得るだけでなく、男の声を聞く為でもあった。久しぶりの声帯模写だが、エミリアの様子からして大きく外れてはいないようだな。

手を振って見送るエミリアとホクト、そして唖然とする男を背にした俺は、再び闇夜へ溶けるように移動するのだった。

アシットの下へ向かう前に一仕事を済ませ、準備を整えた俺はマントを借りた男から聞いた、町で一番の高級宿へとやってきていた。

奴は宿の敷地内にある離れの部屋を借りているらしく、そこでカレンたちを受け渡す手筈だったらしい。

それにしてもあの離れ……話によるとかなり料金が高いらしく、それに見合うくらい胡散臭い場所のようだ。

「多少の騒ぎがあっても不干渉の部屋……か。エミリアたちを攫って何をしようとしていたか容易に想像がつくな」

しかし逆に考えれば、この辺りであれば何があっても目撃される可能性も低いわけだ。

気配を殺し、建物に近づいて部屋内の様子を確認したところ、中にいるのはアシットと護衛らしき男の二人だけのようだな。

妙に声を荒らげているようなので耳を澄ませてみれば、アシットが色々と愚痴を零しているようだ。

期せずして連中の本音と状況を知る事が出来たので、一旦その場から離れた俺は用意した袋を抱え、依頼が完了した体を装いながら離れの扉を叩いた。

「……誰だ？」

「俺だ。依頼完了の報告に来た」

「おお、待っていたぞ！」

扉が開かれると、妙に目つきが鋭い細身の男が俺を出迎えてくれた。

なるほど、これがアシットの言っていた護衛の一人であり、マントを借りた男も戦いたくないと口にしていた奴か。

情報によると、先程レウスと戦っていたマッドの兄らしく、纏う雰囲気から弟にも負けない実力者であるのはわかった。名前は確か、カトラスだったな。

「首尾はどうだ？」

「この中だ。今は薬で眠らせてある」

適当なものと、カレンから少し拝借しておいた羽根を入れた袋をわざと見せるように置けば、アシットは簡単に信じてくれたようだ。中身を見せろとか言われても別に構わなかったが、予想以上に酔っぱらっているようだな。

するとエミリアとフィアがいない点と、俺の状況について聞いてきたが、用意していた物を見せたら納得し、約束していた報酬とやらをくれた。

「……随分と安く見られたものだ」

エミリアたちは金に代えられる存在ではないし、そもそも人に値段を付けるなんてしたくもないが、何だか釈然としない金額だ。俺なら全財産渡してでも欲しい女性だぞ。

しかしその不満で声帯模写に乱れが出てしまったのか、カトラスが違和感に気付きナイフを突き付けてきたのである。

変装して話を聞こうと考えてはいたが、酔っぱらったアシットから本音は聞けたし、これ以上姿を隠す必要もないか。

こちらからマントを脱いだ事で完全に敵だと察したのだろう、向けていたナイフでこちらの顔を躊躇なく狙うカトラスであるが、首を動かして避けながら蹴り飛ばしてやる。

「はん、やるじゃねえか！」

飛ばされながらも素早く体勢を立て直したカトラスは、面白そうな笑みを浮かべながら数本の投げナイフを放ってきた。

全部で三本の投げナイフは躱すが、その間に再び迫ってきたカトラスが両手に握ったナイフを振るってきたので、俺は一歩引いて避ける。

「どうした？　逃げてばかりじゃないか」

なるほど……アシットが暢気に酒を飲める程の余裕があるわけだ。

大国による後ろ盾だけではなく、これ程の護衛が付いていれば安心もするか。

おそらくナイフ技術に関しては、俺が今まで見てきた中で上位を争う腕前だろう。誇張でも何でもなく、上級冒険者に匹敵する実力を持っているとは思うが……。

「残念だが、直線的過ぎるな」

すでに俺はマッドの動きと癖を見切っていた。

確かにこいつのナイフ捌きは見事だと思うが、俺はこいつより遥か高みに至る存在を知っている。

言うまでもないだろうが師匠の事で、あの人のナイフはまるで生きている蛇のように迫って来る非常に恐ろしい技だったからな。

「偉そうな事を言いやがって！　だったら反撃の一つや二つ……ぐっ!?」

突き出されたナイフが刺さるよりも速くカトラスの手首を摑んで捻り、握力が緩んだ瞬間を狙ってナイフを奪い取る。

動揺しつつもカトラスは反対側のナイフを振るうが、俺はその腕に肘を割り込ませて強引に止め、奪い取ったナイフを相手の首元へ向かって突き出す。

こうなると首を捻って避けるか、一旦下がって距離を取るしかないのだが、カトラスは下がる方を選んだようだ。

そのままカトラスを追いかけるように一歩踏み込んだ俺は、相手が下がる勢いを乗せた首投げで床に叩き付け、蹴って気絶させた後に本人が持っていた縄で動きを封じておいた。

「これでお前とゆっくり話が出来そうだな」

そして残ったのは、酔いが完全に冷めたアシットだけである。

外に邪魔者がいない事を『サーチ』で確認した俺は、笑みを浮かべながらゆっくりと語り掛けた。

「さて……昼に話した商人の誇りとやらを、もう一度聞かせてもらおうじゃないか」

「あ……いや……」

一歩近づけばその分だけ下がるアシットだが、出入口である扉は俺の背中だ。

次第に奥へと追いやられ、背中が壁にぶつかったところで逃げられないと察したのか、怯えながらも俺を指差しながら口を開いた。

「お、お前！　こんな事をして、ただで済むと思っているのか！」

「この状況でそれを口走ったところで無駄だと理解している筈だろう？　お前の本心はさっき外から聞かせてもらったから、もう覚悟を決めた方がいいんじゃないか？」

万策が尽きた……とは、正にこういう状況だろう。

遂には乾いた笑いを漏らし始めたので、俺は奪ったナイフを投げてアシットの足へ突き刺していた。

「ぐあっ!?　や、止めてくれ！　命だけは……」

「そうだな、なら幾つか教えてもらいたい事があるんだが」

ついでなのでカレンを拾った場所や、オベリスク国について少し聞いてみる事にした。

備えあれば憂いなしってやつだ。

しかしオベリスクに関しては秘密が多く、大した情報は得られなかったが、カレンの発見位置である川の上流が竜の巣に近い事が判明したので、そこがカレンの故郷である信憑性が更に増した。

そしてある程度話を聞き終わった頃、アシットの体が小刻みに震え出して懇願するように俺へ手を伸ばしてきたのである。

「も、もう……いいだろう？　体が痺れ……早く……」

「やはりナイフに毒が塗ってあったか。放っておいたら死ぬものなのか？」

「動けない……だけだ。頼む……薬は……あいつが持って……」

「致死性の毒じゃないなら問題はあるまい。後ろ盾と護衛で慢心し、危険を嗅ぎ取る勘を疎かにしていたお前が悪いんだ」

「ぐ……うう……」

アシットたちの命は俺の選択次第だが、結局俺は二人を放置したまま建物から出ていた。

今後の事を考えれば確実に仕留めるべきだろう。しかし今回に至っては俺よりも、もっと適任の奴がいるからだ。

先程脱いだマントを羽織りながら宿の敷地を出た俺は、近くの物陰に隠れていた男を呼んだ。

「準備は出来た。後は任せる」

「ああ……やってやるよぉ！」

全身血塗れで、片腕と片足が潰されたかのように折れ曲がったその男は、アシットが文句を言っていた男たちで唯一の生き残りである。

ここへ向かっている途中に偶然見つけ、まだ息があるのを確認した俺は、姿を隠している状況を利用して復讐に手を貸す事を提案したのだ。

普段なら怪しんでいたかもしれないが、怒りに打ち震えていた男は簡単に受け入れたので、まずレウスにやられて気絶していたマッドを仕留めさせた。

そして準備が終わり次第呼ぶと伝えてから、近くの物陰に隠れさせていたわけだ。

「はぁ……はぁ……ちく……しょう……が。絶対に……許さねえ！」

応急処置をしたとはいえ、男は最早手の施しようがない状態である。

それでも動けるのは、己と仲間がやられた事への復讐心ゆえだろう。マッドの血で濡れた剣を杖にしながらも、確かな足取りで俺が先程までいた離れへと向かって行く。

おそらく一時間も保たないだろうが、動けないアシットたちを仕留めるには十分な筈だ。

「これも因果応報……だな」

それからしばらく経ち、建物内に残っていた反応が全て消えるのを確認してから、俺は静かにその場を去るのだった。

《希望の魔法》

アシットたちの問題が片付いた次の日、俺は欠伸(あくび)を噛(か)み殺しながら馬車に備え付けられた調理台で朝食を作っていた。朝食なら宿で頼めばいいのかもしれないが、昨夜は色々とあったので少し気分転換がしたかったのである。

ブラッシングをしてもらい、機嫌が良さそうに尻尾を振るホクトに見守られながら調理を続けていると、エミリアとリースが馬車へやってきたので俺たちは朝の挨拶を交わしていた。

「こちらにいらしたのですね」

「何を作っているの？　あ、もしかして……」

「ああ、カレンの為(ため)にちょっとな」

俺は朝食であるサンドイッチだけでなくケーキも作っていた。

先日作ったフレンチトーストにあんなにも夢中だったので、ケーキも喜んでくれるに違いない。

「食べ物で釣るのは卑怯(ひきょう)かもしれないが、早く俺にも慣れてもらいたいからな」

「カレンちゃんが食べた時の反応が楽しみですね」

「私が初めてケーキを食べた時は、本当に凄い衝撃だったなぁ。改めて考えてみると、私はケーキで餌付けされちゃったみたいなものだよね」

「人聞きの悪い事を言うなよ」

当時はそんな意図なんか全くなく、初めてエミリアに友達が出来た事が嬉しくて、母親のような心境で歓迎していただけだ。

とはいえ深く思い返してみると、あの時見せてくれたリースの蕩けるような笑みに、俺は知らない内に魅了されていたのかもしれないな。父親と姉からはあんなにも溺愛されているし、様々な意味で罪作りな女性である。

「生地をオーブンに入れて……と。その間にサンドイッチを仕上げるか」

「私もお手伝いします」

「じゃあ私はパンの具材を切るね」

朝一番の活力の為、俺たちは手分けしてサンドイッチを完成させ、四人部屋である女性陣の部屋に集まって朝食を食べた。

大量に用意していたサンドイッチが次々と消えるが、レウスが頻繁に欠伸をして手を止めているのでいつもより少し消耗が遅い。

「ふぁ……眠い」

「……くぅ」

「ほらカレン。ちゃんと起きて食べなさい」

「……うん」

昨夜のレウスは冒険者たちと戦っていたせいか、興奮が中々冷めなくて寝つきが悪かったらしい。何より護衛の為に遅くまで起きていたので、単純な寝不足である。

だからレウスはわかるのだが、カレンまで眠そうにしているのは何故だろうか？

あの子は俺たちの誰よりも早く眠り、今朝は最後に起きたので軽く半日近くは寝ている筈なのにだ。

「眠いなら移動中に寝るといい。どこでも体調を整えられるようにな」

「そうだな。じゃあハンモックを出しておくよ」

振動は馬車のサスペンションがある程度吸収してくれるので、道が極端に荒れてなければ十分寝られるだろう。

そんなレウスに釣られて俺も欠伸をしていると、リースとフィアが苦笑しながらこちらを見ているのに気付いた。

「シリウスさんも眠たいの？　だったら朝食は私たちに任せておけば良かったのに」

「私たちは少し遅く寝た程度だから大丈夫だけど、シリウスはもっと遅かったんでしょ？」

昨夜アシットたちの最期を確認した後、俺は宿へ戻らず今回の件で関わった者たちを探し、今後に影響がないか調べ回っていたのだ。

幸いな事に雇われた連中はカレンが有翼人である事は知らされていなかったらしく、アシットたちさえいなければオベリスクに伝わる事はなさそうである。

念の為、町を密かに牛耳る裏の連中とも接触してきたが、話題に上がるのはエルフと百狼だけなので、いつも通りという事で問題はなさそうだ。

そうして全ての確認を終えて宿へ戻ってきたわけだが、その頃にはすでに日付どころか外がぼんやりと明るくなり始める時間帯だった。一応少しだけ仮眠を取ったものの、睡眠時間が足りていないのは事実だな。

「そうだな、だから俺も馬車で眠らせてもらうよ。いや、眠らないと駄目そうだし」

「はい！　約束ですから」

俺が苦笑しながらそう言えば、エミリアが尻尾を振りながら答えていた。

昨夜……先に眠っていろと『コール』で皆へ伝えた時、エミリアだけは従者として主が戻るまで眠るわけにはいかないと言い出したのである。何とか言い聞かせ、ある約束をしたら真っ先に眠ったそうだが、その約束というのが……。

「出発前には身を清めておきますので、眠る時はお申し付けください。私の膝はいつでも空いていますから」

「膝枕はそんなに張り切るような行為だったか？」

「シリウス様に奉仕するのが私の喜びですよ？　それに、膝枕は滅多にさせてもらえませんし」

「そうだったか？　膝枕なら何回か覚えがあるぞ」

「でもシリウスさんに一番詳しいエミリアが言うんだから、間違いないと思うよ」

「そうね。貴方の場合は膝枕をしてもらうというより、私たちにしてあげている方よ。だって私はシリウスに膝枕をしてあげた記憶がほとんどないもの」

　言われてみればそうかもしれない。

　別にしてもらうのが嫌だとか、そういうわけじゃない。幼い頃、あの花畑で母さんにしてもらった膝枕の心地好さは一生の思い出だからな。

　それに俺の場合は、何かあればすぐにホクトが近づいてきて寄りかからせてくれるので、クッションの類が必要なかったせいかもしれない。

「後で太股をマッサージしておきましょう。そうすれば少しは柔らかくなりますよね？」

「だからそんなに張り切る必要はないって」

　頭を撫でてエミリアの暴走を止めた頃にはサンドイッチが片付いたので、続いて今回のメインであるケーキを取り出す。いつもより少しデコレーションに拘った、我ながら見事な一品である。

　ケーキの登場に皆が喜ぶ中、初見のカレンだけは首を傾げながらケーキを見つめていた。

「この白いのは何？　食べられるの？」

「それはケーキと言って、前に食べたフレンチトーストみたいに甘いお菓子ね。カレンの為にシリウスが作ってくれたのよ」

「蜂蜜より甘いの？」

「甘いだけじゃなく、ふわっとしていて凄く美味しいよ。とにかく少しでもいいから食べてみて。きっとカレンちゃんも気に入ると思うから」

リースとフィアの言葉によって興味が湧いたのか、カレンの視線は完全にケーキへ固定された。そしてエミリアの手によって切り分けられたケーキが全員に配られ、各々が美味しそうに食べる姿を見たカレンがケーキを口にすれば……。

「……美味しい！」

翼をパタパタと動かしながら口元を緩ませていた。

「そうか。口に合ったようで何よりだ」

「シリウス様のケーキならば当然ですね」

「だね。もう何回も食べているのに、全然飽きないもの」

確かな手応えを感じる中、隣に座っていたフィアがカレンの口元に付いたクリームを拭き取りながら聞いていた。

「どう？　私たちが言った通りだったでしょ」

「うん。でも、カレンは蜂蜜の方が好き」

「「………」」

どうやらカレンは、砂糖のような甘味より蜂蜜による甘味の方が好みらしい。

趣向は人によって違うので仕方がないとはわかっているが、こうもはっきり言われてしまうと地味にへこむな。やはり天然物は強いという事か。

「大変だ、姉ちゃん！　兄貴が落ち込んでいるぞ！」

「くっ!?　カレンちゃんには使いたくはなかったのですが、私はシリウス様の従者。主の為に今こそ……」

「待て待て、別に落ち込んでいるわけじゃない。それとエミリア。何をするのか大体予想はつくが、絶対にやるんじゃないぞ」

「……わかりました」

おそらく洗脳の類だと思うが、何でそんなにも残念そうな顔をするのやら。

地味にへこんだものの、誰が悪いという話でもないし、言葉はどうあれカレンはケーキを美味しそうに食べているので良しとしよう。

それでも……若干の悔しさはある。今度は蜂蜜を使用したお菓子を作るべきだろうか？

そんな事を考えながら、俺はケーキを食べ続けるカレンを眺めるのだった。

「シリウスさん、ちょっといいかな？」

それから朝食の片付けをしている途中、リースに呼ばれて振り返ると、彼女の背中に隠れるように立つカレンの姿があった。

昨日まではフィアの傍を離れようとしなかったカレンだが、リースとエミリアも大丈夫になったらしい。

「どうした。何か困り事か？」

「カレンちゃんから話したい事があるの。ほら、勇気を出して」

「……うん」

リースと普通に会話が出来ている光景は実に微笑ましいが、俺に用事となれば眺めているわけにもいくまい。作業を中断した俺は膝を突き、目線を合わせてからカレンの言葉を待った。

「あのね……カレンに魔法を教えてほしいの」

「魔法？」

「カレンちゃんの故郷だと、五歳を過ぎた頃から魔法の練習を始めているみたいなの」

「有翼人は体が軽い種族だから、戦士に向かない分だけ魔法に力を入れているのかもしれないわね」

「でもそんな幼い頃からってのも凄いよね。私が五歳の頃は母様に甘えてばかりだったし」

俺を怖がっているせいでカレンの説明は非常に拙いが、事前に話を聞いていたリースと、近くにいたエミリアとフィアが補足するように説明を挟んでくれたので事情は概ね理解出来た。

大雑把に纏めるとこうだ。

有翼人は生まれて五歳になると魔法の練習を始めるそうなので、一ヶ月程前に五歳となったカレンは親から魔法を教わっていた。

しかし何度試しても、カレンは初級魔法でさえ上手く発動しなかったそうだ。

「ママは大丈夫だって言っていたけど、ちょっと困ってた。だからおねーちゃんたちみたいに魔法が使えるようになって、ママを驚かせたいの」

「それで魔法を教えて……か」

今朝、リースが顔を洗う水を生み出したのを見たのが切っ掛けらしい。

噂によると、有翼人は全体的に魔法への適性が高いらしく、カレンの話を聞いた感じだと、子供でも数日練習すれば初級魔法が使えるようになるそうだ。

なのにカレンだけ魔法が上手く使えない……か。

ただでさえ他の有翼人と比べて翼の形が違うので、仲間内の間では完全に浮いてしまっている可能性が高そうだな。

母親の為もあるだろうが、それでも挫けずに魔法を習おうとする姿勢は実に素晴らしいと思う。

だから魔法を教えるのは構わないのだが、恐れられている俺よりも、女性陣の誰かが教えるべきだろう。そう目線で伝えてみたのだが、三人は揃って片目を閉じるだけだった。

「私たちはシリウスさんに魔法のコツを教わったから、やっぱり一言伝えておくべきかなって」

「貴方はこのパーティーのリーダーでしょ。誰が教えるにしても、きちんと報告する必要はあるわ」

「それに人へ教える事に関してはシリウス様が一番です。シリウス様から教われば、きっとカレンちゃんも魔法が使えるようになると思います」

なるほど、今度は俺がカレンに慣れてもらう番というわけか。

本当は自分が教えてあげたい筈なのに、俺に機会を譲ってくれたのだ。ここは素直に甘えるとしよう。

考えている間もカレンは不安気な面持ちで待ち続けているので、俺は笑みを向けながら手をゆっくりと差し出した。

「いいよ、俺で良ければ教えてあげよう。けどその前に調べたい事があるから、手を出してくれないか？」

「……うん」

まずはカレンの適性属性が気になるが、それは専用の魔道具で調べないと判定が難しい。というわけで、まずは魔力の流れを調べてみようと思い、俺はカレンの小さな手に触れて『スキャン』を発動させた。

「ところで、カレンは魔力がどういうものか知っているかい？」

「えっと……このもやもやってしたのが魔力だよね？」

曖昧な表現だが、魔力については体で理解しているようだな。

続いて水の初級魔法を使うように頼み、魔力の動きを『スキャン』で詳しく調べてみたところ……。

「ふむ、魔力は間違いなく体中を循環しているようだ」

「ならば何故魔法が使えないのでしょう？　初級魔法ならば、少量の水くらいなら出ると思うのですが」

「この感覚は……いや、これは確実に調べるべきだな」

一つだけある可能性が浮かんだが、何分初めてなので確証が得られないのである。

魔法は移動中に教えるつもりだったので、このまますぐに町を発つ予定だったが、その前に一つだけ寄る場所が出来たようだ。

何やら不穏な空気を感じて泣きそうな表情になっているカレンだが、問題はないと笑いかけてから皆へ伝えた。

「出発前に冒険者ギルドへ行くとしよう」

そして宿を出た俺たちは宣言通り冒険者ギルドに赴き、魔法の適性属性を判別する魔道具を使わせてくれるように頼んだ。しかし基本的にギルドへの登録時にしか使わない物なので、受付の人に何故使うのかと聞かれた。

「調べたいのは俺たちではなく、こちらの女の子です。いずれ魔法を教えるつもりなので、適性属性を調べておきたくて」

「その女の子は、君のお子さんなのかしら？」

「いえ、違います。この子は兄の忘れ形見でして、今は俺が引き取って一緒に旅をしているのです。まあ俺たちの妹みたいなものですよ」

「そう……うん、怪しんでごめんなさいね。ギルドの受付として、一応聞いておかないといけなくて」

咄嗟の誤魔化しに怪しまれはしたが、冒険者が集まるギルドの雰囲気に怯えたカレンがフィアの背中へ縋るようにくっ付いている姿を見て信じてくれたようだ。

最初は俺の子供で通す事も考えたが、まだ若い見た目の俺にこれくらいの子供がいるのは少し無理がありそうだからな。

「じゃあ、すぐに用意するから待っていて」

「ここで何をするの？」

「魔法には火とか水とか色んな属性があるでしょ。その中でカレンはどの属性が向いているのか調べるのよ」

「人によって得意な属性が違うの。それがわかれば、カレンちゃんも早く魔法が使えると思うんだ」

「本当!?」

二人の説明で希望が湧いてきたのか、カレンの目が輝き始めた。

喜んでくれるのは良いのだが、翼を隠しているローブが小刻みに動いているのでなるべく慎んでもらいたいものである。

とりあえずカレンを囲うように皆を移動させていると準備が終わったのか、透明な魔石が付いた魔道具が俺たちの前に置かれた。

「はい、お嬢ちゃん。この石の上に手を置いてね」

「……うん」

今は怖さより好奇心が勝っているのだろう。カレンはあまり戸惑う様子も見せず石へ手を伸ばしていた。

俺たちが登録した時に使った魔道具と少し形が違うようだが、触れた者の適性属性によって輝く仕組みは同じ筈である。火属性なら赤色、水属性なら青色といった感じだ。

さて、気になるカレンの適性属性だが、俺の想像通りなら周囲に見られないようにしておくべきだろう。俺はカレンを包囲するように皆へ伝え、魔石の光が周囲から見られないようにしておく。

そしてカレンの手が触れた魔石が輝き始め……。

「あ、光ったよ!」

「これは……」

「……やはりか」

光の色は……赤でも緑でもない、完全な無色である。

つまりカレンの適性属性は、俺と同じ無属性だった。

「見て見て。綺麗だよ、おねーちゃん」

「はい、とても綺麗ですね」

「そう……だね」

「カレンの心と同じくらい、純粋な色だと思うわ」

受付の女性を含め、魔道具の光を確認した全員が複雑な感情を抱く中、カレンだけはその輝きに見惚れていた。

一方、俺はこの結果をある程度は予想していた。

だが今まで俺以外の無属性に会った事もないし、もしかすると極端に適性が低く、わからなかった可能性もあったので何も言わなかったが、この光の色からしてカレンが無属性なのは間違いなかったようだ。

今の俺でも四属性の魔法になると、魔法陣がなければ初級魔法でさえ碌に発動しないのだから、カレンが魔法を上手く使えなかったのも当然かもしれない。

そっと横から割り込んで魔道具の機能を消した俺に首を傾げるカレンであるが、色の意味を理解出来ず無邪気に質問をしてくる。

「ねえ、おねーちゃん。カレンの上手な魔法は何？　ママと同じ風の魔法？」

「えーと、ちょっと言い辛いんだけど……」

「フィア、変わろう。ここは俺が伝えるべきだと思う」

「……どういう事？」

「いいかいカレン。君の上手な魔法はね……」

こうしてカレンの適性属性を調べ終わった俺たちは町を出発し、有翼人の住処である竜の巣へ向かって馬車を走らせていた。

少し早目に走らせているので、二日もあれば竜の巣の入口でもある森の前へ着くだろう。

ようやくカレンを送り届けられそうなのだが……現在、馬車内の空気は少し重い。

自分が無属性だと知ったカレンが、馬車の後部に座って項垂れているからだ。その心を表すように翼も垂れ下がっており、声を掛け辛い哀愁を漂わせている。

「やはり有翼人でも、無属性は良く思われていないようですね」

「カレンちゃん、期待していたものね」

どうやら無属性への風当たりは万国共通らしい。

俺たちから魔法を教わり、母親を驚かせようと楽しみにしていた分だけショックは大きいようだ。

本来なら馬車で仮眠を取るつもりだったが、今のカレンを放置して寝るのはどうかと思うので、俺は静かにカレンを見守り続けていた。

そしてしばらく経ち、馬車が町から離れて周囲に人の気配がなくなったところで、ハンモックで寝転がっていたレウスが不意に動いたのである。

「……ママ」

「なあ、元気出せよカレン。無属性だって悪い事じゃないんだぜ？」

慎重に距離を取りながら接近した御蔭か、レウスが声を掛けてもカレンは逃げようとしなかった。あるいはそれだけ落ち込んでいる証拠かもしれない。

そんなレウスの言葉によって感情が溢れたのか、カレンはポロポロと涙を零しながらレウスに顔を向けていた。

「でも、無属性の子は魔法が上手く使えないって……ママが言っていたの」

「そっか。でもさ、俺からすれば無属性なのって羨ましいくらいだぜ？」

「……何で？」

「そりゃあ、俺の尊敬する兄貴が無属性だからさ」

「えっ!?」

レウスの屈託ない笑みに一瞬毒気を抜かれていたようだが、言葉の意味に気付いたカレンは翼を広げながら俺へ顔を向けてきた。

ギルドでは周囲の耳があって説明はしなかったが、ここならば問題あるまい。

「ああ、俺もカレンと同じ無属性なんだ。ホクト」

「オン！」

説明せずとも意図を察したホクトは、街道から少し外れた草原に移動して馬車を停めてくれた。

そのまま馬車から降りる俺たちに首を傾げるカレンだが、フィアに促されたので俺たちの後に続く。

「何をするの？」

「約束通り、カレンに魔法を教えてあげよう。この広さなら十分だな」

「でも、無属性だよ？」

「教えるのは無属性の魔法だから平気だ。俺と同じ無属性のカレンなら、練習すればきっと使えるようになる」

明るく振る舞いながら語り掛けているものの、無属性の魔法は覚える必要がないと言われていたらしく反応が薄い。

ここは実際に見せた方が早そうだな。

「いいかい、カレン。何事も使い方と考え方次第で大きく変わるものだ。そうだな、比較対象があればわかりやすいだろう」

俺の視線による合図を受けた姉弟は頷き、掌に魔力を集中させて魔法を発動させていた。

「これが風の初級魔法ですよ。『ウインド』」

「俺は火だ。見てろよ、カレン。『フレイム』」

「……あれ？」

エミリアが生み出した魔法の風は周囲の木々を大きく揺らし、続いてレウスの放った火球は近くにあった岩を砕いていた。

そんな姉弟の魔法を見たカレンは興味深げに眺めていたが、ある点に気付いて質問をしてきたのである。

「ママは魔法の前に、えーと……何か言わないと魔法が使えなかったのに、おねーちゃんとおにーちゃんは言わなくても魔法が使えるの？」

「私たちはシリウス様に指導していただいた事により、詠唱しなくても魔法が使えるのです」

「もちろん私も出来るよ。今朝、顔を洗う水を出した時には言わなかったでしょ？」

寝惚けていたのでよく覚えていなかったらしい。リースに言われて思い出したのか、目を見開きながらカレンは頷いていた。

「私も詠唱がなくても使えるわよ。まあ、私とリースはちょっと特殊だけどね」

「最初は魔法について何も知らなかった俺たちでも出来るんだ。カレンもきっと出来るようになるぜ」

無詠唱にすぐ気付いた点は良い着眼点と思うが、今は魔法の比較が先だな。

自分にも出来ると言われて興奮し始めているカレンに、俺は真剣な表情で語り掛けた。

「よく見ておきなさい。これが無属性魔法の可能性……いや、一つの姿だ。『インパクト』」

目標にしたのは、レウスが砕いたものより何倍も大きい岩である。

俺の手から放たれた衝撃弾は岩を砕き、中心に大きな空洞を作っていた。その気になれば岩全体を破壊可能だが、まずは基本からという事で少し抑え気味にしておいた。

その威力にカレンは衝撃を受けたのか、翼を広げたまま完全に固まっている。

軽く手を叩くと正気を取り戻したが、この時見せてくれたカレンの表情は、初めて俺への恐怖が消えたものだった。

「どうだ？　これでも覚える必要はないかい？」

「私でも……出来る？」

「もちろんだ。魔法は自分なら出来るって思う事と、諦めずに何度も練習を繰り返す事が大切なんだ」

「……うん！」

同じ無属性という事で、他にも『ブースト』等も教えてやりたいところだが、竜の巣までの二日間では厳しいだろう。

数日くらい有翼人の住処に滞在して教えてもいいが、カレンを送り届けたら長居出来ずすぐに別れる可能性もあるので、一つか二つが限界だと思う。

同じ無属性同士という事で、俺のオリジナル魔法である『マグナム』を教える事も考えたが、やはり幼い子供に銃というものを教えるのはかなり抵抗があったので、これだけは止めておこうと思う。

それに……銃をイメージした魔法は、この世界では異質かつ強力過ぎる。

護身用なら『インパクト』で十分だろうし、カレンにはまず相手を殺す魔法ではなく、相手を凌ぐ護身用に近い魔法から覚えさせるべきだな。

カレンが心身共に成長し、善悪の判断がしっかり出来るようになった時に再会出来たのなら、改めて考えてみるとしよう。

早く教えてほしいと言わんばかりに翼を羽ばたかせるカレンを眺めながら、俺はこれからの訓練プランを練るのだった。


カレンに俺の魔法を見せた次の日。

日が落ち始める前に馬車を停めた俺たちは、手分けして野営の準備に入った。

近くの森で食材調達に向かった組と、食事の準備を進める馬車に残る組に分かれて作業をしていたが、俺とカレンだけは馬車から離れた場所で魔法の訓練を行っていた。

準備を手伝わないのは申し訳ないと思うが、皆からカレンを優先させてほしいと言われたので、今回はお言葉に甘えさせてもらった。

そして魔力の扱いについて復習が済んだところで、遂に魔法を発動させる時が来たのである。

「いいぞ、その調子だ。その状態のまま、全身の魔力をゆっくりと動かして掌に集めるんだ。さっきのような辛い状況になったら、すぐに止めるんだぞ」

「……これでいい？」

「よし。後は手を相手に向けてから、魔法名を唱えると同時に魔力を放つんだ」

「うん、『インパクト』」

そしてカレンの掌から放たれた不可視の魔力弾は近くの岩に直撃し、岩の表層を僅かに砕いていた。

昨日放った俺の『インパクト』に比べたら微々たる威力であるが、今のカレンではこれが限界のようだな。

原因は魔力の集束が甘いせいだが、これでも十分に凄い事だ。

親から魔力の扱いを教わっていたとはいえ、俺の魔法理論を教えてから、たった一日で魔法を発動出来るようになったのだから。

魔法が得意と言われる種族故かもしれないが、これはやはり本人の才能だろう。

町で買ってあげた本を一心不乱に読んでいたように、カレンの集中力は非情に高い。

集中すると周りが見えない点が短所でもあるが、その集中力をもって教えた事を驚異的な速度で吸収していくのだ。姉弟も相当だが、カレンはそれ以上だと思う。

そのせいで何度も魔力枯渇を起こして辛そうにしていたが、己の限界を知る為に、そして強くなる為に必要な経験だと思っているので、俺はあまり止めなかった。さすがに本気で倒れそうになれば止めたが。

こうして魔法に成功したカレンは、口元を綻ばせながら俺へ顔を向けてきた。

「……出来た！」

「ああ、よく頑張ったな。これなら魔物相手でも十分効果はあるだろう」

少なくとも世間一般で使われる『インパクト』より数倍は上だし、魔物の目を狙えば怯ませるくらいは出来るだろう。

膨大な魔力を消耗する割に、威力は僅か……それが『インパクト』の常識であり、誰も使いたがらない理由だ。

しかしカレンはその常識に囚われず、俺の言葉を信じて僅か一日でここまで来たのだ。
つまりそれだけカレンが純粋という事である。

「体内の魔力操作が上手くなれば、もっと強いのが放てるようになる。焦る事はないから、何度も繰り返して強くさせていけばいい」

「頑張る！」

嬉しそうに翼をパタパタと動かしているカレンだが、魔力枯渇が近いせいか少しだけ顔色が悪い。

食料調達に向かわせた組もそろそろ帰って来る頃だろうし、夕食の支度もあるから今日はこの辺りで止めるとしよう。

「だけど今日はここまでだ。朝から何度も集中していたから疲れただろう？」

「そうだけど……もう一回やりたい。カレンも早くおにーちゃんみたいに使えるようになりたいの」

すでに魔力枯渇の辛さを知っている筈なのに、それでも努力を惜しまない姿勢は実に素晴らしい。

本来ならもう休ませるべきだろうが……。

「……仕方がない、もう一回だけだぞ。ところで何か聞きたい事はあるか？」

「カレンとおにーちゃんの魔法は何が違うの？」

「ならもう一回見せてあげよう。自分で気付くのも大切だ」

「うん！」

昨日は普通に魔法を放ったが、今度はゆっくりと発動させてカレンが観察しやすいようにしてやった。

今では呼吸するように『インパクト』を発動させているが、ゆっくりとなると魔力を集中する時間が増えて逆に面倒だったりするのだ。

だが驚異的な集中力を持つカレンなら、観察して何かに気付いてくれる可能性が高いのでやる価値はあるだろう。

「魔力が右手に集まっているのがわかるか？　それと魔力を集めるのが難しいなら……」

「…………」

途中で交える説明を聞きながらも、カレンは俺の一挙一動見逃さないように観察している。

色々とマイペースなカレンだが、純粋で、努力家で、何よりも知識に関して非常に貪欲なので実に教え甲斐のある子だ。

そんなカレンの助けになれればと、俺はいつもより集中しながら『インパクト』を……。

「ただいま。色々採ってきたわよ」

「見てくれ兄貴！　美味そうなのが採れてー……ん？　どうしたんだカレン？」

「……蜂蜜？」

いや……前言撤回するべきだろうか？

なにせ先程まで真剣な面持ちで俺を観察していた筈のカレンが、気付いたら狩りから戻ってきたレウスの前に立っているのだから。

放たれた『インパクト』が的になった岩を粉々に砕く中、俺はどこか虚しさを感じていた。

その一連の光景を眺めていたエミリアとリースはどう反応するべきか困っており、何も知らないフィアが首を傾げている。

「何かあったの？　様子が変だけど」

「いえ、何と言いますか……」

「凄く複雑な気分……なのかな？」

魔法なら後でまた見せれば済む話なのだが、この何とも言えない感情をどうしてくれよう？

そして二人から事情を聞いているフィアの横では、レウスが目の前にやってきたカレンと語り合っていた。

「ったく、急に現れたからビックリしたぜ。それでどうしたんだ？」

「蜂蜜の匂いがしたから」

「お、よくわかったな。実は途中でまた巣を見つけてさ、全部は無理だったから一部分だけ採ってきたんだよ」

「欲しい！」

「え、けどもう少しで夕食だぜ？　食べたいなら兄貴の許可を得てからだ」

何だかんだでカレンは俺たちに心を開き始めており、新しい面が次々と見つかっていく。

その内の一つがこれで、この子は予想以上に蜂蜜がお気に入りのようなのだ。

蜂蜜自体に匂いなんてほとんどない筈なのに、見事に嗅ぎ分けて反応しているのが証拠である。目がないとは正にこういう事だろう。

そんな会話をしていた二人の視線がこちらへ向けられたので、俺は仕方なく頷（うなず）いた。

「少しだけだぞ」

「おう！　ちょっと待っていろよカレン」

「うん！」

そして必要な道具を取りに馬車へ戻るレウスの後を、カレンはまるで子犬のようについて行く。

もはやカレンの思考は完全に蜂蜜で埋め尽くされており、魔法の事は完全に忘れているどころかレウスの事も恐れていないようだ。

まあ……元から今日はここまでだと決めていたし、カレンが楽しそうにしているのでもう何も言うまい。

蜂蜜を選り分（よわ）ける作業をじっと眺めるカレンに苦笑しながら、俺はフィアとレウスが採ってきた食材で夕食の支度を始めるのだった。

　さて、気を取り直して夕食の準備を始めたのはいいが、俺はいきなり迷っていた。

　今夜の献立は肉と野草の煮込みと決めているのだが、馬車の冷蔵庫にそろそろ傷み始める鳥肉が残っているからだ。

　カレンと出会う前に防腐処置を施して仕舞っていた鳥肉なのだが、有翼人は鳥肉を食べるのが禁忌という可能性もあり、町での食事も含め今まで無意識に避けてきたのである。

　鍋に入れず、焼き鳥にして俺たちだけで食べる手もあるが、カレンの目の前でそれをするのも憚(はばか)られる。しかしあの肉は滅多に手に入らないので、捨てるのも勿体(もったい)ない。

　とりあえず、一緒に準備を手伝ってくれるエミリアとリースに相談してみるか。

「……というわけなんだが、どう思う？」

「そうですね。私は銀狼(ぎんろう)族ですが、狼(おおかみ)の肉を食べる事に抵抗はありませんし、大丈夫だと思うのですが」

「でも種族によって色々違うし、まずカレンちゃんに聞いてみようよ」

「リースの言う通りだな」

　以前は俺たちを怖がっていたから聞けなかったが、今なら直接聞いても答えてくれるだろう。

　一旦夕食の準備を中断し、蜂蜜を選り分けているレウスとフィアの下へ向かえば、そこではちょっとした流れ作業になっていた。

　魔花蜂の巣は大きいので、ある程度の大きさに分割して採って来たようだが……。

「ほい、フィア姉」

「ええ、最後はカレンね」

「ん……」

まずはレウスが巣から蜂の子を選り分け、続いてフィアが蜂蜜を搾り、最後にカレンが搾られた巣に残った蜂蜜を指で掬って舐めているのである。

幸せそうなカレンを見て甘くなっているのだろう、フィアの作業が少し大雑把というか……要するに蜂蜜を綺麗に採取せずにカレンへ渡しているのだ。

カレンの足元に視線を向けてみれば、蜂蜜が綺麗に拭いとられた巣がすでに何個も転がっていたりする。

その光景を微妙な表情で眺めている俺たちに気付いた二人は、作業を中断して顔を上げた。

「どうしたの？　夕食に使うなら、そっちのを持って行っていいわよ」

「いや……少しカレンが食べ過ぎじゃないかと思って」

「そうかな？　巣に残っている蜂蜜はそこまで多くはないし、まだそんなには……」

「足元に転がっている巣の数を見てから言ってほしいものだが」

「「あ……」」

どうやら作業やカレンに夢中で気付いていなかったらしい。カレンに失礼な言い方だとは思うが、ペットに餌を与え過ぎるようなものだ。

ただ気持ちはわからなくもないし、やってしまった以上は仕方があるまい。

持っているので最後だと告げれば残念そうにしていたが、十分に堪能したのかカレンは素直に頷いていた。

「……美味しかったか？」

「美味しかった！」

困ったものだ。そんなにも満足気にされては何も言えないじゃないか。

内心で溜息を吐いていると、最後の巣を片付けているカレンを眺めていたリースが何かに気付いたようだ。

「カレンちゃんは蜂の子も食べられるんだね」

「うん。これも美味しいから」

「わかるよ。結構甘くて、不思議な食感がいいよね」

「リースおねーちゃんも食べる？」

「くれるの？　ありがとう」

蜂の子には栄養があるので食べる分には構わないのだが、ただでさえ小食なカレンだ。このままでは夕食があまり食べられない気がする。これが姉弟とリースならその心配は皆無なのだが。

夕食に一手間増えた事が確定したところで、俺は本題である質問をカレンにしてみた。

「一つ聞きたい事があるんだが、カレンは鳥肉を食べた事はあるのか？」

「……あまり食べた事がない」

「つまり食べるのが禁止されているわけじゃない……と。実は今日の夕食に鳥肉を使おうと思うんだが大丈夫か？」

「うん」

とりあえず肉については問題なさそうなので、俺たちは夕食の準備に戻るのだった。


それから夕食を食べ終えた俺たちは、見張りの順番を決めてから眠りについていた。

平等にという事で見張りの順番は毎回変えているのだが、今回の俺は最初から二番目である。

一番目のフィアと見張りを交代した俺は焚き木の近くに座り、擦り寄って来るホクトのブラッシングをしたり、小さい『ライト』で明かりを確保しながら本を読んで時間を潰していた。

そして交代の時間が迫った頃、近くで毛布をかぶって寝ていたエミリアが目を覚まして体を起こした。

「ふぁ……お疲れ様ですシリウス様。すぐに準備を終えますので、少々お待ちください」

「ああ、ゆっくりで構わないよ」

野営とはいえ、従者として寝起き姿を見せるのはよろしくないのか、エミリアは素早く身嗜みを整えていく。

といっても寝ている時は上着を一枚脱いでいるだけなので、顔を洗って髪を櫛(くし)で軽く整えるくらいだ。だがそれも女性にとっては大切な事なのだろう。

身嗜みを整え、眠りを妨げない紅茶を用意したエミリアが俺の横に座ったので、いつものように頭を撫(な)でてやれば尻尾が嬉(うれ)しそうに振られる。

「相変わらず時間に正確だな」

「うふふ……シリウス様程ではありません」

正確ではないが、交代の時間が大体計れるように砂時計のような物があるのだが、エミリアはその数分前には必ず目覚める。

短時間であろうと自分が決めた時間にきっちり目覚められるのは、体内時計を完全にコントロール出来ている証拠だ。

人にとって睡眠は必要不可欠な存在でありながら最も無防備になる状況なので、これを体に覚えさせる事が出来れば様々な場面で役に立つ。

その分睡眠は無意識な部分が多くて習得するのは至難の業であろうが、エミリアは俺を支える為(ため)にと長い年月をかけて身に付けたのだ。その一途(いちず)さに応えられる男でいたいものである。

「はぁ……堪能しました。やはりシリウス様に撫でていただくと目が覚めます」

「俺が言うのもなんだが、撫でられると気持ちがいいんだよな？　それだと逆に眠くなると思うのだが」

「シリウス様に撫でられると心が落ち着きますが、それ以上に嬉しくて興奮もしますから」

「矛盾していないか？」

「とにかく撫でていただければ元気になるのです。私にとっては魔法の手ですね」

別に魔力を流しているわけではないので、精神的なものだろうな。

まあ……幸せそうなら問題はあるまい。そのまましばらく頭を撫でてやっていたが、ある気配を感じたところで止めた。

「もういいか？」

「はい。後はお任せください」

そして俺はエミリアから離れ、毛布に包まりながら寝転がった。

同時にホクトが俺の近くで寝転がって風除けになってくれる中、俺は目を閉じるだけで意識だけは保ったままにしておいた。

しばらくすると薪が爆ぜる音に紛れ、馬車の方角からエミリアに近づく気配を捉えたのである。

「……どうかしましたか？」

「えっと……」

背を向けているので姿は見えないが、声と気配でカレンだというのはすぐに判明した。

エミリアが頭を撫でられている時に起きたらしく、俺が寝るのを待って動き出したようだ。

そして目覚めた理由だが……。

「お腹が空いて眠れないんですよね？」

「……うん」

予想通り、空腹に耐えきれなかったようだ。

夕食はパンと煮込み料理だけでなく、野菜と蜂の子を炒めたものを用意したのだが、カレンは煮込みを一杯食べただけだったからな。

一杯でも少し辛そうな表情もしていたが、出された分はきっちり食べた点から母親の躾はしっかりされているようだ。

しかし小食にしても、さすがに食べる量が少な過ぎる。説明するまでもないだろうが、原因は夕食前に蜂蜜と蜂の子を食べ過ぎたせいなので、準備しておいて正解だった。

「シチューがありますけど、食べますか？」

「あるの？」

カレンが首を傾げるのも当然だろう。

リースとレウス……ハラペコ姉弟によって、鍋が空になる様子を見ていたからだ。

「こうなると思ってシリウス様が別に用意していたのです。すぐに温めますから待っていてくださいね」

「……ごめんなさい」

「謝る必要はありませんよ。フィアさんとレウスが調子に乗ってしまったのも原因ですし、それにお腹一杯でも、料理は残さないように頑張っていましたよね？」

「食事を残すのは駄目だし、私……蜂蜜沢山食べちゃったから」

「ふふ、それで十分です。きちんと反省する気持ちがあれば、シリウス様も私たちも怒ったりしませんよ」

エミリアの言う通り、自分が間食をし過ぎたと理解し、反省出来ているのなら十分である。

それにカレンはまだ子供なので、夕食前の小腹が空いた時間に好物が目の前に出されては我慢出来ないだろう。

そこで二人の会話は途切れ、しばらくシチューを温め直す音だけが聞こえていたが、カレンがシチューを口にしたところで会話が再開された。

「……美味しい」

「ふふ、朝になったらシリウス様にも伝えてあげてくださいね。きっと喜んでくださいますから」

「……うん」

「やっぱり言い辛いですよね。でもその気持ち、凄くわかりますよ。だって昔の私もそうでしたから」

「おねーちゃんも？」

「そうですよ。私がカレンちゃんと同じくらいの頃、夜中にお腹が空いてシリウス様やディーさんという、お兄さん代わりのような人に食事を用意してもらっていましたから」

　俺が生まれた屋敷にいた頃、育ち盛りなのかエミリアは腹を空かせて夜中に起きる事が何度もあったからな。ちなみにレウスは頻繁に起きていたが。

　こっそりと姉弟の夜食を用意してくれたのはディーだが、偶(たま)に俺も夜食を作っておいた事があったのは確かだ。

「そんな人たちに恩を返したくても、子供の私には無理な話です。ですが私が成長すれば皆さんが喜んでくださるので、必死に学んできた――……いえ、今も学び続けています」

「……どういう事？」

「ちょっと難しかったようですね。つまりカレンちゃんが色んな事を知れば、それだけ私たちは嬉しいのです。今日だってカレンちゃんが魔法を使えた時、シリウス様はとても喜んでいましたよね？」

「うん、褒めてくれた」

「そういう事です。今回の失敗を教訓に……いえ、よく覚えて、次は同じ失敗をしないようにしてくださいね」

　弟のレウスを見てきただけあって、子供への対応が上手(うま)いものだ。

　エミリアの優しい言葉にカレンは返事をしなかったが、僅かな空気の乱れからはっきり頷(うなず)いてくれたのはわかった。

何はともあれ、これで間食も程々にしないと駄目だと理解出来ただろう。

しかしこの子の場合、蜂蜜が目の前に出てきたらまた同じ事を繰り返しそうな気がするのは何故だろうか？　そんな疑問を頭に浮かべつつも、今度こそ俺は眠るのだった。


そして朝になり、全員が目覚めてから朝食の準備をしていると、カレンが俺の下へやってきたのである。

「あの……シチュー、ありがとう。美味しかった」

「そうか、口に合って良かったよ。蜂蜜が美味しいのはわかるけど、ちゃんと食事も食べるようにな」

「うん。次は蜂蜜も食べて、食事も食べられるように頑張る！」

「その意気だよカレンちゃん！」

「なら今日はちょっと大盛りに挑戦だな！」

「……何か違う気がする」

蜂蜜を控えるという選択肢はないらしい。

まあ……それもまた一つの選択だし、カレンは小食だから少し多く食べるくらいがちょうどいいだろう。

そう自分を納得させていると、近づいてきたフィアが慰めるように肩に手を置いてきた。

「親代わりも大変ね」

「ああ、やっぱり子育てってのは難しいものだな。けど、教育と一緒で凄くやり甲斐があるよ」

「私たちの子供も、カレンみたいに素直な子に育ってほしいわね。だから一緒に頑張りましょ、おとーさん」

「少し気が早いんじゃないか？」

「シリウス様。将来出来る私たちの子供たちですが、ライオルお爺ちゃんとはなるべく関わらせない方がよろしいでしょうか？」

「だから気が早い！　でもそれは俺も同感だ」

自分の子供があの爺さんの真似をし出したら、心配で俺の精神が持ちそうにない。

とまあ、そんな風にカレンの教育にあれこれ悩みながらも、俺たちの旅は続くのだった。


それから二日後。予定より少し遅れたが、俺たちは竜の巣の入口と思われる森の前へ到着した。

ちなみに竜の巣とは、広大な森に囲まれた山の事を指しており、その山を中心に様々な種類の竜が生息している事から名付けられたそうだ。

しかしここからでは高い木々が邪魔で山の天辺が見えないので、フィアと一緒に空へ飛び上がって調べたところ、樹海と呼べそうな森の遥か先に高い山が聳えているのを確認出来た。おそらくあの山のどこかに有翼人の住処があるに違いない。

「私たちの森も広いけど、ここも中々のようね」

「森を抜けるにしても、少しばかり骨が折れそうだな」

　視力を強化して遠くを見てみれば、空に大小様々な竜が空を飛んでいる姿が確認出来たので、下手に近づけば確実に襲われるだろう。

　あれが噂の上竜種なら会話が出来るかもしれないが、違う場合は周囲の竜が一気に攻めてきて不味い状況に陥る。空を飛べる俺たちでも竜の機動力には敵わないので、囲まれるのはなるべく避けたい。

　あまり長い間飛んでいると見つかって攻めてくるかもしれないので、目指す方角だけを確認してから地上へ下りた。

「空の様子はどうだったの？」

「空から行くのは目立つから止めた方がよさそうだ。正確な場所もまだわからないし、地上を通るルートで行こう」

「兄貴とホクトさんがいれば、竜なんて敵じゃねえと思うけどな」

「さすがにそれは駄目だ。竜の戦力が未知数だし、何より森の生態系を狂わすのはさすがに不味い」

　狙われたのなら仕方がないが、積極的に戦って魔物と竜の数を減らしてしまえば、アシットのようなアホが潜入し易くなってしまう。

　有翼人が外と友好を望んでいるなら別かもしれないが、まだ何も判明していない以上、下手に生態系のバランスを崩すのはよろしくない。

「とにかく準備を済ませて出発だな。そっちの方はどうだ?」

「はい。馬車はあちらに隠しておきました」

「荷物も小分けにして、大きいのはホクトに乗せておいたよ」

「オン!」

「お疲れさん。後は――……」

俺の言葉で全員の視線が向けられた先には、木に寄り掛かって穏やかな寝息を立てるカレンの姿があった。

別に疲れたとかではなく、出発の準備をしている間のカレンには何もする事がなかったからだ。荷物となる本は持って行けないし、ここから徒歩の為疲れるから魔法の練習は駄目だと伝えていたので退屈だったのだろう。

それにしても……寝る子は育つというが、本当によく寝る子である。まあ寝ていたからこそ、俺とフィアは何も気にせず空を飛んでいたわけだが。

「……カレンが起きたら出発だな」

「別に起こさなくてもいいんじゃないか? 俺が背負っていくよ」

「いや、移動中に道を思い出してくれるかもしれないし、なるべくなら起きていた方がいい」

カレンは一度寝てしまうと、声を掛けても、体を揺すっても中々目覚めないのだ。

というわけで俺は懐に入れた袋から秘密兵器を取り出し、それをカレンの鼻先に近づけてやれば……。

「むぅ……」

「よーし、こっちだぞ」

口を開けて食べようとしたので、俺は手を引いてわざと空振らせる。

そして口を動かし何も入っていない事に疑問を覚えたのか、カレンは薄目で立ち上がった。

この状態でもまだ寝惚けた状態なのだが、俺が持っているものを目指してゆっくりと歩き始め、そのまま三、四歩進んだところでようやく目覚めたようだ。

「……あれ？」

「おはよう。そろそろ出発だぞ」

「うん……」

「そんな目をしなくてもわかっているさ。ほら」

俺が持っていたのは蜂蜜を材料に作った飴玉（あめだま）である。それをカレンの口に放り込んでやれば、実に満足気な表情で舐（な）め始めた。

なんとも情けない方法だが、今はこれが一番手っ取り早い起こし方である。

ちなみに後方から無言の圧力を感じられるので、そちらへも忘れずに口へ放り込んでやった。

「蜂蜜だけじゃなく、他の果物も混ぜているから美味しいよね」

「うふふ……シリウス様から食べさせていただけると何倍も美味しくなります」

「美味いけど、俺はもうちょっと大きい方がいいな」

「よし、もういいな？　ならそろそろ……」

「もう一個ちょうだい！」

「出発！」

　実に締まらないが、とにかく俺たちは森へ突入するのだった。


　森に入った俺たちは事前に聞いた川を見つけ、そこから川に沿って上流へと向かうルートを進んでいた。

　真っ直ぐ森を進んで竜の巣に向かうのもいいが、この川はアシットがカレンを見つけた場所なので、いずれはカレンの覚えがある場所へと着くだろう。

「カレンちゃん。どうかな？」

「あ!?　あの花、家の庭で見たよ」

　故郷に近づいている証拠だろう、ホクトの背中に乗ったカレンは奥へ進む程に忙しなく周囲を見渡している。

　当然ながら森は多くの魔物が生息しているので、かなりの頻度で魔物と遭遇するのだが、大半はホクトを恐れて逃げていく。

逃げない魔物は近づく前に俺やフィアに狙撃されるか、レウスの剣で吹っ飛ばされていく。ちなみにレウスが剣で真っ二つにしないのは、血の匂いで他の魔物を刺激させない為だ。

そして川から現れた二足歩行する蜥蜴の魔物……リザードマンを撃退したところで、俺たちは少し休憩していた。

「竜の巣だけあって、魔物は竜に近い種類が多いな」

「なあ兄貴。このリザードマンも竜なのか？」

「正確には竜じゃないが、竜の眷族とも言われている種族だ。集団で攻められると手強いから、一人で戦う時は気をつけるんだぞ」

他にも地を走る二足歩行の地竜や、空を飛ぶ翼竜も襲いかかってくるが、どれも下竜種の域を出ない竜ばかりなので、さしたる問題もなく撃退に成功していた。

そうして数々の魔物を撃退し、足場の悪い地形を幾つも越えながら上流を進み続けていると、森が開けて大きな湖が広がる場所へ出たのである。

「わぁ、綺麗な湖だね。珍しい魚とかいそう」

「見ろよ、リース姉。あそこにでかい滝もあるぜ」

「シリウス様。ここからどうされますか？」

「そうだな……今日はこの辺にしておこう」

そろそろ日が暮れ始めそうなので、野営用の道具を持ったホクトへ視線を向けたのだが、カレンの様子がおかしいのに気付いた。

途中から一緒に乗っていたフィアが呼びかけているが、カレンの視線は湖に固定されたままなのである。

水に落ちて流されたショックと、その後の出来事によって母親と別れた時の記憶が曖昧だったが、ここに来て何か思い出したのだろうか？

「どうしたの、カレン？　何か気付いたの？」

「ここ……ここだよ！　カレンとママが来たのはあそこだよ！」

有翼人が来られる場所という事は、どうやら目的地は近いらしい。

これまでで一番の反応を見せているが、頭に手を当てて頭痛を堪えてもいた。

「でも……何だろう？　何か……」

「まだ思い出せない事があるのかしら？」

早く先に進みたいだろうが、さすがに今から移動となると暗くなるので危険が伴う。

少し遠くに見える、湖を作った巨大な滝を登るにも時間がかかりそうだし、今日はここで一泊するべきだ。

心を鬼にして言い聞かせようとしたその時、ホクトが警戒するように大きく吠えたのである。同時に大きな影が足元を通り過ぎたので、『サーチ』を発動させながら上空を見上げてみれば……。

「見つかったか！」

「おお!? でけえな!」

「カレン、背中に隠れていなさい!」

「う、うん!」

大きな翼を持つ三体の竜が、遥か上空を飛んでいたのである。

ホクトの警戒ぶりと、『サーチ』による魔力反応からして、あの竜たちは中竜種ではなさそうな気がする。

あれこそ噂に聞いた上竜種だと思われるので、何とか会話が出来れば……。

『見つけたぞ!』

『また性懲りもなく来たか!』

『今度はやらせんぞ!』

うん……駄目そうな感じだ。

言葉は理解出来ても明らかに敵意が剝き出しなので、とても会話が出来る状態とは思えない。

遥か上空から急降下してくる三体の竜を見据えながら、俺たちは戦闘準備に入った。

《竜と有翼人》

突如空から現れた、全身が赤、緑、黄に染まった三体の上竜種。

勝手に縄張りに入ってきたせいか俺たちを完全に敵視しているらしく、今は横一列に並んだ状態で上空を大きく旋回していた。

その間にカレンの安全を確保して戦闘の準備を整えたところで、三体の竜……三竜はこちらに向かって真っすぐ急降下してきたのである。その落下の途中で三竜は揃って息を大きく吸い込んでいたので、広範囲を薙ぎ払うブレスを放つつもりなのだろう。

「私たちに任せて！　水よお願い……」

俺たちが一箇所に集まってリースが魔法を発動させれば、近くの湖から流れてきた水が俺たちを守るように覆う。

「次は私ね。皆、頼んだわよ！」

更にフィアの魔法で巨大な竜巻が生まれ、その竜巻はリースが運んだ水を巻き込んでうねり、俺たちを中心とする巨大な水の竜巻となっていた。

『その程度の魔法で！』

『我々のブレスが防げると思うか！』

『燃え尽きるがいい！』

三竜が同時に放った炎のブレスは凄まじい威力を秘めていただろうが、流動する水の竜巻が炎を受け流しながら散らすだけでなく、呼吸だけで喉を焼きそうな熱も防いでくれた。

これこそ二人が作り出した、水と風の精霊同士による合体魔法……。

「『ストリームシールド』」

おそらく片方の魔法だけでは、ブレスを完全に防ぎ切れなかっただろう。

非常に強力な防御魔法であるが、これは強力な精霊魔法同士だからこそ可能な方法で、普通の魔法を組み合わせた程度ではここまで強固な防御壁にはなるまい。

二人以外に使える者がいるとすれば、マジックマスターと呼ばれるロードヴェルくらいだろうな。

「凄いな。これなら俺の『マグナム』も防げそうだ」

「見事なものでしょ？　でも風の精霊を言い聞かせるのが大変だったから、ここまでくるのに結構苦労したのよ」

「何度もびしょ濡れになったりして大変だったよね」

二人曰く、自由奔放だが力はある風の精霊を、誠実で細かく指示を受けてくれる水の精霊が上手く誘導しているそうだ。

とにかく二人の御蔭で初撃は防げたが、三竜はブレスで地上を薙ぎ払うと同時に再び空高く飛び上がっていたので反撃も難しい。

まあ反撃と言っても、そもそも俺たちは戦いに来たわけじゃないのだが。

「問答無用かよ。どうする、兄貴？」

「会話は可能そうですが、あの様子だとこちらの話を聞いてもらえなさそうですね」

「仕方がない。一旦叩き落とすか」

逃げようにも制空権は向こうに取られているし、ブレスで絨毯爆撃するような竜から逃げ切るのも厳しい。

何でもいいから地上に下ろすなりして、こちらの話を聞いてもらえる状態に持ち込まなければ。

「皆なら出来ないとは思えないけど、それだと逆に怒らせちゃうんじゃないかな？」

「その時はその時よ。とにかく無力化させちゃいましょ」

「空中から下りてもらわないと話にならんからな。三体だから、俺たちで一体ずつ相手をしよう。エミリアは状況を見て援護とカレンの守りを頼む」

「わかりました！」

「おう！」

リースとフィアは攻めず、このままカレンの守りに専念してもらうとしよう。攻撃もだが、守りに関しては俺たちの中で一番高いのが二人だからな。

「こっちは気にせず遠慮なくやっちゃいなさい」

「カレンちゃん。絶対に私たちから離れちゃ駄目だからね」

「う、うん！」

役割分担を決めると同時に、上空で大きく旋回した竜たちが再び急降下してきた。

落下の勢いを乗せたとてつもない速度でこちらへ迫ってくるが、どんなに速かろうと結局は先程と同じ行動に過ぎない。

『むっ!?』

『小癪な事を！』

『そっちは任せたぞ！』

そして竜たちが近づいてきたところで、正面にレウスを残して俺は右へ、ホクトは左へ大きく移動していた。

だが左右にいた緑と黄の竜は冷静に俺とホクトへ首を向け、中心にいる赤の竜は正面に立つレウスを狙っていた。突然の散開に気を取られつつも、お互いを自然と補う連携は見事だと思う。

左右へ別れた俺たち目掛け、三竜はブレスを放とうと口を開けていたが……。

「『ランチャー』連射！」

「オン！」

相手のブレスよりも俺たちの方が速い。

ブレスよりも先に俺が放った炸裂する魔力弾と、地が爆ぜる勢いで飛び出したホクトの体当たりで、緑と黄の竜を地面へ叩き落とした。

　それでも赤の竜はレウスと背後にいる女性陣へ向かってブレスを放とうとするが、エミリアが相手の顔を狙って放った無数の『エアインパクト』でブレスを強引に中断させていた。

『ぐぬっ!?　生意気な……』

「どらっしゃあああぁぁぁ――――っ！」

　そして体勢を整えようとする赤の竜へ迫っていたレウスが、飛び上がって竜の首元に大剣を叩き付けたのである。

　本来は斬る為の剣でもあるが、レウスの大剣はある意味鉄の塊とも言える大きさと重量を持つので、叩くように使えば巨大な鈍器にもなる代物だ。

　そんなハンマーのような大剣で殴られた赤の竜は、激しい轟音を立てながら地面に叩き付けられていた。

『ぐ……ぬぅ……』

『我等を叩き落とすとは……』

『中々やるではないか！』

　殺さないように気をつけてはいたが、三竜は俺たちより何十倍も巨大な相手なので、手加減なんかほとんど必要なさそうだな。

　その証拠に岩をも粉砕出来る一撃を与えたというのに、三竜揃って平然と立ち上がっているのだから。

「さすがは上竜種といったところか。ホクトとレウスの力で叩かれても鱗すら欠けないとは」

「オン！」

「ちょっと加減し過ぎた……ってさ。俺ももう少し力を入れても良かったな」

「それでも地上へ下ろすのには成功したんだ。ここからが本番なのだから、油断せずいくぞ」

とはいえ俺たちの目的は、あくまでカレンを故郷へ帰す為だ。

敵意は相変わらずだが、同じ地上にいるのであればこちらの様子に気付いてくれる筈。

三竜は翼を広げて飛び上がろうとしていたので、急いでカレンを呼んで俺の隣に立たせてみた。さて、どういう反応を見せるか。

『むっ!?』

『カレンのお嬢ちゃんか!?』

『無事だったか！』

竜なので表情は読み辛いが、少なくとも喜んでいるのはわかる。

どうやらカレンの知り合いみたいな口振りではあるが、当の本人の反応が薄いのは何故だろう？

疑問を浮かべる俺たちを余所に、カレンは首を傾げていた。

「……誰？」

『『えっ!?』』

なるほど……カレンの反応が薄いわけだ。

向こうは知っていても、本人が知っているとは限らないからな。

そんなカレンの呟き(つぶや)きに竜たちの首がガクリと下がっているので、思わず俺たちもずっこけそうになったが、とにかくこれで会話が出来る筈だ。

こちらも敵ではないと伝えるように警戒を解くが、三竜の様子が大きく変わっている事に気付いた。

『何故あの子が外の者たちといるのだ?』

『行方不明とは聞いていたが、もしかしたらこの連中に救われたのかもしれんな』

『いや……待て。外の者は同胞を攫(さら)う連中ばかりなのだぞ』

何だか雲行きが怪しい。

どう見てもカレンを束縛はしていないし、身形(みなり)もきちんと整えさせているのに怪しまれてしまうのは、それだけ愚かな連中を相手にしてきたという事でもあるのか。

だが知り合いだとは判明したので、カレンを渡せば故郷へ連れて行ってくれるだろう。

また攻撃されない内に俺たちが行動するべきだな。

「待ってください。この子を預けますので、どうか母親の下へ連れて――……」

『まさか!? その子に案内させて、我等が里へ踏み込もうとしているのか!?』

『幼子を攫うだけでも許しがたいのに、欲深き者共め!』

『ここで始末してくれるわ!』

これは……駄目だな。

相手が冷静じゃないのもあるが、考えるよりも本能を優先させる種族なのかもしれない。

見事に勘違いをしているので、カレンを置いてその場から逃げるか、相手が大人しくなるまで無力化させるかの二択だな。

一番楽なのはカレンを強引に預けて逃げる事だが、冷静ではない三竜が全頭で追いかけてきて、カレンをここへ置き去りにする可能性もあるのでそれは避けたいところである。

というわけで戦うのを決めた俺たちがカレンを下がらせたその時、突如風を切り裂く甲高い音が聞こえ始めたのである。

「オン!」

「兄貴! また来るぞ!」

誰よりも早く気付いたホクトに遅れ、空から何かが接近してきたのに顔を上げてみれば、一体の竜がこちらへ向かって急降下してきたのである。

全身が青く染まったその竜は、途中で翼を広げて落下速度を殺し、大きな音を立てる事もなく優雅に俺たちの前に下り立つ。その青い竜は三竜より一回りも体が大きく、明らかに格が違う雰囲気を醸し出していた。

『ゼ、ゼノドラ様!?』

『何故このような所に?』

『ここは我等で十分です！』

どうやら三竜の上が出張ってきたらしい。

ホクトの警戒が先程より強くなっているので、相当な実力者のようだ。これはもう手加減だとか考えられる状況じゃないかもしれない。

本気で逃げる事を検討していると、三竜からゼノドラと呼ばれた青の竜は、後にいる仲間へと振り返り……。

『この……馬鹿者共が！』

『『『ぐはぁっ!?』』』

それはもう見事な轟音を響かせながら、三竜の頭を尻尾で叩いたのである。

周囲に地響きが起こる程の一撃であったが、平然と三竜は起き上がっているので、これが日常茶飯事らしい。

『な、何をするのです!?』

『敵はあちらですぞ！』

『そうです！　我々は幼子を人質に取る外道を倒そうと……』

『いいから落ち着くのだ。あの者たちから戦意を感じられない事は離れていた私でさえ気付けたぞ。目の前のお前たちが何故気付かんのだ！』

そのままゼノドラの説教が始まり戦闘どころではなくなったが、とにかく話の通じそうな竜が来てくれたようだ。

　しばらくして説教を終えたゼノドラはこちらに振り返るが、敵意はなくとも警戒だけは解いていないようである。

『色々と聞きたい事はあるが、お主たちはここへ何をしに来たのか答えよ。返答次第では見逃しても構わん』

「わかりました。まずはカレン、こっちにおいで」

「……うん」

　改めてカレンの姿を確認させれば、ゼノドラもまた三竜と同じように驚きながらも、喜んでいるような反応を見せた。

『おお！　無事であったか、カレンよ』

「……もしかして、あのゼノドラ様？」

『む？　ああ、お主にはまだこの姿を見せた事がなかったか。少し待っているがいい』

　そう口にしたゼノドラが目を閉じたかと思えば、見上げる程の体が急激に縮み始め、レウスより一回り大きい男の姿へと変わっていた。

　見た目は人のように見えるが、腕や下半身が青い鱗で覆われており、竜と同じ角と尻尾を生やしている。

　これは上竜種と言うより……。

「シリウス様。あの姿は」

「ああ。竜族……だな」

姉弟とリースにとっては苦い思い出だろうが、その姿はエリュシオンの学校の迷宮で遭遇した、鮮血のドラゴンのリーダーでもあったゴラオンにそっくりだった。

だがゴラオンと違って殺人鬼という雰囲気は微塵もなく、穏やかな笑みを浮かべる好青年にしか見えない。まさか世間で知られる竜族とは、上竜種が人の姿へ変身した姿だった……という事か？

「どうだ？　この姿ならわかるであろう」

「うん！　ゼノドラ様だ！」

「ははは、私だ。とにかくお前が無事で何よりだ！」

その姿にカレンも知り合いだと理解したのか、少し声が弾んでいるようだ。

色々と興味は尽きない種族だが、今は敵ではないと理解してもらってカレンを故郷に送ってもらうとしよう。

というわけで、ここへ来た事情を簡単に説明すると、ゼノドラは感心するように頷いていた。

「ほう……下界の者は有翼人と聞けば目を変えるそうだが、もの好きな奴もいるものだな」

『ゼノドラ様、奴の言う事を信じるのですか!?』

『あの者はカレンを騙し、同胞を狙いに来たのかもしれません！』

『ここに来る人はそういう連中ばかりでしたぞ！』

「はぁ……いいからお前たちも小さくなれ。たとえ同胞を狙う連中だとしても、カレンを連れて来てくれたのは事実だ。こちらも礼儀を持って接するべきだろう」

優しい声色であるが、危害を加えれば容赦はしないという感情は伝わってくる。

そしてゼノドラに言われて仕方がないと悟ったのか、三竜たちも渋々と人の姿へと変わっていた。

その姿は色以外ゼノドラとほとんど変わらないのだが、何だか子供っぽいと言うべきなのか、とにかくどこか幼さが感じられる。感情による行動が目立つし、上竜種の中ではまだ若い者たちなのだろう。

「紹介が遅れたが、私の名はゼノドラだ。同胞を助けてくれた事を感謝する」

「ふん、私はアイだ」

「クヴァだ」

「ライである」

「俺はシリウスです。こちらが仲間である……」

そのまま俺たちの自己紹介を済ませると、ゼノドラは軽く頭を下げながら謝罪してきた。

「すまん、うちの若い者たちが迷惑をかけたようだ。言い訳に過ぎぬが、この者たちは最近変身出来るようになったばかりでな。調子に乗っているせいか、物事を早とちりしてしまうのだよ」

気品に溢(あふ)れ、実に誇り高そうな竜に見えるが、相手へ素直に頭を下げられるその誠実さは好感を持てるな。

状況的に早とちりしても仕方がないし、元から怒ってはいないので、俺はその謝罪を受け入れた。

「驚きはしましたが、俺たちも手を出してしまいました。今回はお互い様という事で手を打ちませんか？」

「そうだな。互いに怪我がなくて良かったが、けじめはつけなくてはならん。ほら、お前たちも頭を下げよ」

「むぅ……申し訳なかった」

「だがな、お前たちが怪し過ぎるのも悪いのだぞ！」

「そうだそうだ。お前たちが人質を取る様な卑怯な真似を──……」

「オン！」

「「ふげらっ!?」」

ゼノドラに促された三人が渋々といった様子で頭を下げるが、いつの間にやら近づいていたホクトが三竜の頭を前足で叩いたのである。

確かに態度は良いとは言えないが、まさかホクトが飛び出すとは思わなかった。

「兄貴は卑怯じゃねえ。元はお前たちの勘違いなのだから、素直に謝るのが筋だろう……だってさ」

「そういうわけか。ホクト、ハウスだ。怒るのは俺たちの役目じゃない。うちの子が勝手な真似をしてすいません」

　普段からゼノドラが叱っているようだし、関係のない俺たちが説教するのはあまりよろしくないだろう。下手すれば敵対行動として捉えられそうだが、ゼノドラは怒るどころか満足気に頷いていたのである。

「いや、全くもって構わぬ。どうも反省が足りんようだし、偶には私以外から説教されるのも良い薬になるだろう。殺さない限り、好きにしてもいいぞ」

「ゼ、ゼノドラ様!?」

「我々は同胞を守ろうと思っているだけです」

「そうですよ！　それにこの狼、予想以上に力が強く……」

「オン！」

　それにホクトはこうなる事を予想していたのかもしれない。

　考えてみれば、元犬とはいえ百狼は俺たちよりも賢い存在だからな。ゼノドラたちの関係から、こういう接し方でも大丈夫だと本能で悟ったのだろう。

　こうして上から許可は得たので遠慮なく叱り始めるホクトであるが、更に反応する者が現れていた。

「いい加減にしてください！　シリウス様がどれだけカレンちゃんの事を考えていたのか、今からしっかりと理解してもらいます！」

「く……竜族である我々が」

「たかが狼と小娘程度の言う事を易々聞くと思ってー……」

「ガルルルッ！」

「いいから正座です！」

「「「せいざって何だ!?」」」

　気付けば、説教している者が増えている。

　あまりの剣幕に三竜は完全に逆らえなくなっており、教えられた正座の状態でエミリアに俺の事を聞かされ、少しでも反抗的な態度を見せればホクトに叩かれていた。

　可哀想にも見えるがゼノドラも止めようとしないし、性根を叩き直す為だと思って見過ごすとしよう。

　そんなシュールな光景を眺めていると、カレンの両肩に手を置いたリースとフィアが真剣な表情でゼノドラに質問をしていた。

「あの、ゼノドラさん。カレンちゃんをお願いしてもよろしいですか」

「うむ。この子は私が責任を持って送り届けよう。帰るのであれば急ぐぞ。フレンダの容体が気になる」

「ママに何かあったの!?」

　どうも家に帰れば親と感動の再会とはいかないらしい。

　カレンの母親……フレンダが不調という状況を知り、カレンが翼を広げながら驚いていた。

「数日前、この辺りまで侵入してきた賊が放った矢を受けてしまったのだ。その時に抱いていたカレンを手放してしまい、川に落ちてしまったと聞いたが、お前は覚えていないのか?」

「……うん」

「カレンは川に流されたショックで、その辺りの記憶が曖昧みたいです」

「そうか。ならば無理して思い出す必要はあるまい。その後、仲間によって侵入者は始末され、フレンダは治療魔法により一命は取り留めたが、矢に毒でも塗られていたのか徐々に弱っているのだ」

背後ではまだ説教が続いているが、あの三竜が過剰な反応をしていたのはそういう理由もあったわけか。それでもいきなり攻撃はやり過ぎだと思うが、今は罰を受けているようなので気にするまい。

「意識はあるが、高熱と痛みによって今ではベッドから起き上がる事もままならん。治療魔法だけでなく薬草の効果も薄く、このままでは遠からず……」

矢に射られたせいとはいえ、娘を手放してしまった事を激しく後悔しているそうだ。

体だけでなく心も深く傷ついているので、怪我の治りも極端に遅くなっているのかもしれない。

「だからお前が無事であると安心させてやらねばな。では行くとしよう」

「うん!」

そこで背後での説教が終わると同時にゼノドラは竜の姿へと変わったのだが、その場から動かない俺たちに気付いたカレンが不安気な面持ちで振り返った。

「おにーちゃんとおねーちゃんは？」

『すまぬが、彼等を連れて行くのは無理だ。余所者を軽々しく里へ招くわけにはいかぬからな』

　本当は俺たちも行きたいところだが、この状況で連れて行ってほしいとは言い出し辛い。何より、いくらカレンを保護して連れてこようが、俺たちが怪しいのは事実だからな。

　これでカレンとはお別れになるかもしれないが、元々こうなる予定だったし、目的は達成出来たのだから良しとしよう。

「カレン。俺たちの事は気にしなくていい」

「そうよ。早く帰ってお母さんを安心させてあげなさい」

「お母さんによろしくね」

「不安な母親を安心させられるのは、娘であるカレンちゃんにしか出来ない事です」

「母ちゃんにしっかり甘えてこいよ！」

「オン！」

　説教が終わったエミリアとホクトも加わり、笑顔で見送っているのだが、カレンはその場から中々動こうとしない。

　すぐに母親の下へ向かいたいくせに、俺たちとの別れを惜しんでいるようだ。何だか感慨深いものである。

『カレンよ。お前は彼等と一緒がいいのか？』

「うん！　だってカレンに美味しい食事をくれたり、魔法も教えてもらったの！」

『酷い事はされなかったのか？』

「なかった。皆、凄く優しいよ」

　僅か数日の付き合いでも、ここまではっきりと信頼を口にしてもらえると嬉しいものだな。

　そんな真剣な表情で訴えるカレンを静かに眺めたゼノドラは、少し考える仕草をし、正座から立ち上がった三竜へと声を掛けていた。

『お前たち。変身して彼等を乗せてやれ』

「よろしいのですか？」

「我々はいいのですが」

「やはり一度、長や皆と話し合った方が……」

『構わん。責任は私が取る』

　そうはっきりと答えたゼノドラは、続いて俺たちに顔を向けながら続きを口にする。

『子供というのは悪意に敏感なものだ。特にこの子の場合はな。そんなカレンがこれ程信頼している者たちならば、少なくとも不埒な者ではあるまい』

　ゼノドラはカレンの翼を見ながら語り続ける。

　他の仲間と違う翼ゆえに、カレンは周囲からの視線や感情に人一倍敏感だと言いたいのだろう。

　そんなゼノドラの言葉に納得したのか、今度は渋る事もなく三竜は竜の姿へと変わり、俺たちが乗り易(やす)いようにその場でうつ伏せになってくれた。

『どうぞ。私の背にお乗りください、シリウス殿』

『ホクト様は私の方へ』

『レウス殿はこちらに乗るといい』

　あの短い時間で、すでに三竜の調教は完了しているらしい。色んな意味で恐ろしい従者と相棒である。

　どの竜に乗るかで軽く話し合った結果、リースとフィアはカレンと一緒にゼノドラの背中に乗せてもらい、俺とエミリアはクヴァの背に乗り、アイの背にはレウス、そしてライの背にホクトが乗る事となった。

『では行くとしよう。落ちぬよう、しっかり捕まっているのだぞ』

　その号令で竜たちは翼を広げて空へと舞い上がり、ゼノドラを先頭に、その後に続くアイ、クヴァ、ライが横一列の編隊を組んで飛んでいた。

「自分でも出来るが、乗せてもらって飛ぶのも楽しいものだな」

「はい、最高でございます」

　しっかり摑(つか)まっていろと言われたせいか、エミリアは嬉しそうに俺の背中に抱き付いている。頰を擦り寄せてくるのは構わないが、この状況で甘噛(あまが)みは止(や)めてもらいたいものだ。

　前方を飛ぶゼノドラの背中に視線を向けてみれば、不安気にしているカレンを二人が宥めており、横に視線を向けてみれば、レウスはアイと仲良さ気に会話していた。ホクトはライの背で伏せているが、竜の背に狼が乗っているのも実に不思議な光景だと思う。

　そのまま森の上空をしばらく飛び続け、巨大な山の麓まで来れば、地上には森を切り開いて作られた広場と、幾つもの家屋が建ち並ぶ集落が広がっていた。

『あそこに見えるのが、我々竜族と同胞である有翼人たちが暮らす集落です』

「ここが有翼人の住処か。確かにこんな森の奥なら、誰も近づけないだろうな」

「色々とありましたけど、予定より早く到着出来て良かったですね」

　飛んで数分とはいえ、地上を進んでいたら広大な森と魔物の襲撃も考えてもう一日は必要としただろうな。

　カレンの母親が不味い状態であるのなら、この一日は大きいだろう。

「あの里には竜族と有翼人しか住んでいないのか？」

『そうですね、全部で三百人くらいです』

　詳しく聞いたところ、人口の大半が有翼人で、ゼノドラと三竜のような竜族は全体の二割程度しかいないらしい。

　クヴァへ簡単な質問をしている間に高度は下がり始め、集落から少し外れた場所に建つ家屋の前に俺たちは着陸していた。あまり大きくはないが、一世帯が住むには十分な広さの家である。

そして俺たちが竜の背中から降りたところで家の扉が開かれると、背中に立派な白い翼を持つ女性が現れたのである。

「ゼノドラ様!? このような所へ一体……」

『火急の用があって参ったのだ。ここは説明するより見てもらった方が早いだろう』

「おばーちゃん!」

「カレン!?」

見た目から六十過ぎの女性は信じられないと目を見開き、駆け寄ってきたカレンを力一杯抱き締めていた。その間にゼノドラが教えてくれたのだが、彼女はフレンダの母親であるデボラで、この家で一緒に住んでいる家族だそうだ。

「ああ……無事だったんだねぇ。心配したんだよ」

「おばーちゃん……ちょっと痛い」

「それだけ心配していた証拠だから我慢しなさい。ゼノドラ様、この子を見つけてくださってありがとうございます」

『いや、私ではない。その子を保護して近くまで連れて来てくれたのは、そこにいる彼等だ』

「彼等とは──……っ!?」

遅れて俺たちの存在に気付いたデボラは咄嗟(とっさ)に両手を広げてカレンを背中に庇(かば)うが、ゼノドラに言われた事を思い出したのかすぐに手を下ろしていた。

だが警戒だけは解いていないのか、彼女は不安気にゼノドラを見上げた。

「ゼノドラ様……」

『お前の言いたい事はわかる。だがここにいる者たちは、お前の思うような連中とは違うようだ』

「うん、おにーちゃんとおねーちゃんたちは悪い人じゃないよ。カレンを助けてくれたの」

「そうかい……世話になったんだね」

複雑な気持ちを表すように深い息を吐いているが、ゼノドラとカレンの言葉により納得はしてくれたようだ。

それにしても、不揃いな翼によって肩身を狭くしているかと思えば、カレンは随分と愛されているようだな。それがわかっただけでも来た甲斐はあると思う。

『詳しい事情は彼等から聞いてくれ。我々は少し急がねばならんのでな』

そして俺たちを一瞥したゼノドラは、再び翼を広げて飛び立とうとしていた。

『私は今から、長に此度の事情を説明してこなければならん。お前たちはこの家の周辺から離れないようにな』

「わかりました。時間が掛かるようでしたら、この辺りにテントでも建てて休んでいます」

『うむ。それと私が戻ってくるまでは、他の者たちとはなるべく関わらないようにしてくれ。お前たちと戦うのは、私でも骨が折れそうだからな』

「いきなり攻撃でもされなければ、こちらからは何もしませんよ」

三竜だけはばつが悪そうに視線を逸らしているが、お前たちが見つけてくれた御蔭でここに来る事が出来たようなものだし、あまり気にする必要はない。

そう伝えてやれば、三竜は安心するように息を吐きながらその場に座り込んでいた。

『さすがはホクト様の主ですな。寛大な心を持っておられる』

『ゼノドラ様。我々はここに残りたいと思います』

『説明出来る我々がいれば、皆様も安全かと』

『うむ、ならば頼んだぞ』

そしてゼノドラが飛び立ち、残された俺たちをデボラが真剣な表情で見つめているのに気付いた。

まだ完全に信頼されているわけじゃないし、色々と説明するべきだろうが……。

「デボラさん……でしたね？　俺たちはここで待っていますから、まずはカレンを母親の下へ連れて行ってあげてください」

「……そうだね。申し訳ないけど、あんたたちはここで待っていておくれ」

「駄目！　おにーちゃんとおねーちゃんも一緒に行くの！」

まだ家に招かれる状況ではないと互いに納得していたのに、カレンは嫌がってデボラから離れてフィアへ抱き付いていた。

「気持ちは嬉しいけど、貴女のお母さんは危険な状況だから、あまり私たちは近づかない方がいいのよ」

「でもおにーちゃんとおねーちゃんなら凄い魔法が使えるでしょ？　だから一緒に来て！」

俺は少し驚いていた。母親が倒れたと聞いて不安な状態でも、カレンはどうにかしようと必死に考え続けていたのだ。

後で事情を説明してから母親の容体を診せてもらおうと思っていたが、カレンがそのつもりなら予定を前倒しにするとしよう。

「あの、俺は世界をある程度巡っているので、病気に関しては多少詳しいのです。先程は待つと言いましたが、よろしければ私たちも家に入れてもらえませんか？」

「治療魔法なら私も自信があります！　カレンちゃんのお母さんを助ける為に連れて行ってください！」

「本当だよ！　おにーちゃんは色んな事を知っているし、リースおねーちゃんの魔法は凄いんだから！」

「…………」

少し話を盛りつつも説得してみれば、デボラはしばらく考える仕草を見せてから息を吐いた。

「はぁ……ゼノドラ様もああ言っていたし、いいよ。入りなさい」

「ありがとうございます」

さすがに初対面でホクトを見ると驚かせてしまうかもしれないので、ホクトと三竜を外に残して俺たちは家へと入る。

そしてデボラに案内された部屋には、一人の女性がベッドで眠っていた。

カレンより鮮やかではないが、金色の髪を束ねて前に垂らしたこの女性が、カレンの母親であるフレンダのようだ。綺麗というより可愛らしいと言える女性なのだが、今は遠目からでもわかる程に顔色が悪く、頬も痩せていた。

そんな衰弱した母親の姿を見たカレンは、涙を流しながら枕元へ駆け寄っていた。

「ママ!」

「……カレ……ン?」

呼吸が荒く、痛みを堪えるように目を閉じていたフレンダはゆっくりと目を開くが、カレンの顔を見ようとせず呻くだけである。

見たところ目の焦点が合っていないようなので、意識が朦朧として幻覚を見ていると勘違いしているのかもしれない。

「ごめん……ね。貴女の手を……離して……ごめんなさい……」

「ママ、カレンだよ! カレンはここにいるよ!」

無意識に上へ伸ばされた母親の手をカレンが包み込むように握れば、フレンダも娘に気付いたのか目から涙を零し始めた。

「貴女……なのね？　カレン……」

「うん、カレンだよ！　帰って……きたの！」

「ああ……カレン……」

「ママ……」

　実際、二人が別れてから半月も経っていないだろう。

だが幼い子供にとっては非常に長く、そして辛い事も楽しい事も沢山学んだ旅は、遂に終わりを迎えたのだった。


「ごめんね……カレン。母さんが……弱かったせいで……」

「ううん、そんな事ないよ。カレンは平気だから」

「でも……ううぅ!?」

「ああもう！　無理をするなと言っただろうに！」

　ようやくカレンは母親のフレンダと再会を果たし、涙を流しながら手を取り合っているが、怪我の痛みが激しいのか娘の手を満足に握る事も出来ないらしい。

　痛みに呻くフレンダにデボラが治療魔法をかけるのだが、顔色は多少良くなっても痛みは治まらないのか、苦しそうな表情は変わらなかった。

「ママ、痛いの？」

「平気……よ。貴女が帰ってきたのなら……こんなの……」

「そうよ、カレン。お婆ちゃんが何とかしてみせるから」

「でも……」

娘の前で強がるデボラだが、明らかに不味い状況なのがわかる。

このままでは遠からず意識を失いそうなので、悪いとは思うが割り込ませてもらうとしよう。

「何だい？　すまないけど、話なら後にしておくれ」

「見たところ魔法の効果はあるようですが、痛みが消えているわけではなさそうですね。このまま魔法を続けるだけでは、あまり意味が……」

「なら苦しんでいる娘の姿を黙って見ていろって言うのかい！」

彼女は自分の娘が苦しむ姿を見続けてきた上に、さっきまで孫のカレンを失ったと思っていたのだ。やり場のない鬱憤が溜まっている状態で、余所者から口を出されたら怒りたくもなるだろう。

我が子を心配する親から睨みつけられるのは少し応えるが、ここで臆するわけにはいかない。

「彼女の体内に何らかの原因がある筈です。俺ならそれを調べる事が出来るので、彼女に触れてもよろしいでしょうか？」

「何を言っているんだい。あんたたちに何が出来る？」

「ですが魔法の効果がほとんど見られません。他に有効な手段がないなら、私に任せてい

「けど、貴方(あなた)たちは……」

賊の放った矢が刺さってからすでに数日が経過しているし、この苦しみようからしてすぐに診断するべきだろう。

ここは退(ひ)かないとばかりに真剣な表情で返せば、デボラは困惑しながら一歩下がった。

もう一押しといったところで、フィアがカレンの肩に触れていた。

「カレン。デボラさんの動きを止めちゃいなさい！」

「うん！」

「こ、こらカレン！　何をするんだい、早く離れなさい！」

「嫌！　ママを助けてもらうの！」

フィアの指示により、カレンは見事なタックル……もとい、デボラに正面から抱き付いて動きを止めていた。

子供の力なので簡単に引き剝がせるだろうが、デボラは孫の真剣さに手を出せないようだ。その間にベッドに近づけば、俺の気配に気付いてフレンダが目を開けた。

「……誰……なの？」

「貴女の娘さんを保護し、連れて来た者です」

「カレン……を？」

「はい。そして貴女の治療もカレンに頼まれました。突然で申し訳ないですが、腕に触れますよ」

少々強引ではあるが、今は彼女の治療が最優先だ。

返事も聞かずにフレンダの腕に触れて『スキャン』を発動させてみれば、予想通り体内に異物の反応が感じられた。

場所は脇腹の奥深くだが、反応の形からして……。

「ま、待ちなさい！ その子から手を──……」

「フレンダさんが矢を射られたのは、この位置……この角度からで間違いないですね？ それと怪我をした時に治療魔法をかけたのはデボラさんでしょうか？」

「え!? そう……だけど……」

事前に話を聞いていたとしても、服で見えないのに傷の正確な位置と向きまで伝えれば、デボラも妙だと思ったのか素直に答えてくれた。

「刺さった矢は治療時に抜いたのでしょうか？」

「じゃないと治療出来ないじゃないか」

「矢の先端である鏃も？」

「もちろん抜いたさ。中々抜けなくて、この子も随分と苦しんだものだよ」

「ならその時だろうな。安物の矢を使ったか、抜き方に問題があったか……」

『スキャン』の診断による結果、フレンダの体内には鏃の欠片らしき物が残っているようなのだ。当時は血塗れで慌てていただろうし、先端が少し欠けた鏃に気付かなかったのも無理はない。

体調を崩していたのも、毒によるものだと思っていれば勘違いしてもおかしくはあるまい。これも魔法に頼る世界だからこそのミスだろう。

これがもう少し外側に残っていれば違和感が残る程度で済んだかもしれないが、彼女の場合は異物が絶妙な位置に残ってしまったので、治療魔法で治っても身動ぎ一つで鏃が臓器を抉って新たに傷を作ってしまうのだ。

魔法をかける度に苦しんでいるのはそのせいであり、異物に反応して体が拒絶反応を起こしているようだ。

最悪、アレルギーや激痛によるショック死もあり得たかもしれないが、治療魔法をかけ続けたからこそ今まで生き延びてこられた可能性もある。

しかしいずれは限界を迎えるので、このまま放っておけば数日は保つまい。その事をデボラへ告げれば、彼女は絶望に染まった表情で項垂れていた。

「そんな!? なら、この子を助ける方法は……」

「体に穴を開け、欠片を取り出すしかありません」

「無理に決まっているだろ! こんな状態で傷口を広げたら今度こそ……」

「もちろんわかっていますが、放っておいても苦しみ続けるだけです。しかし俺は最低限の痛みだけで、これを取る方法を知っています」

リースの姉、リーフェル姫と初めて出会った時と同じような状況だが、違う点は患者の体力と、異物がある位置だ。

　異物の反応は脇腹の奥深くから感じ、そこは腕や足と違って重要な器官が多い。切断面を最小限にするのは当たり前だが、感染症も考慮して処置する必要がある。

「信じろと言われても難しいと思いますが、ここは俺に任せていただけませんか？」

「……何であんたがそこまでするんだい？」

「カレンの泣き顔が見たくないのもありますが、一番の理由は、母親を失う悲しみと辛さを知っているからです」

「シリウス様……」

「兄貴……」

　俺にとって母親だったエリナが亡くなった時の辛さは、未だに忘れられない事だ。

　だが治療とはいえ、フレンダを無闇に傷つけてしまえば、ここにいる全ての竜族たちに追われる可能性もあるが……関係ない事だ。

　俺自身がそうしたいと思っているし、何より俺は弟子たちの師として恥じぬ男でいたい。

「そんな思いを、ようやく母親と再会出来たカレンに味わわせたくありません。それに天災とかどうしようもない状況ならまだしも、目の前の救える命を放っておけませんよ」

　そうはっきりと口にすれば、デボラは抱き付いて必死に押し止めていたカレンに逆らうのを止めていた。

　溜息を吐いている点から完全に納得は出来ていないようだが、カレンの頭をゆっくりと撫でる表情は穏やかである。

「このままだと変わらないのも事実……か」

「おばーちゃん……」

「自信があるのなら、やってみておくれ。ただし、この子に何かあったら私が魔法を叩き込んでやるからね」

「ええ、その時は遠慮なくどうぞ。では早速始めます」

これでようやく処置に取りかかれそうだな。

フレンダの体力も含め、デボラの気が変わらない内に済ませるとしよう。

「お任せください。窓を開けますね」

「ちょっとごめんな。兄貴、ここでいいのか？」

許可を得たところで手早く準備だ。エミリアに風で室内の埃を外へ吹き飛ばしてもらい、レウスに清潔な布を敷いたテーブルの上へとフレンダを運んでもらう。

更にフィアに空気の流れを調整してもらい、フレンダの周囲だけ一時的な無菌室状態にしてもらった。完全なものとは程遠いが、何もしない状態に比べたら遥かにましだ。

事前に眠りを誘発する粉で眠らせてはいるが、フレンダをベッドから移動させる時にはデボラも眉を顰めていたので、エミリアが準備を進めながら状況を説明していた。

「二人が治療をする際には、全身が水で濡れますのでベッドだと都合が悪いのです。よろしければ、フレンダさんの上着を脱がすのを手伝ってもらいたいのですが」

「それはいいけど、男共にこの子の肌を晒すのはちょっと心苦しいねぇ」

「大丈夫だよ、デボラさん。俺はすぐ外へ出るから」

「そして俺はこうします」

「は？」

レウスが部屋から出て行ったと同時に、俺は目元に布を巻いて視界を完全に塞いでいた。少し間抜けな格好であるが、気配と『サーチ』の反応を活用すれば周囲の状況は判別出来るし、処置をするのは体内だから視界の情報はあまり必要ない。つまり俺からすれば見ても見なくても一緒なので、どちらかといえば礼義の為にやっている感じだな。

俺の姿に絶句しているのか、それとも止めるべきかで迷っているような視線を背中に感じつつ、リースの生み出した水で体を清めた俺は、テーブルに乗せられたフレンダへと近づく。

「さてと……ここまで本格的な手術は久しぶりだな。リース、頼む」

「うん、それじゃあ行くよ。ナイア、清潔な水をお願いね」

魔力を集中させたリースが精霊であるナイアに頼んで魔法を発動させれば、フレンダの全身が水の膜に覆われた。

この水の膜が雑菌から彼女を守り、更に出血もある程度抑えてくれるのだ。もちろん呼吸を妨げないよう、鼻と口だけは避けている。

かつてリーフェル姫の時に何も出来なかった悔しさから生み出された魔法だが、体内から異物を摘出する技術を持つ俺にとっては非常にありがたい魔法だ。首尾よく異物の摘出に成功したとしても、この魔法で保護していなければ何らかの感染症を引き起こす可能性もあるからな。

「麻酔処置完了。後は……」

水の膜の上からフレンダの体に触れた俺は魔力を流し、いつもの麻酔を施してから、消毒を済ませたナイフを脇腹に軽く走らせる。

傷の大きさは異物が通れる大きさに止めた後、背後に控えるエミリアにナイフを渡す。

ここから必要なのはナイフでなく集中力のみだ。

「さて、ここからが本番だな」

傷口から侵入させた無数の『ストリング』により、負担にならない程度に周囲の臓器を押しのけ、体内を傷つけないように異物を摘出したのは、手術を始めて三十分くらい経(た)った頃だった。

やる事は単純でも、並列思考(マルチタスク)で複数の『ストリング』を個別に操り、外から見えない体内と異物の位置を正確に知る為に『サーチ』を発動させ続けていたので、精神への負担は凄(すさ)まじい。

異物は摘出したので座って休みたいところだが、処置はまだ終わっていない。異物によって何度も損傷した臓器を、『ストリング』を通した再生活性で完治させて終わりなのだ。

流れる汗をエミリアに拭ってもらいながら作業を全て終わらせ、最後に傷口の治療をリースに任せたところで、俺は用意してもらった椅子に座りながらデボラへと向き直った。

「ふぅ、摘出完了です。これで回復に向かうでしょう」

「本当にこんな小さい物があの子を苦しめていたのかい？」

「人の体内は小さな傷が致命傷になりますし、物によっては過剰に反応してしまうのです。フレンダさんにとって、これは体に合わなかったのですよ」

摘出した異物は用意された皿に置かれているが、予想通りそれは鉄で作られた鏃の先端部分だった。赤ん坊の小指の爪よりも小さいので、デボラが不思議そうにするのもわからなくはない。

鏃には当然返しが付いており、これが体内に引っかかったせいで負担がかかり、先端の一部分が折れて残ってしまったのだろう。

娘を苦しめ続けた欠片をデボラが睨んでいる中、不安気にしていたカレンが俺の袖を引っ張ってきた。

「ママは？」

「後は傷を塞ぐだけだから、もうちょっとだけ待っていなさい」

それからリースの治療が終わり、エミリアが濡れたフレンダをタオルで拭いてから服を着せ、フィアと協力してベッドに戻したのを確認してから、俺は目隠しを外した。

隣に座ったリースもかなり魔力を消耗して疲れているようだが、その表情はとても満足気である。このまましばらく休んでいたいところだが、まずは結果の報告だな。

「カレン。これでお母さんの悪い所はなくなったから、もう大丈夫だぞ」

「本当⁉」

「ああ、起きた時にはきっと笑えるようになる筈さ。けどしばらくは目を覚まさないと思うから、カレンはもう寝たらどうだ」

「ううん、ママの傍にいる」

すでに外は暗く、今日は朝から森を進んだりして疲れている筈なのだが、カレンは椅子を持ってきて母親の近くに座っていた。

そしてエミリアがレウスを呼びに行ったところで、穏やかな寝息を立てるフレンダを眺めていたデボラへ俺は視線を向ける。

「体力が心配でしたが、全て成功しました。後は療養していれば、順調に回復していくと思います」

「本当にもう大丈夫なんだね？」

「はい。ですがかなり衰弱していますので、しばらくは碌に体が動かせないでしょう」

「十分さ。あの子が無事なら……それでいいんだよ」

今まで張り詰めていた気が緩んだのか、デボラは脱力しながらも穏やかに笑っている。

これなら落ち着いて話を聞いてくれそうだ。

そのまま姉弟が戻ってきたところで俺たちは互いの紹介を済ませ、奴隷にされかけたカレンを保護してここに辿り着くまでの状況を説明した。

悪い連中に捕まった時は驚いていたが、後遺症のようなものはないと伝えると安心するように息を吐いていた。

「はぁ……そんな事があったんだね。何はともあれ、私の娘と孫を助けてくれて本当にありがとう」

「いえ、カレンを放っておけなかっただけです」

「私たちはやりたいと思った事をやっただけよ。気にしないでちょうだい」

「それでも礼はさせておくれ。それと……最初は辛く当たってすまなかったね。どうも私は外の者を……冒険者というものをあまり好きになれないのさ」

「やはりこの里に住む皆さんは、外の者を快く思っていないようですね」

カレンを拾った連中のように、有翼人を狙う欲深な奴等ばかりが竜の巣へ入ってくるのだから仕方がないとも言える。

だが俺の言葉にデボラは苦笑しながらゆっくりと首を横に振った。

「いや……確かにそれはあるけど、私の場合は個人的な事情があってね」

デボラが語るべきかどうか迷いを見せたその時、まるで計ったかのように腹の虫が三方向から聞こえ、リースとレウスが恥ずかし気に笑っていた。

外はもう暗いし、夕食の時間はとっくに過ぎているので仕方がないだろう。ちなみにカレンからも聞こえたが、自分じゃないと言わんばかりに視線を逸らしている。

「私とした事が、恩人をもてなしもせずに話し込んでいたよ。あまり贅沢なものは用意出来ないけど、食事をご馳走させておくれ。言っておくけど、今更遠慮なんてしたら怒るよ」

「怒られるなら仕方がないですね。ご馳走になりたいと思います」

「任せておきなさい。カレン、お婆ちゃんがすぐに食事を用意するから、もう少し待っていておくれ」

「うん！」

やはり家に戻ってきた御蔭か、いつもより口元を緩ませたカレンが元気よく頷いていた。

そして隣の部屋にある調理場へ移動しようとするが、さすがにこの人数を一人で用意するのは大変だと思う。特に俺たちはよく食べるハラペコ姉弟がいるからな。

「料理でしたら俺も手伝いましょう」

「いえ、ここは私が行きますので、シリウス様はそのまま休んでいてください。もちろんリースもですよ」

疲れているのは事実なので、エミリアの言葉に甘える事にした。

眠ったままだが若干顔色が良くなったフレンダと、それを見守るカレンの様子を眺めながらぼんやりと椅子に座っていると、向かいの窓で室内を眺めていたホクトに動きが見られた。

「オン！」

外の警戒をホクトに任せていたとはいえ、一仕事を終えて気が緩んでいたようだ。

すぐに『サーチ』を発動させれば、こちらに近づく大きな反応を二つ捉えたのである。

「……片方はゼノドラ様のようだな。話し合いが終わったのか？」

「私たちは敵じゃないって理解してもらえたかな？」

「わからんが、ホクトの反応からして少なくとも殺気はないようだ。とはいえ備えはしておくか」

「そうね。逃げる準備だけはしておきましょうか」

何があっても対応出来るようにと、エミリアにも『コール』で伝えたところで、家全体が軽く揺れる地響きが起こった。

おそらく外で竜が下り立ったからだろうが、ゼノドラの着地は静かだったので、もう片方が荒かったのだろう。

そう思いながら待っていると、扉が開かれて人の大きさになったゼノドラが現れた。

「待たせてすまんな。頭の固い連中への説明に少し手間取った」

別れた時と違って少し疲れた様子は見られるが、笑みを浮かべている様子からして逃げる必要はなさそうだな。

「それで、俺たちの事はどうなりましたか？」

「うむ。申し訳ないのだが、これから私と共に来てくれぬか？　長（おさ）がお主たちの顔を直接見たいらしくてな」

「断わるのは許さんぞ？」

ゼノドラは申し訳なさそうにしているが、遅れて入ってきたもう一人の竜族は鋭い目つきを向けてくる。

全身が赤に染まった竜族なのだが、俺たちを非常に警戒しているようだ。

「メジアよ、そんなに睨む必要はあるまい。何をそんなに気を張っておるのだ」

「黙れ。貴様は余所者（よそもの）に気を許し過ぎだ。余所者は我等に不幸しかもたらさない愚かな連中だぞ？」

「不幸ではない。見ろ、あんなにも苦しんでいたフレンダが穏やかに眠っておるでないか」

ゼノドラが到着してこの部屋に来るまで時間があったので、すでにデボラから顛末（てんまつ）を聞いているらしい。

それから二人は少し言い争っていたが、ゼノドラの方が冷静に正論を述べ続けているので、次第にメジアと呼ばれた赤の竜族の口数が減っていく。

そしてようやく静かになったのを確認したゼノドラは、俺たちに笑みを向けてくれたのである。

「デボラから聞いたぞ。お主たちがフレンダの命を救ってくれたそうじゃないか」

「出来る範囲で治療しただけです」

「ふん、本当に治ったのか怪しいところだ」

メジアは騙（だま）されないと言わんばかりに睨んでくるが、ゼノドラは気にせずに話を続ける。

「失敗していれば、我等全てが敵に回ったというのに平然としているな。だがこれで更に話がスムーズに進みそうだ。すぐに行くとしよう」

「わかりました。全員……ですかね？」

「当たり前だろうが！　お前たちが好き勝手にしないように、俺はついてきたのだぞ」

　つまりメジアは監視役といったところか。

　きちんと話は通すべきなので行くのは構わないのだが、交渉に失敗すれば戻って来られないのが痛い。

　フレンダの経過を見る為にも、せめて数日は残れるようにお願いしたいところだな。

　ついでに言うなら皆……特にリースとレウスもお腹が空いているだろうし、夕食だけでも済ませておきたいところだったが、この際仕方があるまい。

　ゼノドラたちは外で待っていると言って出て行ったので、俺たちは一旦デボラに事情を説明しに向かう。

「そうかい。長が決めたのなら仕方がないね」

「いつ帰って来られるかわかりませんので、俺たちの食事はまた今度に──……」

「いや、娘と孫を救ってくれたあんたたちなら、きっと長たちもわかってくれるだろうさ。沢山の料理を作って待っているから、こっちは気にせず行っておいで」

「ありがとうございます」

　さっぱりとした笑みを浮かべて見送ってくれるデボラの姿に、俺の心が少しだけ軽くなっている事に気付いた。やはり俺は母親的な存在に弱いのかもしれない。

最後にカレンへ一言伝えようとしたが、どういうわけか姿が見当たらなかった。

まあ家に帰ってきた以上どこかへ行くとは思えないし、『サーチ』の反応でもすぐ近くから感じられたし問題はあるまい。

そう思って外へ出たのだが……。

「カレンも行く！」

竜の姿になったゼノドラの背にカレンが縋り付いている光景が飛び込んできたので、俺は呆気に取られてしまった。

ゼノドラから話を聞いてみれば、どうも先程の会話を聞いて不安になったのか、心配で飛び出して来たらしい。

「ママは平気だってわかったから、次はおにーちゃんとおねーちゃんの番！」

「でもせっかくお母さんに会えたんだろう？　ならお婆ちゃんと一緒に待っている方が……」

「行くの！」

中々に頑固な子である。しかし俺たちを心配しての行動なので、喜ぶべきか叱るべきかの判断が難しいところだ。

どうするか困っているとデボラが家から出て来たので、カレンの説得を頼んでみたのだが、彼女は苦笑しながらカレンを見るだけだった。

「あんたたちが良ければ、連れて行ってあげておくれ。一度決めると中々譲らない子だからね」

「いいのですか？」

「この子が娘と同じようにあんたたちを心配しているんだ。それに長の所なら安全だからね」

何だか意味深な台詞だが、デボラの様子から危険はなさそうなので連れて行くのに問題はないらしい。

『カレンが無事であったと、皆に直接姿を見せるのも良いかもしれぬな。ところでシリウスよ、フレンダはいつ頃目覚めるのだ？』

「少なくとも明日、明後日までは目覚めないかと」

『なら今夜中に帰らせれば問題あるまい。まあお主たちの言葉通りなら、ここはデボラ一人で大丈夫であろう』

『ゼノドラ様。それでしたら』

『我々はこのままここに残り』

『何かあれば報告に向かうというのはどうでしょうか？』

するとと三竜が、名案とばかりに尻尾をピンと立てながら前に出て来た。

確かにフレンダが予期せぬ事態で苦しみ始めたら連絡してくれると助かるが、ゼノドラは鋭い視線を三竜へ向けていた。

『……長たちと顔を合わせるのが嫌なだけではないだろうな？』

『そのような事は！』

『決してありませぬ！』

『我々はフレンダ殿を心配して……』

「オン！」

『『すいません！　怒られたくないんです！』』

俺たちがフレンダの治療をしている間も教育されていたのか、ホクトの前では素直になる程に調教されていた。

後に判明する事だが、フレンダが襲われて過敏になっていたとはいえ、相手を碌に確認もせず襲い掛かった事もだが、森を焼いてしまう炎のブレスを連発したのが一番不味(まず)かったらしい。

もちろんカレンやフレンダを心配しての事だろうが、残ると言い出したのはそういうわけだ。

「万が一に備えて伝達役がいると安心ですし、俺としては残ってもらった方がいいですね」

『いいだろう。どうせ怒られるのが先か後かの話だからな』

「へぇ、完全に駄目な感じなのか？」

『駄目だな』

『『『………』』』

レウスの言葉により、お説教は確定であると判明した。

こうして落ち込んでいる三竜は置いていく事が決まったところで、俺たちはゼノドラの背に乗った。

『ええい、いつまで長を待たせるつもりだ！』

『そう焦るな。長はそこまで気が短くはない』

メジアに怒られつつも、俺たちは来た時と同じようにゼノドラの背に乗り、空へと再び舞い上がった。

しかし空を飛ぶのは目的地が遠いからではなく、飛ばないと辿り着けない高台にあるからだ。面倒な気もするが、竜も有翼人も空を飛べるので不便ではないのだろう。

そして僅かな空の移動を終えて辿り着いたのは、高台に掘られた巨大な洞窟だった。

『ここは我々が会合等で使う洞窟でな、今は長と周辺の竜族を纏めている者たちが集まっている。ちなみに隣にいる頭の硬いメジアもその内の一人だ』

『貴様！　余所者に俺の名前を勝手に教えるな！』

『お主がいつまでも教えぬからだ。さて、それでは私についてきてくれ』

洞窟は竜の姿でも十分通れる広さなので、メジアはそのままの姿で洞窟内へと入っていく。

そんなメジアに呆れた様子を見せるゼノドラから降りた俺たちは、先導する青い竜の後ろをついて歩いていたのだが、ある事に気付いて質問をしてみた。

「ゼノドラ様。俺たちが気をつけなければいけない作法とかはありますか？」

『私と同じように接すれば十分だ。老いぼれと馬鹿にしない限り、女と子供には甘い爺さんだよ』

笑いながらそう言うので、そこまで身構える必要はなさそうだ。

だが警戒は緩めずにレウスを先頭にして俺たちは歩いているのだが、あまりにも広く、様々な装飾が施された洞窟の物珍しさに思わず視線があちこち彷徨ってしまう。

「それにしても広い洞窟……というか、もはや神殿ね。こんなのどうやって作ったのかしら？」

『長は装飾作りが趣味でな。暇さえあれば爪と魔法で掘っているのだ』

「これを手と魔法で……途方もない労力と魔力が必要ですね」

「何だか兄貴みたいだな。ゼノドラの兄ちゃんより大きいって聞いたし、どんな相手か楽しみになってきたぞ」

そんな風に話しながらしばらく歩き続けると、通ってきた通路より何倍も広い広間へと出た。

広間の奥には巨大な竜の石像が建てられているが、その石像を背にして座る黒い竜の姿があった。

その黒竜はゼノドラとメジアより一際大きく……何より存在感が圧倒的に違うので、あれがまさしくゼノドラたちの長なのだろう。

他にも広間の中心には岩で作られた大きな器に火が焚かれ、ゼノドラと色違いの竜たちが車座になって座っていた。

『アスラード様。件の余所者たちを連れて来ました』

『……来たか』

メジアが敬服するように頭を下げれば、アスラードと呼ばれた黒竜はゆっくりと頷く。

何というか、王様と謁見しているような厳かな雰囲気である。

そして巨大な竜たちの視線が一斉に俺たちへと向けられ、緊迫した空気が流れる中……。

「アスじい！」

『……よく来たな、外から訪れし者たちよ。私の名前はアスラード。この里の長をしている竜だ』

「アスじい！　おにーちゃんとおねーちゃんは悪い人じゃないよ！」

『お主たちを呼んだのは他でもない。この里へ何をしに参ったのか、お主たちから直接聞きたい……』

「色んな事を知っていて、カレンに教えてくれたんだよ！　だから怒っちゃ駄目！」

だが空気を全く読まないカレンにより、先程まであった厳かな雰囲気は霧散しかけていた。

果たしてアスラードは、この空気を保ったまま会話を続けられるのだろうか？

『……なあ、カレン。爺ちゃん、ちょっと大事な話をしておるから、もう少し静かにー……』

「駄目なの！」

すでに遅かったようだ。


俺たちを助けようとカレンが必死に訴えてから数分後、何とかカレンを宥めて大人しくさせてからようやく会話は再開された。

『ゴホン……冒険者たちよ。私の名前はアスラード。この里の長をしている竜だ』

何とか最初の厳かな雰囲気を取り戻そうと、アスラードは真剣な表情でやり直しているが……。

「アスじい！　だから皆を怒っちゃ駄目なの！」

『わかったわかった。彼等を怒ったりしないから落ち着くのだ』

『ですが、アスラード様。この者たちが我々に害をもたらさないとは判明しておりません。もっと厳しく問い質すべきかと』

『ええい！　それもわかっておるからお主も黙っておれ！』

……という風に、カレンや他の竜に口を挟まれて会話がままならないので、先程の緊張感が全くなくなっていた。

俺たちを庇おうとする気持ちは嬉しくても話が進まないので、とりあえず蜂蜜の飴を舐

オーバーラップ文庫＆ノベルス NEWS

「ドラマCD付き特装版」同時発売!

OVERLAP STOREで購入すると
書き下ろしSSが付いてくる!

ドラマCD単品もOVERLAP STOREで限定販売!

詳細は公式サイトをチェック ››› store.over-lap.co.jp

2001 B/N

めさせてカレンを大人しくさせておく。

周囲の竜たちも話が進まないと理解して静かに佇むようになったが、ゼノドラとアスラードとは違ってカレンを見る目はあまり優しくない気がする。

その温度差は気にはなるが、向こうが名乗った以上はこちらも名乗らなければ失礼だ。そして簡単に紹介を済ませたところで、突然アスラードは頭を下げた。

『まずは我々の同胞であるカレンを守り、連れ帰ってくれた点について礼を言おう』

『アスラード様！　長たる貴方が軽々しく頭を下げてはなりません！』

声を荒げるメジアは余所者を快く思っていないのもあるようだが、それ以前に彼は規律に厳しいのだろう。

俺たちにとって困る相手でもあるが、集団で生きる以上は厳しい意見を言える者が必要なのも理解しているので、俺は口を挟まず見守る事にする。

『しかしカレンを助けてくれただけでなく、ここまで届けてくれたのだぞ。上に立つ者として筋を通さねばな』

『確かにそうですが……』

『決断は最後だ。では先程の質問をもう一度するとしよう。里を訪れし冒険者たちよ、正直に答えよ。お主たちは何をしにここへ来たのだ？』

カレンに向けていた穏やかな態度から一変し、アスラードは凄まじい威圧と共に俺たちを睨んできた。下手な嘘をつけば、里にいる竜たち全てが敵に回ると言わんばかりの雰囲気である。

すでにゼノドラが話していると思う質問をしてくるのは、俺たちの反応を直に見る為だろう。他に何か企んでいないか白状させる為の脅しだが、俺たちは隠す事も恥じる事もないので堂々と答えさせてもらうとしよう。

「ゼノドラ様から聞いていると思いますが、俺たちは旅の途中で保護したカレンを母親の下へ送る為にここへ来ました」

『本当にそれだけなのか？』

「もう一つ付け加えるなら、興味が湧いたからですね。有翼人がどんな所に住んでいて、どんな暮らしをしているのか気になったからです」

『そんな理由で訪れたと？　我々や魔物に襲われ、死んでいたかもしれないのだぞ？』

「簡単に負けない程度には鍛えていますし、何よりこんな幼い子供を見捨てたら寝覚めが悪いじゃないですか」

そうはっきりと答えてやれば、アスラードはどこか呆れた様子を見せてから、今度は弟子たちに視線を向けていた。

『他の者も同じか？』

「カレンちゃんの為もありますが、私はシリウス様の従者ですので、主について行くだけです」

「俺も兄貴について行くだけだ！」

「私は従者じゃないけど、カレンちゃんの為です」

「私たちは彼を中心に集まった家族だから、その質問は無意味に近いわね」

「オン！」

巨体も相まって凄まじい威圧感だが、皆は視線を逸らすどころか負けじとばかりに睨み返している。

そもそも俺たちは正しい事をする為にやってきたのだ。相手がどれだけ巨大であろうと、負い目を感じる必要なんかない。

『ふむ、少なくとも嘘はついていないようだな』

『長の目を疑っているわけではありませんが、信じるのですか？』

『少なくとも我々の敵ではあるまい。こちらから手を出すような、情けない真似はするではないぞ』

鋭い視線を飛ばすアスラードがそう告げれば、反対していた竜も大人しく頷いていた。

そしてその僅かな時間を狙っていたのか、絶妙な間でゼノドラが進言したのである。

『アスラード様。話の途中で申し訳ありませんが、一つ重大な報告があります。彼等の手によってフレンダが倒れた原因が判明し、それを取り除く事にも成功したそうです』

『何だと!?　メジア、お主も見たのか？』

『は、はい！　完治したかまではわかりませんが、フレンダの様子は楽になっていました』

「悪いのはおにーさんが取ってくれたから、もうママは平気だって！」

『救われた同胞の恩に報いる為にも、私はこの者たちを歓迎すべきだと提案します』

一歩前に出ながら進言したゼノドラだが、周囲に控える竜たちの目はやはり厳しい。そもそも原因は俺たちのように外からやってきた余所者のせいなので、ゼノドラのように賛同出来ないのだろう。

しばらく悩んでいたアスラードは俺たちを一瞥し、最後にゼノドラを真っ直ぐ見据えながら口を開く。

『ゼノドラよ。確かに同胞を救ってくれたが、その者たちとは出会ったばかりであろう？　里へ連れて来ると決めたのもお主のようだが、やけにこの者たちを評価しておるな？』

『そうだ。我々に害する存在ではないと何故言い切れる？』

『我々や同胞を狙うにしては、あまりにも不用心過ぎです。それにカレンを手に入れておきながら、わざわざ危険を冒してまで送り届けようと思いますか？』

『この里まで案内をさせる為ではなかったのか？』

三竜もそれを口にしていたが、状況からそう思われても仕方がないだろう。しかしゼノドラはその案を鼻で笑うように否定する。

『ならばカレンを脅せば十分だし、ここまで信頼を築く必要はない。そして我々に睨まれると理解していながら、フレンダを治療する必要もないだろう』

『そうやって我々の信頼を得て、隙を窺っているのでは？』

『何だ？ 我々は隙を見せれば容易くやられるような脆弱な存在だったのか？ それにアスラード様が嘘はついていないと判断した以上、これからじっくりと見極めれば良いだけの話だろう』

他の竜による追及も続くが、ゼノドラの辛抱強い説得は続いた。

それにしても、ゼノドラが俺たちを庇ってくれるのは嬉しいのだが、彼は何故俺たちをこんなにも評価してくれるのだろうか？

『この者たちは人の身でありながら、我々に囲まれても臆する様子すら見せておりませぬ。あの百狼と呼ばれる存在が心を許しているし、これまで見てきた愚かな余所者とは明らかに違うのです』

『ふむ、確かにな』

『何より、面白そうではありませぬか。かつての男のように、我々に何か新しいものを見せてくれるかもしれません。長ならばわかる筈です』

『……そうだな』

『とにかく彼等の希望を聞くべきです。どちらにしろ我々の協力がなければ、この里から出る事も叶わぬのですから』

この辺りが落とし所だと言わんばかりにゼノドラが振り向いたので、俺は礼をするように軽く頭を下げる。

ゼノドラも何か思惑があって俺たちの味方をしているようだが、その言葉と態度から怪しい気配は感じないので、今は信じても大丈夫そうだ。微妙に見え隠れした様々な事情は後で聞くとして、今は俺たちの要望を伝えるべきだな。

『それが道理だな。では聞くが、お主たちは我々に何を望む？　金が欲しいならば、この洞窟から採れた宝石をくれてやってもよいぞ？　外の者はこういう物を欲しがると言うではないか』

「でしたら、里での滞在を数日程許可していただきたいです」

『何故だ？』

「フレンダさんの経過を確認しておきたいのもありますが、ここに住まう人たちの生活を見てみたいのです。俺たちの旅の目的は珍しいものを知る事ですから」

見聞を広める為の旅なのだから、有翼人や竜族との関係を調べたり、ここでの暮らしを体験してみたいものだ。

そんな俺の言葉に、メジアともう一体の竜が口を挟んできた。

『知ってどうするのだ？　我々の暮らしが知りたければ一日もあれば十分だろう』

『それにフレンダの治療が済んだと言うならば、経過を見る必要もあるまい？』

「頑丈な貴方たちと違い、人に近い有翼人は完治するまで油断するべきではないと思います。怪我を甘く見ないでほしいですね」

『何だと！』

『随分と強気な発言ではないか』

所詮俺は余所者だし、そちらの言い分もわかるが、フレンダは俺とリースで治療した患者でもある。それに彼女はカレンの大切な母親だからな。せめて歩けるようになるまでは面倒を見たい。

別に医者でもない俺がそんな事を口にするのは傲慢かもしれないが、こちらとしても譲れないものはあるし、舐められたままってのも癪だ。

挑発するような言葉に取られてしまい、竜たちが騒ぎ始めているが、俺は構わず言い返し続ける。

「それと知るというのは、本や人伝で聞いた情報だけではなく、己で直接見て、感じ、体験してこそだと俺は思っているからです。竜族にとって俺たちは小さい存在なのでしょうが、誇りや信念に大きさは関係ないと思いますよ」

『ぬぐ……口先だけは回るか』

『長の許可がなければ、勝負を挑んでいたものの』

「やれるもんならやってみろ！　そっちこそ俺の牙で食い千切られても知らねえぞ！」

「ガルルルル……」

「喧嘩は駄目なの！」

戦い……とまではいかないが、若干険悪な雰囲気となり、レウスとホクトだけでなくカレンも俺たちを庇うように前へ立っていた。

こんな状況でも全く物怖じしないカレンに苦笑していると、経緯を静かに見守っていたアスラードが突然大声で笑い出したのである。

『ふははは！　下がれお主たち。こちらの負けを素直に認めろ』

『……長がそう言うならば』

『くっ！　竜族たる我々がここまで言われて引き下がるわけには』

本気で俺たちを憎んでいるわけではなく、単純に言い負かされた事に悔しがっているらしい。竜族は負けず嫌いが集まっているようだ。

『悔しがらずとも、しばらくこの者たちは里にいるのだ。負けたと思うなら、後で何がしかの勝負を挑めばいい。そして先程の大口が嘘ではないと、我々の目でじっくりと見極めてやろうではないか。お主たちが我々を知るようにな』

「アスラード様、それでは……」

『うむ。我々はお主たちを歓迎し、里の滞在を許可しよう』

「ありがとうございます。ですが四六時中観察されても困りますから、程々にお願いしますよ」

「もう大丈夫なの？」

「ええ、私たちはカレンと一緒にいられるって事よ。貴女（あなた）のお爺（じい）ちゃんに感謝してね」

「アスじい、ありがとう」

フィアに太鼓判を押してもらった事により、喜んだカレンがアスラードの尻尾に飛び付けば、尻尾が持ち上げられてカレンは掌（てのひら）の上に乗せられていた。竜の大きさからして相当な高さであるが、カレンが喜んでいる点から慣れたものらしい。

　そうか、カレンがホクトをあまり恐れなかったのは、大きな相手を見慣れていたからか。大きい存在は、敵意さえなければ守ってくれる存在だと思っているのだろう。

『しかし私が決定したとはいえ、里には外の者を警戒する同胞が多い。問題は起こさぬように気をつけるのだぞ』

「もちろんです」

『それでしたら、私がこの者たちを案内したいと思います』

『うむ、客人への対応はゼノドラに任せよう。ではこれで解散だ。皆の者、竜族の名に恥じぬ行動を心掛けよ』

『『『はっ！』』』

　アスラードの号令により、各々の竜が背を向けて洞窟の入口へと歩き去っていく。

　しかしその途中でメジアだけが振り返り、俺たちを……いや、俺だけをじっと見つめてきたのである。しかしわけがわからないのは向こうも同じらしく、結局メジアは何も言わず首を傾げながら洞窟を出て行った。

　そして洞窟に残ったのが俺たちと、アスラードとゼノドラだけになったところで、これからについての話し合いをしていた。

『さて、次はお主たちの寝泊まりする場所だが、どこがいいだろうか？』

「カレンのお家！」

『うーむ……それが妥当だろうが、あの家に五人は狭いかもしれぬな』

「私たちには野営道具がありますので、場所がなければ外で寝るので大丈夫ですよ」

「家に皆が入れなかったら、毎日交代するようにしましょう」

「むしろ私は狭い方がいいです。そうすれば合法的にシリウス様の傍で寝られるー……むぐ！」

余裕が出てきたのか、暴走し始めたエミリアの口を急いで塞ぐ。ここ最近はカレンの目を気にして甘え方が控え目だったからな。

こうしてカレンを無事に送り届ける事が出来たので、気が緩んで素が出始めているのだろう。今夜辺り、寝床に潜入してくる可能性が非常に高い。

「ねえ、集落の人たちがあまり近づかない建物はある？」

『村の外れに倉庫として使っている小屋がある。夜になれば誰も近づかぬから、散らかしたりしなければ自由に使っても構わないぞ』

「後で確認する必要があるわね。声なら私の風で何とかなるし、軽く掃除もしておきましょうか」

「こっちはこっちで何を話し合っているんだ！」

「大切な事でしょ？　私たちの未来に関する事なんだから」

普段は一緒にツッコミ役をしてくれるフィアだが、そちらの話になると積極的になって止まらない事が多々ある。最近はカレンを見ているせいか特に激しい。

今の俺たちに最も足りない人材はこの状況を打破する突っ込み役かもしれない。

そして俺たちは再びゼノドラの背に乗ってカレンの家へと戻ってきた。

建物の外で座って待っていた三竜がホクトの姿を確認するなり、直立不動で並んで迎えてくれた光景には思わず苦笑が漏れてしまう。

『『『おかえりなさいませ！』』』

「オン！」

まあ、三竜も本気で嫌がっているわけでもないので問題はないな。

外はホクトに任せ、人の姿へと変わったゼノドラを連れて家へと入れば、料理の芳しい匂いと共にデボラが笑顔で迎えてくれた。

「おかえり。無事に帰ってこられて何よりだ」

「心配おかけしました。長からここでの滞在許可を貰う事が出来ました」

「カレンと一緒にいられるんだよ！」

はしゃぐカレンを落ち着かせてから結果を報告し、しばらくフレンダの経過を見たいと伝えれば、デボラは呆れた表情で溜息を吐いていた。

「はぁ……冒険者ってのは本当に妙な奴ばかりだね」

「だろう？　まるであいつがまた現れたようではないか」

向かい合って笑うデボラとゼノドラが気になったが、同時にリースとレウスの腹が再び鳴り響く。途中で食べていた干し肉で空腹を誤魔化すのも限界のようだ。

「ははは、まずは夕食だね。あんたたちの口に合うかわからないけど、沢山作ったから遠慮なく食べておくれ。ゼノドラ様もどうですか？」

「そうだな、ならばご馳走になろうか。皆とはまだ話したい事があるからな」

「俺もです。ところで外に待機している三人は？」

「あの馬鹿共はもうしばらく放っておけ。良き指導者もいるようだし、私が帰る時にでも解散させるさ」

反省の意味も込めてらしいが、まあ……何だ。もう少しだけ頑張れ三竜よ。とりあえず、後でこっそり差し入れくらいは持って行ってやるとしよう。

戻ってからフレンダに異常がないか確認した頃には準備が整っており、少し狭いながらも全員がテーブルに着いてから遅い夕食となった。

食の傾向なのだろう、全体的に肉より野菜を使った料理が多く、特に芋を使ったものが大半を占めている。

「これかい？　そいつはこの辺りで採れるモプトという実で、私たちがよく食べているものさ。味はそこそこだけど、数だけは採れる優れものさ」

有翼人は小麦に似た穀物を育てているのでパンも作れるようだが、主食はこのモプトと呼ばれる食材らしい。

俺の両手で包み込める程の大きさで、表面がデコボコした丸い形の実である。それを手頃な大きさに切って焼いたり、煮込んだりして食す点からして、前世で見たジャガイモに近い食材のようだ。

少し独特な食感はあるが、他の食材と一緒に煮込む事でちょうど良い塩梅に仕上がっている。

「味が染み込んでいて、とても美味しいです」

「熱っ!? でも美味いな！」

「おかわりお願いします」

「美味しいわね。でもお腹に溜まるせいか、あまり沢山食べられそうにないわね」

弟子たちも中々気に入っているようなので、里を出発する時には少し分けてもらうとしよう。

こんな山奥になると香辛料があまり存在しないので全体的に薄味だが、俺も結構気に入っていた。家庭の味というか、こう……食べていると落ち着く味ってやつだ。

うちのハラペコ姉弟が次々とおかわりを量産する中、一杯目のシチューを食べ終わったカレンもまた皿をデボラへと差し出していた。

「おかわり！」

「へぇ、カレンがおかわりするなんて珍しいね。いつもならもうお腹一杯だろうに」

「カレンはおねーちゃんたちみたいになりたいから、沢山食べて早く大きくなるの」

「あら、嬉しい事を言ってくれるわね」

「ですが無理に食べるのもいけません。先程の半分くらいが良いと思いますよ」

エミリアの助言通り、今のカレンにはそれくらいが限界だろう。

おかわりの皿にシチューが注がれる中、再び皿を空にしたリースとレウスが満足気に頷いている。

「そうそう、食事は楽しく食べるのが大切なんだよ。お腹一杯で苦しむなんて勿体ないもの」

「だな！　デボラさん、俺もおかわり！」

「あいよ。カレンもほら、好きなものを沢山入れておいたからね」

カレンがいつもより食べているのは、家族が作った料理なのもあるだろう。

先程の口振りからして本当に珍しいのか、デボラは驚きながらも笑みを浮かべて皿を渡している。それ以外にも何か気になっているようにも見えたが、深刻さは感じられなかったので放っておいて大丈夫だろう。

ちなみに、リースがお腹一杯で苦しむ姿を一切見た事がない点については触れないでおいた。

夕食が終わり、テーブルに満載されていた料理は綺麗さっぱりなくなっていた。

そして食事が終わるなりフレンダの下へ向かったカレンとリースを見送った俺たちは、

エミリアが淹れた紅茶で食後の休憩をしていた。

「沢山食べるとは聞いていたけど、ここまでとは思わなかったね。家の備蓄が空になっちまったよ」

「すいません。明日になったらすぐに食材を確保してきますので。なあレウス？」

「おう！　狩りなら俺に任せとけ！」

「ははは、そんなに気にする必要はないよ。何せカレンがいなくなってから、私も娘も食事が進まなかったからちょうど良かったのさ」

備蓄していた食材が腐るより遥かにマシだと、デボラは大口を開けて笑っていた。

出会った当初は精神的に疲れていたせいもあって俺たちを怒鳴ったりしたものだが、これが本来のデボラなのだろう。気風の良い、肝っ玉母さんという感じである。

「それに食材は探せば手に入るけど、私の娘と孫は失ったら二度と手に入らないんだ。数日分の備蓄くらい惜しくもないね」

「ですがしばらく厄介になるわけですし、色々と手伝わせていただきます。遠慮なく仕事を申し付けてください」

「律儀だねぇ。それじゃあ無理のない範囲で頼んだよ。ちょっと狭いかもしれないけど、自分の家だと思ってくつろいでおくれ」

食事の間に、カレンの要望もあってこの家に居候させてもらえる許可はすでに貰っている。

そのまま里での生活についてゼノドラとデボラから色々と聞いていると、途中でリースだけが隣の部屋から戻ってきた。

「カレンはどうしたんだ？」

「フレンダさんを見ている内に寝ちゃったから、隣のベッドに寝かせてきたよ」

「今日は色々あったし、お腹一杯になったら当然かもしれないわね」

「カレンを任せきりですまないね」

「私が好きでやっている事ですから気にしないでください。それに寝顔が可愛かったですし」

エリュシオンでは姉によく甘えていたリースだが、リーフェル姫と出会う前の生まれ故郷では村の子供たちの面倒を見ていたらしく、密かに子供の扱いが上手なのである。

そして満足気に微笑むリースが椅子に座って紅茶が用意されたところで、玄関の方から扉を叩く音が聞こえたのである。

外にいるホクトと三竜が騒いでいない時点で敵ではないようだが、気配を探ってみれば意外な人物がやってきたようだ。

「邪魔をするぞ」

デボラが返事をする前に扉が開かれ現れたのは、人の姿となった竜族の長、アスラードだった。

家に訪れるのは慣れ親しんだご近所ばかりなので、最低限の合図をすれば勝手に家へ入っても問題ないらしい。

「アスラード様!?　どうしてここに……」

「なに、フレンダとお客人の様子を見にきただけだ。固くならずいつものようにしておくれ」

「わ、わかりました。それではすぐにお飲み物を……」

「私にお任せください」

見た目は杖を突いていてもおかしくない老人だが、自然と溢れる存在感と雰囲気からして、あのアスラードで間違いないようだ。

老いを全く感じさせない、しっかりとした足取りで近くの椅子に座ると同時にエミリアが淹れた紅茶が目の前に置かれた。

「お嬢さんみたいな綺麗な子に淹れてもらえるなんて光栄だよ。それに、こんなに美味い紅茶は初めてだ」

「お口に合ったようで何よりです」

「美味い紅茶を淹れられるだけでなく、器量も良いときたか。エミリアよ、これからは私だけの為に紅茶を淹れてもらえぬか？」

いきなりエミリアが口説かれていた。

呆気に取られる俺たちを余所に、エミリアは清々しい笑みを浮かべながら即座に受け流す。

「私はシリウス様に全てを捧げると誓っておりますので、お断りします」

「これは手強そうだ。だがこう見えて私はまだ男として優れておるし、女性を幸せにする度量には自信が……」

「すでに幸せですから、お断りします」

エミリアの一刀両断が冴え渡っているが、向こうも諦める様子がない。

竜の姿で会った時は、里の為に尽力する真面目そうなイメージがあったのだが……。

「もしかして、こっちが素か？」

「そうだ。これが本来のアスラード様……いや、私の爺さんだよ」

子供だけでなく、女性であれば皆好きらしい。

ついでにゼノドラの肉親というのも判明した。道理で雰囲気や口調で似ている部分があるわけだな。

「どうしても駄目か？　老い先短い爺の頼みだと思って、少しだけでも付き合って……」

「駄目です」

「おそらく他の女性にも声を掛けてくるから、あまりにもしつこかったら私に教えてくれ。竜族は体が頑丈だから、場合によっては殴っても構わないぞ」

「覚えておきます」

エミリアが断わり続けても、懲りずに誘い続ける爺さんだからな。

フィアは上手く避けられると思うが、頼まれたり、押されたりするとリースは弱いからな。気をつけておかなければ。

「爺さん、ここへ来た目的を忘れてないか？」

「む!? そうだったな。デボラよ、ちょっと奥へ入らせてもらうぞ」

どうやら何度も訪れているようで、迷う事なくフレンダとカレンが眠っている部屋に入ったアスラードは、すぐに出てきて安堵の息を吐いていた。

「ふむ、確かにフレンダから生気を感じる。あの様子ならもう大丈夫だろう」

「フレンダさんが気になって来たわけか。やっぱり長となると大変なんだな」

「当然だ……と言いたいところだが、私にとってフレンダとカレンは少し特別なのだよ」

「そういえば、種族が違うのにカレンちゃんが凄く懐いていたね。本当の孫とお爺ちゃんみたいに」

「私とカレンとは血の繋がりは一切ない。そうだな……お主たちは色々知りたがっていたし、少しだけ教えるとしよう。デボラも構わぬか？」

「はい。彼等なら私も構いません」

許可が得られたところで、アスラードは遠い目をしながら語り始めた。

「私が二人を──……いや、カレンが生まれる前だから、フレンダを気にかけるようになったのは数年前だ。あの日は里の平和を守る為、空から周辺を警戒している時だった」

「違うぞ爺さん。暇だからと、我々に黙って勝手に空の散歩へ出かけた時だ」

余計な事を言うなとばかりにアスラードは尻尾を振るうが、ゼノドラもまた尻尾で一撃を受け流していた。尻尾がぶつかって凄(すさ)まじい衝撃音を立てるが、これも日常茶飯事らしい。

「ゴホン。とにかく私が空を飛んでいると、地上で何か争う様子が見られたのだ」

アスラードが地上に目を凝らしてみれば、数人の冒険者に囲まれたフレンダの姿があったそうだ。

「冒険者たちは有翼人を求めて潜入してきた連中で、森で食材を採取していたフレンダを偶然見つけて捕まえようとしていたのだ」

当時のフレンダは冒険者に怯えて足が竦んでいたらしく、麻痺(まひ)毒を塗った矢で射られそうになっていた。

だがその時、冒険者たちの中から一人の男が飛び出し、放たれた矢をその身で受け止め、更にフレンダを背にして庇(かば)い始めたらしい。

「その男は武器を持った連中を相手に一歩も引かず、必死にフレンダを守ろうとしていた。私が地上に下りたのはその時だ」

そこに介入したアスラードはあっという間に冒険者を排除し、麻痺で苦しんでいる男を見下ろした。

行動はどうあれ、一緒にいた点から仲間なのは間違いないと、男を始末しようと考えていたその時……。

「だが奴は笑っていた。私が問い掛ければ、フレンダが無事で良かった……と、心の底から安堵していたのだ」

何となく話を聞いてみたところ、男は有翼人を見たいという純粋な興味でやってきたらしく、他の連中は護衛や案内人として雇っていた冒険者らしい。

そして偶然にも竜族に見つかる前に有翼人を見つけたのだが、雇われた連中は欲望を抑えられなかったというわけだ。

「その男の名はビート。人族の男で……カレンの父親だ」

つまりビートは、俺たちみたいに見聞を広める目的で旅をしていた男というわけか。

アスラードやゼノドラが俺たちの言葉に呆れるだけでなく、どこか懐かしがっていたのはそういうわけだ。

「更に聞けばフレンダに一目惚れだったらしくてな、何だか毒気を抜かれた私はビートをつれて帰る事に決めた。里の皆はビートを不審に思っていたが、助けられたフレンダは満更でもなかったらしく、気付けば二人は結ばれたわけだ」

「一部の同胞は余所者を快く思っていなかったが、ビートがもたらした外の知識で暮らしが楽になったものだ。私にとっても、気の置けない友人でもあった」

「カレンは人族と有翼人の間に生まれた子だったのね」

「あれ？　でもカレンちゃんの父親って……」

「うむ。フレンダがカレンを身籠ったと同時にビートは体調を崩し始め、カレンが生まれる少し前に亡くなってしまったのだ」

冒険者と聞いてデボラが迷いを見せた理由もわかった気がする。

理由はどうあれ、娘と孫を置いて先立ってしまった男を思い出してしまったのだろう。

「私が連れて来た以上、どうも放ってはおけぬのでな。それからフレンダと、生まれたカレンを気にかけている内に、気付けばカレンが私の事をああ呼ぶようになったのだ」

「本物の孫には厳しいくせに、カレンだけには甘い爺さんだ」

「やかましい！　男より女の方が可愛いからに決まっておるだろう。それに竜族として強くならなければならんのだから、厳しくするのも当たり前だ」

再び二人が尻尾で打ち合う中、今の話を聞いて俺は色々と納得していた。

実は俺たちが使って良いと言われた部屋には、手書きの本が数冊置かれていたのだ。あれはカレンの父親であるビートが書いたものだろう。

本には図鑑のようなものもあれば、世界の珍しい出来事や現地での体験談が書かれており、おそらくカレンはあの本を読む事によって好奇心が旺盛な子に育ったと思われる。あくまで俺の想像だが。

これで疑問が幾つか解けたが、リースは少しだけ悲しそうに一人呟いていた。

「もしかして、カレンちゃんの父親が人族だったから、翼があぁなっちゃったのかな？」

「それは関係あるまい。私の爺さんの爺さんが、そういう有翼人を見た事があると言っていたしな」

「関係ないわよ。私たちが気にしても仕方ないし、翼が何だろうとカレンはカレンなんだから」

「そっか……そうだよね」

種族の違いだとかそういう理由ではなく、突然変異みたいなものというわけか。

皿にカレンは魔法適性が無属性という、ある意味奇跡的な存在でもあるようだ。

だがフィアの言う通り、俺たちが気にしても仕方がない。ありのままのカレンを受け入れ、いつも通り接するだけの話である。いずれは外見を気にするような奴を見極める為に使うくらい、心が強くなってほしいものだ。

滞在中、予定通りカレンには色々教えていくとして、ついでに有翼人の集落があると聞いた時から浮かんでいた疑問について聞いてみる事にした。

「一つ質問があるのですが、何故竜族は有翼人と共に暮らしているのでしょうか？」

個々の能力や体格は明らかに違うし、空が飛べる以外の共通点は全くない。

それにデボラから聞いた感じだと、主と使用人みたいな厳しい上限関係もなく、互いを思いやって共存しているようだ。

「確かに竜族は能力に優れた種族ではあるが、他と致命的に劣っているものがある。何かわかるか？」

「数……ですか？」

「そうだ。竜族は子供を孕む可能性が非常に低い。寿命が長いせいなのか、子を成す事が非常に稀なのだ」

「エルフと同じような状況なのね。竜族はエルフより数が少ないようだし、私たちより出生率が低そうだわ」

「その通りだ。竜族がまだこの里に住んでいなかった頃、我々の先祖は様々な大陸を巡って他の種族と試してきたそうだが、どれも竜族の子を成す事はなかった。だがその中で唯一、有翼人だけが竜族の子を成す事が出来たのだ」

絶対ではないが、数十人に一人の確率で竜族が生まれてくるらしい。

そして元から数が少ない種族同士という事で、互いに助け合いながら共存する事を決めたというわけだ。

「………………」

「シリウス様、どうかされましたか？」

「いや……大丈夫だ。それより、もう一つだけ質問させていただいてよろしいですか？」

竜族の事を考える度に、過去にエリュシオンの迷宮で出会った竜族……ゴラオンを思い出してしまう。

奴は敵だったとはいえ、俺は数少ない竜族を殺してしまったわけだ。後悔しているわけではないが、手を下した者として彼の最期を報告するべきかもしれない。

「ゴラオン……という名に聞き覚えがありませんか？」

「「っ!?」」

その名を出せば、二人の竜族はこの里を訪れてから一番の反応を見せていた。

特にアスラードは真剣な表情をこちらへ向けており、少し冷静なゼノドラが俺に問い詰めてきた。

「シリウスよ、その名をどこで聞いたのだ？」

「数年前、ゴラオンと名乗る竜族が私たちの前に現れたのです。そして……」

冒険者ギルドで指名手配される程の殺人鬼で、ただ快楽の為に弟子たちの命を狙ったので、俺が手を下したと説明する。二人の表情は俺を憎むような様子ではなかったので、一切誤魔化さずに語る事が出来た。

「……というわけです。弟子を助ける為とはいえ、私は貴方(あなた)たちの同胞に手をかけてしまいました」

「いや……禁忌を犯したゴラオンは死ぬ運命であったのだ。むしろ竜族の誇りを汚した奴を止めてくれて感謝したい。私が確実に仕留めた筈(はず)だったのだがな」

「だが一つ厄介な点もある。ゴラオンはメジアの兄なのだよ」

あまり好かれていない相手の兄ときたか。

どうやらのんびりと観光……とはいかないようだ。

ゴラオンが有翼人の里で生まれたのは数十年前。俺が生まれるより遥(はる)か前の話だ。

彼は竜族として生まれ、集落を守る戦士になる為(ため)に他の竜族たちに鍛えられながら成長していた。

しかし竜へと変身したゴラオンには翼が存在せず、彼は大地を走る事に特化した地竜として生まれてしまったのである。そんなゴラオンを周囲は哀れんだ。地竜が生まれるのは珍しくはないが、森と山々に囲まれたこの地では空を飛べる翼竜の方が重宝されるからだ。

それでも親や周囲は彼に惜しみない愛情を注いだので、ゴラオンはさしたる問題もなく育っていった。

しかし……ゴラオンは致命的に歪んでいた。

獲物として食べるわけでもないのに、適当な魔物を捕まえては無駄に爪で切り裂き、返り血によって体を赤く染めている光景がよく見られたのである。

その行動にアスラードとゼノドラは不審に思いながらも、ゴラオンは大きな問題を起こす事もなく成長し続けた。

そしてゴラオンが青年と呼ばれる年齢になった頃、ゴラオンの母親がメジアを生んだ事によって彼に弟が出来た。

兄という立場になったせいか、その頃になるとゴラオンの奇行は減り始めたので、アスラードたちは少しだけ警戒を緩めるようになった。

だが……その油断が不味かったらしい。

アスラードたちがしばらく目を放した隙に……それは起こった。

『父さん。僕はね、もっと……もっと強くなりたいんだ』

竜族の体内には、膨大な力を秘めた結晶……通称『ドラゴンハート』と呼ばれるものが存在する。その結晶によって竜族は力強く、そして驚異的な再生力を得ているのだ。

どの竜族でも体内に一つしか存在しない結晶に目を付け、増やそうとしたゴラオンは……。

『だから力が欲しいんだ。僕の中で一緒になって……あのくそ爺を倒しちゃおうよ！』

父親を……同族を食らうという禁忌を犯したのである。

すでに竜族として十分な力を持っていたゴラオンに不意を衝かれ、父親は成す術もなく殺され……食われてしまった。

「……酷い話ね。けど、そんな簡単に強さを得られるものかしら？」

「うむ、エルフのお嬢さんは鋭いな。どうだ、今夜は私と一緒に……」

「爺さん、その話は後にしろ」

「仕方がないな。エルフのお嬢さんが言う通り、同胞の結晶を取り込む行為は非常に危険なのだ」

過去に同じ事を仕出かした者がいたらしく、その竜族は血を吐き出しながらすぐに絶命したそうだ。

どうやら他の竜族から結晶を取り込んだとしても、己の体に適合しなければ死んでしまうらしい。要するに血液型による輸血とか、人間同士で臓器を移植するようなものだろう。

確率を考えると、竜族の数が減る行為なので禁忌になるのも当然の話だった。

「私が駆け付けた時にはすでに遅く、父親のドラゴンハートはゴラオンに食われた後だった。そして結晶を取り込んだ事によって苦しむゴラオンを見た私は……」

自業自得とはいえ、血を吐きながらのたうち回るゴラオンを憐(あわ)れんだアスラードは、一思いにとブレスでその身を吹き飛ばしたそうだ。

「私のブレスを受ければ、そこのゼノドラとて生き残る事は出来ないだろう。だが奴は生きていた……というわけか」

「しかし竜族としては未熟な部類に入るあいつが生き延びていたのも妙だ。奴は我々の知らない特殊能力を持っていたのだろうか？」

「そういえば私が出会ったゴラオンですが、腕を切っても即座に再生してしまう、異常とも言える再生能力を持っていました。これは私の想像ですが、ゴラオンはブレスによって身を焦がされながらも再生を続け、辛うじて生き延びたと思われます」

おそらくゴラオンは父親のドラゴンハートに適合し、その時点で驚異的な再生力を得たのだろう。適合出来たのは血を分けた親子だからという可能性が高い。

それでも適合は完全ではなかったと思われる。

ゴラオンは確かに強敵だったが、里にいる竜族と比べると明らかに実力が劣っているような気がするからだ。

おそらく異常な再生能力の代わりに、竜族としての力をある程度失ったのかもしれない。

ゴラオンの竜の姿は、ゼノドラや三竜と比べて明らかに体の大きさが違っていたしな。

　思いつく考えを口にしてみれば、二人は納得するように頷いていた。

「なるほど、十分あり得るか。だが私のブレスでも倒せなかったのに、お主はよく倒せたものだな」

「魔法で動きを封じ、二つのドラゴンハートを二つ同時に破壊する事によって倒したのですよ」

「爺さんもシリウスもその辺にしておけ。ゴラオンはもういないのだから、メジアにどう説明するか考えるべきだ」

「そうだぜ！　確かに家族が殺されたら復讐したくなるかもしれないけど、兄貴は俺たちを守る為に戦ったんだ。もし兄貴に喧嘩を売ってきたら、まず俺が相手になるからな！」

「落ち着け、レウス。ところで彼……メジアさんは、兄であるゴラオンの事をどう思っているのですか？」

「禁忌を犯し、父親を殺した罪人だというのは理解している。少なくとも、いきなり復讐だと挑んで来る事はあるまい」

　メジアが規律正しくあろうとするのは、禁忌を犯して裏切った兄の影響かもしれない。

　そして話し合いの結果、警戒されている俺たちがゴラオンの死の顛末を伝えると拗れそうなので、メジアには機会を見てアスラードが説明するという事に決まった。

「ねえ、酷い言い方かもしれないけど、死んだと思っているなら別に説明する必要はないんじゃない？」

「それも良いかもしれぬが、ゴラオンのせいで父親を失ったあいつには知る権利があると思うのだ。ではそろそろ失礼するが、エルフのお嬢さん。酒が好きだと聞いたが、今宵は私の家で飲み明かさないか？　良き酒があるのだ」

「魅力的な誘いだけど、ごめんなさいね。皆と一緒じゃないと、恋人を困らせちゃうから」

「その男か。だが彼は人族だぞ？」

「ええ、理解した上で一緒にいるの。最後までしっかりと付き合うつもりよ」

「ならば何も言うまい。百年後にでも再び誘わせてもらうとしよう。ならそこの綺麗な青髪のお嬢さんはいかがかな？」

「いい加減にしろ爺さん！」

その後、ゼノドラの手によって強引に外へ引きずり出され、竜たちは自分の家へと戻るのだった。

《誰が為の戦い》

三竜に運んでもらった俺たちの馬車内で寝ていた俺は、今朝もエミリアの声によって目覚めた。

「おはようございます、シリウス様」

里を訪れて二日後。

一応自力で目覚める事は出来るが、もはや朝はエミリアの声が当たり前となっているので、これがないと起きた気がしないくらいである。

エミリアがいないと駄目な男にならないよう気をつけてはいるが、エミリア本人がそうなってほしいと思っているのが難しいところだ。

「おはよう、エミリア。皆はどうしてる?」

「リースとフィアさんはそろそろ起きると思いますが、レウスはすでに起きています」

カレンの家に横付けした馬車から出て、体を解(ほぐ)しながら周囲を見渡してみれば、家の周辺を走るレウスと……。

「おはよう兄貴!」

「「おはようございます!」」

人間の姿になった三竜も一緒に走っていたのである。

思わず首を傾げていると、離れてその光景を眺めていたホクトが尻尾を振りながら俺に近づいてきた。

「オン！」

「えーと……あの三人は未熟な面が見られるそうなので、ホクトさんが鍛え直しているそうです」

「だから走らせているわけか。お前が指導係になるって事は、あの三人に見込みを感じたのか？」

ホクトにとって姉弟は後輩みたいなものなので訓練によく付き合っているが、ホクトが自ら進んで指導している姿は非常に珍しい。

なので擦り寄ってきたホクトの頭を撫でながら聞いてみれば……。

「クゥーン……」

「えーと、資質は悪くはないそうですが、シリウス様の部下になるにはまだ鍛え直す必要があるからだそうです」

「勝手に部下や舎弟を増やそうとするのがここにもいたか」

エリュシオンの学校に通っていた頃も姉弟が似たような事をしていたな。どうしてこう、狼ってのは上司の舎弟を作りたがるのだろうか？

「オン！」

「他にも彼等に乗せてもらえれば、全員の移動速度が上がるからだそうです。もちろんシリウス様を乗せるのはホクトさんだけだと」

「彼等を乗り者扱いするのは止めなさい。まあ、本人の意志を捻じ曲げない程度に済ませるんだぞ」

「オン！」

「了解だそうです。それと……エミリアの頭も撫でてやってほしいそうです」

最後のは己の願望だろうと思いながらエミリアの頭も撫でてやれば、ホクトも含めた大小二つの尻尾がブンブンと揺れていた。

朝から突っ込みどころ満載であるが、三竜はホクトとレウスに任せる事にして、俺とエミリアはフレンダの様子を見ようとカレンの家へと入った。


ベッドに寝たままのフレンダはあれから一度も意識が戻っていないが、『スキャン』で異常は見当たらないのでそろそろ意識を取り戻す筈だ。

そう思いながらフレンダの診察を続けていると、デボラが部屋に入ってきたので朝の挨拶を済ませる。

「本当にあんたたちは起きるのが早いね。それに比べて私の娘と孫ときたら」

「私たちは普段から早起きしていますから、自然と目が覚めてしまうだけですよ」

「あんたたちみたいに、私の子たちも早起きしてもらいたいものだね。こんな時くらい寝坊しなくてもいいだろうに」

冗談を言えるくらい、デボラも落ち着きを取り戻しているようだ。

朝なのに全く起きる気配のないカレンに、治療が済んでも中々目覚めないフレンダ。そしてデボラの言葉から、カレンの寝起きの悪さは母親から受け継がれているのかもしれない。

フレンダの診断が済んだところで朝の訓練を始めたいところだが、この家に居候させてもらっている以上は家事を手伝うべきだろう。

そう思って朝食の手伝いを申し出たのだが、デボラは必要ないとばかりに笑っていた。

「こっちはいいからシリウスも外に行ってきな。朝の訓練は日課なんだろう？」

「ですが何もしないわけには」

「そうですよ。それに私たちは沢山食べますし」

「大丈夫だって、量を作るだけなら私一人で十分さ。それに里の皆から貰った食料がまだ余っているからね」

そう、昨日は非常に目まぐるしい一日だった。

朝一番でゼノドラと三竜がやって来たのはいいが、すでに俺たちの事は皆に伝わっているらしく、里に住む有翼人と竜族が頻繁に訪れてきたからだ。

アスラードの言葉通り俺たちを警戒する者もいたが、大半がカレンとフレンダを心配して確認しに来た者たちで、二人が無事だとわかるとお祝いも兼ねて食材等を置いていったのである。

ちなみにカレンの年齢に近い竜族や有翼人の子供も見られたが、俺たちを恐れているのか、あるいは親から何か言われて近づいてこなかったので、エミリアたちが少しだけ寂しそうにしていた。

「それじゃあ、あんたたちが持っている鍋をまた使わせてもらうよ」

そして俺たちの意見は聞かないとばかりにデボラは部屋を出て行ってしまった。

ここ数日で判明した事だが、彼女は非常に世話好きで、俺たちが住み始めて大変だというのに全く気にしていないのである。無理に手伝っても逆に怒られそうだし、ここは素直に甘えるとしよう。

再び外に出れば、目覚めたリースとフィアが準備運動を行っていたのだが、レウスと三竜の様子がおかしい事に気付いた。

「常に背後を意識しろ！　ホクトさんにやられる時は一瞬だぞ！」

「わかってはいるが……駄目だ！　捉えられん！」

「ならば私が囮に——……ぐはっ!?」

「いくらホクト様だろうと、攻撃する時に隙が——……がふぁっ!?」

ホクトに追われているレウスと三竜が、次々と前足の一撃で地面に叩き付けられているからだ。

もちろんホクトは手加減しているようだが、さっきまで普通に走っていた筈なのに……

何があったのだろう？

「私たちが来た時には、すでに追いかけっこしていたわよ」

「レウスたちは逃げているだけだし、ホクトの攻撃を避ける訓練みたいだね」

「要するに鬼ごっこか」

つまりホクトの教育はすでに始まっており、遮蔽物のない場所で逃げ回る事によって反射神経や状況判断能力を鍛えているわけだ。

おまけに鬼役のホクトは触れるのではなく、地面へ叩き付けてくるので緊張感が半端ではあるまい。

こうして三人目の叫び声が響く中、俺たちも朝の訓練を始める事にした。

まずは軽く流すように走り出したのだが、気付けばレウスたちの相手をしていた筈のホクトが隣に並んでいた。

「ん、もう終わったのか？」

「オン！」

視線を横に向けてみれば、最後まで抵抗を続けていたレウスが地面に突っ伏していた。

どうやら俺と一緒に走りたいが為に、急いでレウスを沈めてきたらしい。

百狼であるホクトが俺たちの速度に合わせていたら訓練にならないだろうが、ホクトにとって俺と一緒に走る事は前世からの習慣でもあり、散歩みたいなものである。

なので嬉しそうに横を走るホクトと一緒にしばらく走ってから筋トレをしていると、家の扉が開いてカレンがやってきたのである。

「ふぁ……朝食……出来たって……」

「ああ、わかった。皆、戻る前に体の手入れを忘れないような」

「水分の補給も忘れないでください」

エミリアが全員に水とタオルを配る中、俺は呼びに来てくれたカレンに礼を言おうとしたのだが、どこか様子がおかしい。

フラフラとしていて妙に危なっかしいので、顔を覗き込んでみれば……何と立ったままカレンは寝ていたのである。

「……くぅ」

「ねえ……これ寝ているよね？」

「呆れを通り越して逆に凄いわね」

故郷に帰る事が出来て安心している証拠かもしれない。ある意味大物なカレンを抱えて俺たちは家へと戻るのだった。

余談だがレウスと三竜は途中で復活し、先程の反省会を行っていた。前足の一撃は地面にめり込む程の威力であるが、ホクトとの訓練に慣れたレウスはともかく、三竜も平然としているのはさすがだと思う。

貰った食材を適当に放りこんで作られたごった煮のような料理だったが、周辺で採れる香辛料が合っていて実に美味い。

ハラペコ姉弟が次々とおかわりする中、デボラはゆっくりと食べているカレンを見ながら満足気に頷いていた。

「まさか蜂蜜を使えばカレンを簡単に起こせるなんてね。毎日起こすのが大変だったから、これで大分楽になるよ」

「もぐ……くぅ……」

「起きていない気がしますけど？」

「前は食べてすらなかったからましな方だよ。ところでこれからどうするんだい？」

デボラが聞きたい事は今日の予定だろう。

昨日は色々とあって里を見て回れなかったので、ゼノドラが来たら案内してもらうのもいいが、カレンとの約束も守らないとな。

「昼まではカレンに魔法を教えようと思います」

「ならよろしく頼んだよ。カレンの属性を聞いた時は悩んだものだけど、あの子が嬉しそうに魔法を使うのを見ていたら、属性なんかどうでも良くなってきたね」

「無属性は他の属性に劣っていないと証明してみせますよ。それにカレンは筋が良いので、俺も教え甲斐があります」

「兄貴より無属性に詳しい人はいないからな。頑張ればカレンも兄貴みたいに強くなれるぜ！」

レウスの言葉でハードルが上がっている気もするが、個人的には俺を超えてほしいと願っている。

どこぞのマジックマスターが語っていたように、魔法とは無限の可能性を持つものだからな。カレンには戦闘に特化した俺とは違う道を見つけてもらいたいものだ。

そんな俺が密(ひそ)かに期待を寄せるカレンであるが……。

「……おかわりぃ」

さすがに期待をし過ぎだろうか？　いや、カレンは朝が弱いだけだ。

この子の才能を伸ばしていけばきっと……。

「……くぅ」

大丈夫だ………たぶん。


それから朝食を終えた俺たちは解散し、エミリアとリースは家事を手伝い、レウスは再び三竜と一緒にホクトとの訓練を行っていた。

そして俺とフィアは、カレンを連れて家の近くにある大きな木の根元へとやってきていた。

この頃になればカレンもしっかり目覚めており、新しい魔法と聞いて目を輝かせながら翼を動かしている。

「今回教えるのは『ストリング』だ。簡単に言えば魔力の糸を生み出す魔法だな」

「糸？　それって凄いの？」

「見た目は地味だけど、使い方次第で色んな事に使える魔法だぞ」

「貴女のお母さんや、私が怪我した時でも使った魔法よ。覚えておいて損はないわね」

そんな俺たちの言葉を聞いて何度も頷くカレンに、まずは俺の『ストリング』を見せる事にする。

生み出した魔力の糸を伸ばしてカレンに触れさせてみれば、不思議そうな表情を浮かべて引っ張っていた。

「これを作るの？」

「そうだ。魔力がしっかり込められていないとすぐに千切れるし、糸が消えてしまうぞ。とにかくこれを参考に挑戦してみるといい」

「うん」

魔力を圧縮させた糸を生み出すだけなので、『インパクト』が出来たカレンなら難しくない筈だ。

見本を触らせた御蔭か、カレンはあっさりと魔力の糸を生み出したのだが、俺が軽く引っ張ればすぐに千切れてしまった。

「あれ？　おにーさんのと違う」

「『インパクト』と同じで魔力の集め方が足りないんだ。それと頑丈にする為に、太くする事だけを考えていないか？」

一本の糸を丈夫にするとしても、それこそワイヤーのような物でなければ千切れて当然だ。他にも前世のゴムみたいに収縮性も必要な場合もある。

俺の場合は前世に存在した特殊合金ワイヤーを知っていたので頑丈なものを作れたが、似た魔力の糸を再現するのは容易ではなかった。

「うぅ……難しい」

「もう一度俺のを触って確認してみるといい。他にはそうだな、機転を利かせるのも必要だな」

「機転？」

「カレンにはちょっとわかり辛かったか。つまり一つの事だけに囚われないようにするのさ。例えば、これが一本の糸にしか見えなくても、糸を一本しか使っているとは限らないだろう？」

「一本……………こう？」

「あら、今度は丈夫ね。シリウスも触ってみなさいよ」

カレンが再び『ストリング』を発動させた魔力の糸に触れてみれば、三本の細い糸を寄り合わせて一本になった状態で生み出されていた。

まだ魔力の集中が甘くてすぐに千切れそうだが、先程のに比べたらかなり丈夫になっている。

てっきり糸を太くすると思っていたのだが、カレンは俺の助言もそこそこに、ほとんど自分の力だけでこの方法に気付いたのだ。

この子と出会ってから何度も驚かされているが、今回もまた驚かされたな。

「凄いじゃないか。よく気付いたな」

早速褒めてやれば、カレンは嬉しそうに翼を羽ばたかせながらこちらを見上げてきたので、俺は無意識にカレンの頭に手を置いてしまったのである。

「「あ……」」

しまった、つい癖でエミリアたちと同じようにしてしまった。

カレンは奴隷にされた経験から、頭を撫でようとすると叩かれた記憶が蘇って嫌がるのである。実際家の女性陣が今まで何度も挑戦していたが、尽く失敗していたしな。

なのですぐに手を離そうとしたのだが、カレンは嫌がるどころか呆然と俺を見上げるだけだった。

「嫌じゃないのか？」

「……えとね、おにーちゃんなら平気。だからもっと褒めてほしい！」

「そうか、なら遠慮なくいかせてもらうとしよう。よしよし、カレンはとても良い子だな」

「うん！」

「あ、ずるいわよ。私も撫でさせてちょうだい」

これも母であるフレンダを治療した御蔭だろうか。

カレンは口元を綻ばせながら、俺とフィアに撫でられるのを受け入れてくれるのだった。

しばらく褒めた後、そのまま次の魔法を教えようと思ったのだが、家で家事を手伝っていたエミリアが俺たちの下へやってきた。

「シリウス様。先程フレンダさんの意識が戻られました」

「わかった。すぐに……」

「ママ！」

真っ先に反応したカレンが走り出したので、俺たちはホクトにやられたレウスを回収してから家へと戻った。

部屋に入れば、ベッドに寝ていたフレンダが上半身を起こし、飛び込んできたカレンを抱き締めているところだった。

「ママぁ……」

「ああ……夢じゃなかったのね。あなたが無事で本当に良かった。カレンまでいなくなったら、私は……」

「そんな不謹慎な事を言うものじゃないよ。それより彼等に言うべき事があるんじゃないかい？」

「母さん、この人たちが？」

「ああ。あんただけじゃなく、カレンも救ってここまで連れて来てくれた恩人たちだよ」

俺たちがここへ来る間に、ある程度説明されているらしい。

起きたばかりで眠そうだが、フレンダは俺たちに笑みを向けてから深々と頭を下げた。

「皆さんには色々とお世話になったのね。娘を救っていただき、本当にありがとうございました。何かお礼をしたいのですが、見ての通り碌に動けないので……」

「その言葉だけで十分です」

「むしろカレンちゃんと一緒にいられてとても楽しかったですよ」

「ええ、妹が出来たみたいで嬉しかったわ」

「でもここまでしてもらいながら、言葉だけで済ませるなんて出来る筈がないわ。母さん、何かないかな？」

気にする必要はないと伝えても、フレンダの表情からしてそうもいかないようだ。それだけカレンの事が大切なのだろう。

しばらくお礼を考えていたフレンダだが、途中で何か閃いたのか手を叩いていた。

「そうだ！　私の羽根とかどうかしら？　有翼人の羽根は貴重だってあの人が言っていたから、欲しいなら全部持って行っても……」

「この子は何を言っているんだい！　それじゃああんたが飛べなくなっちまうだろうが！」

「カレンが無事なら、飛べないくらい些細な事よ」

「気持ちはわかるけど、勢いで事を進めるのは止めておきな。全く、死にかけてもあんたは相変わらずだね」

どうやらフレンダは勢いのままつっ走る人というか、大切な事になるとあまり後先を考えない人でもあるらしい。

「落ち着いてください。貰うとしても一枚もあれば十分ですから」

問答をくり返す親子を宥め、とりあえずこの件は保留となった。

出来る事なら何でもすると言ってくれたが、俺はカレンを鍛える許可と、この家に泊めてもらえるだけで十分だからな。

しかしお礼については今後も聞かれそうなので、後で何か考えておいた方が良さそうだ。

しばらく母親の感触を存分に堪能したカレンだが、突然思い出したかのように顔を上げてフレンダの袖を引っ張っていた。

「ねえ、ママ！　カレンね、魔法が使えるようになったんだよ！」

「え、本当なの!?」

「うん、おにーちゃんに教えてもらったの。ママに見せてあげるね！」

驚いているフレンダから離れたカレンは、周囲を見渡してから窓に近づき、そこから見える一本の木を指差したのである。

あの木は先程まで魔法を教えていた場所だが、俺はすぐに追いかけてカレンの肩に手を置いて止めていた。

お披露目を中断させられて不満気な表情になるカレンだが、魔法の師として見過ごすわけにはいかない。

「窓からとはいえ、室内で『インパクト』を使うのは駄目だ。もし何かあってお母さんに当たったらどうするんだ？」

「あ……」

「それと『インパクト』なら後で見せてあげられるし、ここで使っても大丈夫な魔法をさっき教えただろう？」

カレンはまだ魔法を教わり始めて間もないし、興奮もしているので暴発する可能性も十分あるのだ。それに非常時を除き、岩に罅を走らせるような魔法を室内で放つのはあまりよろしくあるまい。

それをゆっくりと言い聞かせてやれば、カレンは素直に頷いてフレンダの前に戻るのだった。

「おにーちゃんに駄目って言われたから、こっちの魔法を見せてあげるね」

「……ええ、カレンの魔法なら何でも良いわよ。お母さんに見せてちょうだい」

何故かフレンダが妙に驚いていたような気がするが、カレンの魔法を心待ちにしている様子から機嫌が悪いわけではなさそうだ。

俺の疑問を余所に、母娘はカレンの生み出した『ストリング』で楽しそうに引っ張り合いを始めるのだった。

そんな微笑ましいやりとりはしばらく続き、ようやく落ち着いたところでカレンの適性属性について説明する事にした。

「だからこの子は魔法が上手く使えなかったのね。それに気付けないなんて、母親失格だわ」

「ここにいる誰も気付けなかったんだ。落ち込んでばかりいないで、あの子の成長を喜んであげな」

「ママ。カレンの魔法、どうだった？」

「ええ、凄かったわよ。あなたが魔法を使えるようになってお母さん嬉しいわ」

「うん！　カレンね、もっともっとおにーちゃんから魔法を教わって強くなるから！」

「無属性でも、この子は強くなれる素質を十分秘めていると思っています。俺たちはしばらく滞在する予定なので、これからもカレンに魔法を教えてもよろしいでしょうか？」

デボラにも話したが、やはり母親であるフレンダからも許可を貰っておかないとな。

俺が頭を下げながら聞けば、どこか遠い目をしているフレンダがカレンの頭を撫でながら答えてくれた。

「シリウス君……だったよね？　この子をお願いします。私じゃ無属性の魔法は上手く教えてあげられないから」

「精一杯やらせてもらいます。これからもっと大変になるけど、頑張ろうな、カレン」

「兄貴の弟子なら体も鍛えなきゃな。明日から俺と一緒に走ろうぜ」

「従者教育はどうでしょうか？　教養が身に付きますよ」

「カレンは私たちの後輩になったわけね。困ったら何でも言いなさい」

「怪我(けが)したら私が……うーん、何だか怪我するのが前提みたいで嫌だよね。食事を美味(おい)しく食べられる方法なら任せて」

「これからも賑(にぎ)やかになりそうだねぇ」

「そう……ね。カレンにとって良い事だわ」

今までは少し曖昧だったが、家族から許可を得られた事によってカレンは俺の本格的な弟子となったわけだ。

母親の慈愛に満ちた笑みに見守られながら、俺たちはカレンのこれからについて話し合うのだった。


その日からカレンの生活は大きく変わった。

早朝……朝は誰かに起こされるまで目覚めなかったカレンだが、俺たちと一緒の時間に起きると言い出したのだ。

「カレンもおねーちゃんたちみたいになるの。だから一緒に起きて訓練する！」

「その前向きな姿勢はいいが、カレンは朝起きられるのかい？」

「……起こして！」

甘いとは思うが、そのあまりの潔さに起こしてあげる事に決めた。何度も繰り返せばいずれ自然と起きられるようになるだろうさ。

こうして早朝の訓練にカレンが増えたわけだが、途中で力尽きてホクトの背に乗っている事が多い。訓練になっていない気もするが、体が慣れてくるまで繰り返し、習慣づける事が大切だからだ。

そもそも有翼人は空を飛ぶ為に体重が軽い種族で、武器や肉体を使った戦いには向いていない。なのでカレンの体力を鍛えるのは程々にし、魔法を主に鍛える方向でいくつもりだ。

そして朝の訓練と朝食を終え、外でカレンと魔法の訓練をしようとしたその時、上空から一体の竜が下りてきた。

三竜はホクトと一緒なので、ゼノドラでも顔を見せに来たのかと思えば、現れたのは青い竜ではなく赤い竜だった。

「シリウス様。あの赤い竜は?」

「メジア……だな」

俺たちから少し離れた広場に着地したメジアは、人の姿に変身しながらこちらへ近づいてきた。

数日経って警戒心は大分薄れているようだが、今日のメジアはどこか思い詰めているような表情をしている。

おそらく……アスラードから兄のゴラオンについて聞いたのだろう。

「お前にどうしても聞きたい事がある。少しだけ時間をくれ」

「それは、アスラード様から聞いた内容についてですか？」

「ああ、兄であるゴラオンの事だ。本当にお前が……倒したのか？」

カレンが近くにいるので、殺したと口にしない点から見てメジアは冷静なようだ。

状況を理解したエミリアがカレンを遠ざけたところで、俺はその質問に対して頷く。

「その通りです。別人の可能性もありますが、本人がそう名乗っていましたし、変身した姿は赤い地竜でしたから間違いないかと」

「そう……か。まさかあの兄が人族にやられるとはな」

目を閉じて明後日(あさって)の方角を向くその姿から、彼の感情は読めない。

少なくとも怒りや憎しみを感じないので、俺は静かにメジアの返事を待ち続ける。

そしてゆっくりと目を開いたメジアは……。

「ならば一つ頼みがある。私と……戦ってくれ」


メジアに戦いを挑まれた次の日。

俺たちはメジアと共に、有翼人の里から更に山奥にある神殿へとやってきていた。

「着いたぞ。ここならば問題はあるまい？」

「広いな。まさか山奥にこんな場所があるなんて思わなかったよ」

「我々竜族が戦えば周囲への被害が凄まじいからな。このような場所が必要なのだ」

正確には神殿だったもの……と、言うべきだろうか。

建造物と思われるものは完全に瓦礫と化していて、周囲に敷き詰められた石畳は所々剝げていたり、植物で覆われているものばかりだ。

他にも見上げる程に高い石柱が幾つも建っているが、こちらも石畳と同じく酷い有り様で、朽ちて倒れているのがほとんどである。

いかにも歴史的価値がありそうな場所だが、竜族の先祖が戯れで作ったものなので思い入れは特にないとか。それでも無駄に広い場所なので、ここは竜族専用の運動場みたいなものらしい。

「つまり遠慮なく魔法を放っても構わないわけか」

有翼人の集落から見える山の反対側にあり、竜に運んでもらっても数十分は要する場所なので、ここなら被害を考えずに全力で戦えるだろう。

「ではそろそろ始めるぞ。向こうも待っているようだしな」

そして視線を横へ向けてみれば、少し離れた高台に弟子たちが敷物に座って観客と化していた。そこには人の姿になったゼノドラもいるのだが、本来なら長として気軽に里から離れてはいけないアスラードもいた。

メジアがやり過ぎないように……と、尤もらしい事を言って無理矢理ついてきたのだが、あれは完全に暇潰しで来たとしか思えないな。

「それにしてもお主たちはよく冷静でいられるものだ。人族がたった一人で竜族に挑めば、死んでもおかしくないぞ」

「竜族だろうと何だろうと、兄貴だったら関係ねえよ」

「シリウス様なら必ず帰ってきます。皆さん、紅茶とパンのおかわりはいかがですか？」

「もぐもぐ……三個ちょうだい」

「私は紅茶ね。カレンはどうする？」

「パンの方！　ママも食べる？」

「うーん、お母さんはまだあまり食べられないから、カレンと半分こしようか」

勉強の為にとカレンも連れて来ているのだが、その隣には母親であるフレンダの姿もあった。

フレンダはすでに一人で歩ける程度まで回復はしていたが、無理は禁物という事で連れて来る予定はなかった。しかし俺がメジアと戦うと知るなり、どうしても見たいと頭を下げてきたので、同行を許可したのだ。

そこまでして見たがる理由はわからないが、カレンの指導を任された者として不甲斐(ふがい)ない姿を見せないように気をつけないとな。

「アスラード様とゼノドラ様も如何(いかが)ですか？　シリウス様と一緒に沢山作ってきたので遠慮なくどうぞ」

「いただこう。しかしこのコロッケと呼ぶものは実に美味(うま)いな。あのモプトがこんなにも美味しくなるとは思わなかったぞ」

「同感だ。特にこの黒いタレをかけてパンに挟むと最高だな」

もはや向こうは完全にピクニックだな。

楽しむのは一向に構わないのだが、あの距離では戦闘の余波が届きそうなので気をつけてほしいものである。

まあ弟子たちも身を守れないわけでもないし、何かあってもゼノドラとアスラードが守ってくれるだろう。

「待て、ゼノドラよ。コロッケはこのコメというものと交互に食べる方が美味いぞ」

「いくら爺さんでもこれは譲れんな。パンに挟むのが一番美味い」

「いや、コメだ！」

「パンだ！」

米派とパン派で言い争う竜族の姿は実に情けない。

見ているとと不安しか感じないが、カレンたちに危険が及べばさすがに守ってくれるだろう……たぶん。

「おのれ！　こっちは真剣だというのに、長もゼノドラもふざけ過ぎだ！」

そしてこっちはこっちで真面目過ぎだ。

今にも文句を言いに飛んで行きそうなので、俺はメジアを宥める為に近づいた。

「落ち付けって。向こうはただの見学だから、好きにさせておけよ」

「しかし決闘というのは神聖な儀式でもある。あのように不真面目な態度で見られるのは我慢ならん！」

「お前こそふざけているのか？　俺に戦いを挑んでおきながら、関係のない相手を気にしてどうする？」

「む……」

「巻き込みそうだから実力が出せない……なんてくだらない事は言わないよな？　お前も竜族の戦士なら、余所に気を取られていないで挑んでこい」

「……確かにな。これではお前に失礼だ」

こちらの指摘に納得出来たのか、冷静になったメジアは素直に頭を下げた。

非を認めればきちんと謝罪するので悪い奴ではない。しかし今のように真面目過ぎるのが欠点なので、ゼノドラもアスラードも手を焼いているようだ。

ちなみに戦うのであれば畏まる必要はないと昨日言われたので、メジアには普段の調子で話しかけるようにしている。

とにかく、向こうが喧嘩を始める前に俺たちも始めた方が良さそうだ。

完全装備の俺と、己自身が武器である無手のメジアと一定の距離を取って向かい合ったわけだが、何故か彼は人の姿のままであった。

「その姿で戦うのか？」

「竜の姿では加減が難しいのだ。私は別にお前を殺したいわけではないからな」

そう語るメジアだが、別に慢心をしているわけではあるまい。竜の姿になれば俺の数倍は大きくなり、爪に掠ったただけでも致命傷となるのだから当然とも言える。

更に先手を譲るつもりなのだろう。メジアは身構えたまま動かないので、俺は意識を切り替えながら飛び出した。

「……ふっ！」

「むっ!?　だが、その程度の動きで！」

『ブースト』を発動させて一足で相手の懐に飛び込むが、メジアには俺の動きが見えているのだろう。迫る俺に合わせて的確に拳を振るってくる。

その一撃を避けながら、全身から魔力を放って残像を生み出す『ミラージュ』を発動させれば、凄まじい風切り音と共にメジアの拳が俺の横を掠めた。

拳の風圧で残像はすぐに霧散したが、俺はその隙にメジアの横へ回り込み、膝の裏を蹴飛ばしながらの首投げでメジアを石畳へ叩き付ける。

相手を無力化させる時によく使う技だが、位置によっては相手の後頭部を叩き付ける一撃なので、下手をすれば殺す可能性もある技である。

だが竜族の肉体は頑丈なので、俺の力で叩き付けたところで大した痛みはあるまい。前日にゼノドラと三竜に協力してもらい、竜族の頑丈さは予習済みだからな。

そして予想通り、メジアは平然と立ち上がろうとしていたが……。

「ふん、こんなもので俺が……」

「だろうな！」

俺は容赦なく『ブースト』で強化した蹴りをメジアに食らわせていた。

不安定な姿勢だったメジアが踏ん張れる筈もなく、蹴られたメジアは大きく吹っ飛ばされて石畳の上を転がりながら遠ざかっていく。距離が離れても俺は追撃の『インパクト』を連射し、更に吹っ飛ばされたメジアは近くの石柱に背中から激突した。

激しい衝撃音と共に石柱は崩れ、メジアの体は瓦礫に埋もれるが……やはり何事もなかったかのように立ち上がる。

「見事だな。まさか人族の攻撃がここまでとは思わなかったぞ。だが私の鱗を貫くには……」

「いや、もう十分だ。今ので大体わかった」

「もう勝ったつもりか？」

「その通りだ。今のままでは、あんたは俺に勝てない」

「……何だと？」

俺の勝利宣言を聞いて苛立つメジアだが、これは確信を持って言える事だ。

ゼノドラと三竜によると、竜族は体が頑丈なので致命的な攻撃以外は避けようとせず、基本的に正面から受け止める傾向があるらしい。

正に肉を切らせて骨を断つ……という戦い方が合う種族であろう。

何せ上級魔法でさえ弾く鱗を持っているようだし、竜の巨体では攻撃を避けるのが難しいのだから自然とそうなるわけだ。

今の攻防でわかるように、人の姿でも頑丈さは健在のようだが、何故か体重は姿に合わせて軽くなるので、今のメジアは『インパクト』どころか俺の蹴りだけで吹っ飛ばされる始末である。

もし俺が本気で仕留めようと考えていたら、吹っ飛ばした隙を突いて『アンチマテリアル』を顔面に叩き込めば終わりだ。

だからメジアは勝てないとはっきり言えるのだが、そもそも今回の戦いはどちらが勝つか負けるかの問題ではない。

「この戦いは、お互いに全力でぶつからないと意味がないんだ。さっさと竜になってかかってこい」

挑発を繰り返しながら、俺はメジアに挑まれた時の状況を思い出していた。

※　※　※　※

『ならば一つ頼みがある。俺と……戦ってくれ』

普通に考えて、メジアが俺に挑んできたのは兄の復讐かと思うが、それにしては殺意が全く感じられないので詳しく聞いてみる。

『復讐？　そんなわけがないだろう。兄は――……いや、奴は同胞を裏切っただけでなく禁忌を犯した罪人だぞ。死んで当然だ」

　そう口にするメジアが、アスラードから兄の事を聞かされた時に浮かんだのは、怒りではなく迷いだった。

　そして居ても立ってもいられなくなり、本能の赴くままに俺の下へやってきたそうだ。

『だが……それでも俺は奴を完全に憎む事が出来ない。奴が父を殺した姿を見ていないし、子供の頃に一度だけ奴に遊んでもらった事が未だに忘れられないんだ』

　生真面目な性格ゆえか、苦悩しながらも語るメジアを眺めている内に何となく理由がわかった気がした。

　きっとこれは理屈ではないのだろう。

　禁忌を犯した罪人だろうと、メジアにとってゴラオンはたった一人の兄なのだ。

『だから俺はお前を知りたい。俺の兄は強き者に倒されたのだと実感したいのだ』

　竜族は強き者を敬服し、そして強者に挑む事を誇り高い行為だと感じるそうだ。

　つまり復讐ではなく、兄の誇りを少しでも守りたいと無意識に願うメジアの自己満足に過ぎないので、危険を冒してまで俺が戦う必要はないのかもしれない。

　だが俺がゴラオンを仕留めたのは事実だし、戦う事で少しでも気持ちが晴れると言うなら受け止めてやりたいと思う。

　それに……俺は今よりもっと強くならなければいけないのだ。

　師である俺が立ち止まってしまえば、俺の背中を追いかけているレウスもまた立ち止まってしまうからな。

とまあ、様々な思惑があって俺はメジアとの決闘を受け入れたわけだ。

※　※　※　※

「まさか変身しろと言われるとはな。本当に変な奴だ」

俺の挑発を受けてゆっくりと立ち上がったメジアは、竜族らしい獰猛な笑みを浮かべている。

狂気は感じられないが、その笑い方は不思議とゴラオンを思い出させるので、やはり二人は兄弟なのだと妙に納得出来た。

「自分でも変な奴なのは自覚している。ちなみにお前の兄はすぐに変身していたぞ？」

「俺は兄とは違う！　どうなっても知らんぞ？」

「構わないさ。決闘ってのはそういうものだ」

「……いいだろう！」

そして膨大な魔力が溢れ出すと同時にメジアの体は竜の姿へと変わっていた。

ただ立っているだけで感じる威圧感と、掠るだけでも致命傷となる爪や牙。最早蹴りどころか『インパクト』でも揺るぎそうにない巨体と今から俺は戦うのだ。

『大口を叩いた以上、俺を失望させるなよ！』

「ああ、わかっているさ」

この緊張感……剛剣の爺さんやマジックマスターの学校長と戦った時と同じだ。

久しい感覚に身が引き締まる中、俺は呼吸を整え……。

「……行くぞ」

スイッチを切り替えた。


――　シェミフィアー　――


「ふぅ……相変わらずね」

事前に聞いていたとはいえ、竜を相手に臆する事なく突撃するシリウスを眺めている内に、自然に溜息(ためいき)が漏れてしまった。

そりゃあ勇ましく戦う姿は格好良いし、シリウスなら大丈夫だって信頼はしているけど、心配するのとはまた別だもの。

「着替えも用意しておきましょう。リース、そちらの鞄(かばん)を取ってくれませんか？」

「これ？　うーん、大丈夫……だよね？」

そしてシリウスを信じて疑わないエミリアは冷静で、鞄からタオルや飲み物を取り出して戦闘後に備えている。手元は淀(よど)みなく動いているのに、シリウスから一切目を離さずに作業をしているのが凄(すご)いわね。

一方リースは不安の方が強いのか、心配するようにシリウスを見つめている。

女の私から見ても守りたくなるいじらしさを感じるのに、両手に持つコロッケパンの御蔭でそれが半減しているのが残念なところだわ。

私は信頼と不安が半々といったところだけど、こう考えると私たちって不思議とバランスが取れている気がするわね。

シリウスの性格は理解しているし、私たちは待つ事に慣れているから別にいいんだけど……。

「ねえ、フィアおねーちゃん。おにーちゃんは平気かな？」

「メジアさんは竜族の中でも相当な実力者よ？　なのに変身した状態で戦うなんて……」

シリウスの事をまだよく知らないカレンとフレンダが慌てるのも当然の話よね。

確かに人族と竜族の体格は絶望的な差があるけど、シリウスは最初から竜の姿と戦うつもりだったから、何か考えがあるみたい。

戦いはこれからが本番だから、シリウスから頼まれた事を済ませないとね。

私は心配そうに見つめるカレンの頭を撫でながら、戦いが行われている場所へ視線を向けた。

「カレン。心配なのわかるけど、あの戦いをよく見ておきなさい。シリウスは貴女に教えた魔法の使い方を見せてくれるわよ」

「『インパクト』とか『ストリング』の事？」

「そうよ。これから教えようと思っている魔法も使う筈だから見逃さないようにね」

「でも目を閉じないと痛い」

「……瞬きはしてもいいから」

「うん！」

全くもう。色々と賢いのに、この子はどこか抜けているから放っておけないのよね。

でもそれが可愛いというか……これがシリウスの言っていた母性本能をくすぐるって事なのかしら？

私の言葉でカレンが静かに見学し始めたところで、フレンダが私をじっと見つめている事に気付いた。やっぱり母親を差し置いてあれこれ言うのは失礼だったかしら？

だから謝ろうと話し掛けてみたけど、フレンダは苦笑しながら首を横に振っていた。

「あ、違うのよ。別にそういうわけじゃなくて、その……こんな時に何だけど、シェミフィアーさんに聞きたい事があるの」

「私の事はフィアで構わないわよ。それで聞きたい事って？」

「メジアさんが変身したのに、フィアどころか誰も戦いを止めようとしないのは何故かしら？　私が変なのかな？」

「ふふ、安心して。私たちがちょっと変わっているだけで、貴女の方が普通だから」

隣で未だに言い争っている竜族の二人はわからないけど、私たちはもうシリウスの行動に大分慣れちゃっているからね。

レウスは少しでもコツを吸収しようと、さっきから一言も発さず戦いを眺めているし、私たちの中でも一番不安そうにしているリースだって、パンを食べながらも魔力を集中させていつでも治療が出来るように備えているもの。

さすがに本気で不味ければ止めると伝えれば、フレンダは微妙な表情ながらも頷いてくれた。

「そう。でもシリウス君は怖くないのかしら？　竜族みたいに戦うのが好きな子に見えないし」

「シリウスは自分を鍛える事や競い合うのは好きな方だけど、戦い自体は好きなわけじゃないわ」

強くなるのは自分の意志を押し通す為だったり、大切なものを守る為だとよく口にしているからね。

その証拠に、昨夜シリウスがこの戦いを受けた理由を教えてくれたけど、メジアの迷いを晴らす他に自分の限界を超える為だとも言っていたわ。

自分が強くなれば追いかけてくるレウスがもっと強くなれる筈とか呟いていたし、他にもカレンに無属性の可能性を見せる為でもあるみたい。

何だかんだ言うけど、結局は自分よりも他人を優先しちゃっているのよね。

「でもシリウスが戦う時は、見ている人に影響を与える場合が多いわ。だから、今は何も言わず見ていてほしいの」

「……ええ」

私の言葉に納得してくれたのか、フレンダはカレンの頭を撫でながら戦う二人に視線を向けていた。

彼女が半ば強引についてきたり、そんな質問をしてきたのはシリウスを心配するだけじゃなく彼を知る為だと思う。まあ娘を預ける相手なのだから、少しでも知りたいと思うのも当然よね。

そして戦いは徐々に激しさを増し、シリウスは人前であまり使わない魔法も使い始めていた。

「おにーちゃんが空を飛んでる!?」

「あれは『ストリング』を壁に引っかけたり、魔力で足場を作って飛んでいるの。いつか教えてくれると思うわ」

「瓦礫(がれき)が変な方向に飛んでいるけど、あれはどういう事なのかしら?」

「あれも『インパクト』と『ストリング』の応用ね。理由はわからないけど、あれも何か意味があるんだわ」

シリウスは『インパクト』どころか得意の『マグナム』まで放っているようだけど、メジアの防御力を突破出来ないみたい。

更に体格の差からメジアより大きく動き回るから、疲れが出て徐々に押され始めているようにも見える。

　それでも、シリウスの表情に焦りの色は見えない。

　まあ、諦めるのは死んでからにしろ……なんてレウスに言う人なのだから、これくらい当然よね。

「おにーちゃん……」

「カレン。落ち着いてシリウスを見てみなさい。あれが諦めているように見えるかしら？　貴方が気にしていたカレンへの解説は私に任せておきなさい。

　だから貴方はいつも通り……。

「皆の為に、存分に戦ってらっしゃい」


――――――


　竜の姿に変身させ、本気のメジアと戦う事になった私は、スイッチを切り替えると同時に『ブースト』を発動させて地を蹴っていた。

『さあ、来るがいい！　シリウスよ！』

　初めて私の名前を呼んだ点から、強者として認めてくれたのだろう。

　その期待に応えようと、今度は『インパクト』ではなく『マグナム』を連射しながら駆け出した。

『ぬっ!?　その程度で！』

鉄板すら撃ち抜く魔力の弾丸を三発同時に撃ち込んでも、メジアの体を僅かに揺らすだけだった。

「これが本物の竜族か。だが！」

私は歩みを止めるつもりはない。

体中に走らせる魔力は常に全力を維持しつつ正面から迫れば、巨体に似合わぬ速度でメジアは腕で薙ぎ払おうとしてくる。その一撃を『ミラージュ』を発動させながら避けた私は、残像を残しながら相手の側面へと回り込んでいた。

『二度も同じ手を食らうか！』

メジアは尻尾を振り回して周囲を薙ぎ払おうとするが、私はそれを飛び上がって避けながら再び『マグナム』を放つ。

今度は鱗に覆われていない翼の付け根や関節部分を狙うが、小さな穴が開くだけで、僅かな出血と共に穴はすぐ塞がってしまう。鱗だけではなく皮膚も筋肉も頑丈なので厄介な相手だ。

『安易な動きだ。貰ったぞ！』

飛び上がった私を翼で叩き落とそうとするメジアだが、『エアステップ』で更に飛び上がって避ける。

『何っ⁉』

「驚いている場合か？」

さすがに宙を蹴るとは思っていなかったのか、驚きながら見上げるメジア目掛け弾丸の雨を降らす。

『マグナム』だけでなく『ランチャー』も雨の如く放つが、メジアの体には傷一つ付けられなかった。

『ふん、やりおるではないか。だが私の鱗を貫くには足りぬ！』

目だけを守りながら私の魔法を凌いだメジアは、射撃の合間を縫って炎のブレスを放ってきた。

それは広範囲を焼き払うようなものではなく、細く収束された熱線だったが、私は『エアステップ』で大きく横に飛んで避ける。

一旦距離を取った私は魔力の消耗量を確認しながら、間近で感じた情報を整理しつつ、別の思考で戦力差も予測していた。

「ぎりぎり……だな」

言うまでもないが、一度でも直撃を食らった時点で私は負けだろう。

つまり私が勝利する……又は生き残る為には、メジアの攻撃を全て回避し続け、あの鱗でさえ貫けるであろう一撃、『アンチマテリアル』を叩き込むしかない。

だがあれは魔力の圧縮に少し時間が必要な魔法でもある。

更に弾丸の飛ぶ速度は『マグナム』より遅く、普通に放ったところで避けられる可能性は高い。

先程の目を守る行動を取ったように、致命傷と思われる攻撃はきちんと見極めているようだからな。

そもそも体格差によって私へ攻撃を当て辛くとも、総合的な戦力では向こうの方が遥かに上なのだ。

ゆえに私が上回っているものといえば、瞬発力と戦闘経験……といったところか？

とにかく勝負の分かれ目は、メジアが私の動きに慣れるより先に『アンチマテリアル』を確実に叩き込めるか否かといったところである。

勝利への道筋はあまりにも細く遠いが、今は全力で駆け抜けるしかあるまい。

『私の攻撃をここまで避け続けるとはな』

その後もメジアの攻撃を、『エアステップ』や近くの石柱に引っかけた『ストリング』での移動を駆使して回避し続ける状況が続いた。

厳しい状況だが、それでも私はメジアを中心に周辺を駆け回り、その合間を縫うように『マグナム』を放っている。

更に『クリエイト』の魔法陣を描いた魔石を地面に投げ、周囲の石柱と同じような柱を作ってもいた。メジアの一撃で破壊されようとも、石柱は遮蔽物にもなるので作り続ける。

そうして破壊と創造を繰り返しながら戦い続け、魔石を使い切った頃には、周辺は石柱だらけとなっていた。

そして『マグナム』もただ撃つだけでなく、周囲の瓦礫を利用した跳弾で四方八方から撃ち込んでいたが、大きな効果は見られない。

『小賢しい攻撃ばかりだな。だがそろそろ見えてきたぞ』

体のどこへ撃ち込んでもメジアは煩わしそうにするだけで、痛みを感じている様子はない。

弱点と思われる目は腕を使って確実に防御するので、メジアはまだ無傷と言った方が近いだろう。他に脆い部分が見つかれば……と思ったが、そう上手くいく筈もないか。

こちらが苦戦を余所に、メジアは私の動きに慣れてきたのか、徐々に攻撃の精度が上がって回避が厳しくなっていた。

『いつまでそんな攻撃を繰り返すつもりだ？　追い込まれているのがわからないわけではあるまい？』

「さて……な。そっちこそ、どうして空を飛ばないんだ？」

『お前の能力を考えた上だ。翼を狙われては安易に飛べないからな』

鱗は貫けなくても、衝撃までは防ぐ事は出来ないからな。

空を飛んだら翼を撃って叩き落とすつもりだが、メジアもまたこちらを冷静に観察しているらしい。

状況が改善しないまま、広範囲を薙ぎ払う炎のブレスを横へ飛んで避けると、そこへ狙い澄ましたかのようにメジアの腕が振り下ろされてきた。

回避先を予想して攻めてくるようになったが、まだ想定内でもある。空中を蹴って避けた私は、先程砕かれた石柱の破片に『インパクト』をぶつけ、岩を飛ばしてメジアの顔面にぶつけた。

『ぬぐっ!? そのような使い方で!』

質量のある岩の直撃でメジアの首は大きく揺れたが、軽く鼻を打った程度に過ぎないらしい。これでも動きを僅かに止めるくらいが限界か。

こうなると『アンチマテリアル』で仕留め切れるかどうか怪しいか。

しかしその迷いが動きに出たのか、炎のブレスに紛れて振るわれた爪に気付くのが僅かに遅れてしまった。

不安定な体勢でも強引に体を捻(ひね)って避けたものの、メジアはその隙を逃さず尻尾を振るっていたのである。

今の状況で、目の前に迫る巨大な尻尾を避けるのは不可能だが、まだ諦めるには早い!

「『ランチャー』」

即座に右手から魔法を放ち、衝撃波によって尻尾の軌道を逸(そ)らそうと試みた。

岩さえも砕く衝撃弾によって尻尾が大きく弾(はじ)かれたが……。

『ぬああぁぁぁ――――っ!』

こちらの力を想定していたメジアは、弾かれた尻尾を力業で強引に立て直しながら振り抜いたのだ。

直撃は避けられたものの、尻尾が体の一部に当たってしまった俺は独楽(こま)のように回転しながら吹き飛ばされてしまう。

それでも何とか体勢を立て直し、受け身を取りながら着地は出来たものの、すぐに立ち上がる事が出来なかった。

『遂に捉えた。貴様の動き……見えたぞ』

当たった右腕は……まだ動く。

掠った程度でもこれ程か。咄嗟に腕を魔力で保護しながら衝撃を逸らしていなければ、この右腕は今頃なくなっていたかもしれない。

痛みを堪えながらメジアの追撃を警戒していたのだが、何故かメジアは私を見下ろすだけであった。

『ここまでにしようではないか』

「もう勝ったつもりか？」

『その腕でこれ以上戦う必要はない。お前は十分戦ったのだから、大人しく負けを認めるがいい』

「そうか……」

今のは本当に紙一重だった。

激痛で魔力の維持が途切れそうになったし、右腕は肉が抉れるどころか骨が折れているので碌に動かせない状態だ。

メジアは私の動きを掴み、敗北が迫ってきているが……どうやら私の方が先だったようだ。

手筈は……整った。

「ならこれが最後の攻撃だ。耐えられたらお前の勝ちだ」

『まだ何かあるのか？　いいだろう、受けてやろうではないか！』

メジアの周囲を何度も駆け回り、魔石を使ってまで石柱を幾つも生み出し、そして『マグナム』が碌に通じないのに放ち続けたのも、全てこの時の為だ。

私の左手には無数の『ストリング』が生み出されていて、それ等はメジアだけでなく周囲の石柱や様々な岩に絡み付いて固定されている。

そして一呼吸で魔力を回復させた私は、最後の一個となった魔石を取り出し、魔力を込めてから地面に落とした。

「発動！」

『クリエイト』の魔法陣が描かれた魔石が砕ければ、大きな地震と共に周囲に残っていた全ての石柱が根元から崩れていた。

地震に驚きつつもメジアは冷静に周囲を見渡していたが、次に襲った出来事に目を見開く事になる。

『なっ!?　柱が何故!?』

折れた石柱、周囲に転がる瓦礫が、突然メジアに向かって一斉に飛んできたのである。

それは数えきれない量な上に全方位から迫っているので、叩き落とすのを諦めたメジアは上空へ逃げようとするが……。

『翼が!? いや、体にもだと! いつの間に!?』

網状となった『ストリング』が翼だけでなく身体中に巻き付いていたので、翼が上手く広げられず飛ぶ事が出来なかったのだ。

動揺している間も石柱と瓦礫が次々と迫り、メジアの体に当たっては磁石のようにくっ付き始めて動きを阻害する。

最終的に歩く事さえ困難な状況となり、バランスを崩したメジアは前のめりに倒れていた。

『どうなっている!? このような真似、一体どうすれば……』

「時間をかけて仕込んだんだ。引っ掛かってもらわないと困る」

石柱や瓦礫が飛んでいくのは、周囲を駆け回りながら仕掛けていた『ストリング』によるものだ。

魔石を使って石柱を生み出していたのは遮蔽物としてではなく、強力なゴムのように伸縮する『ストリング』を引っ掛けて留める為だった。上空から見下ろせば、無数の石柱と『ストリング』がまるで蜘蛛の巣のように張り巡らされていたであろう。

最後に杭となっていた石柱を崩せば、網の様に張り巡らした『ストリング』と瓦礫が一斉にメジアへ襲いかかる仕掛けである。

要するに重りを付けた投網を無数に仕掛け、一斉に放ってメジアを雁字搦めにしたわけだ。

随分と手間が掛かった罠だが、一つずつ引っ掛けてもすぐに引き千切られそうなので、今回は何重にも亘って準備させてもらった。

その準備が終わる前にメジアの猛攻を捌き切れるかどうかが俺の賭けだった。

効果が薄い『マグナム』を身体中に浴びせ続けていたのは、メジアの体に引っかけた『ストリング』の違和感を誤魔化す為でもある。途中で何度も魔力の糸が千切れたり、戦いながら維持し続けるのが一番辛かったかもしれないな。

多少の違和感を気にせず、攻撃を正面から受け止める傾向な竜族だからこそ可能だった戦法である。

『くっ……この程度の拘束で！』

頑丈にした『ストリング』でも、さすがに竜族の力の前では長く保つまい。

放っておけばすぐに脱出するだろうが、瓦礫も絡まっているので大きな隙は出来た。

最後の魔石を砕いた時から圧縮を始めていた魔力の塊……『アンチマテリアル』の発射準備はすでに整っている。

「兄と同じだな……」

方法は違えど、ゴラオンもまた無数の『ストリング』で動きを封じたからな。

左手は『ストリング』の維持に使っているので、傷ついた右腕をメジアに向けると同時に私は『アンチマテリアル』を放っていた。

空気を切り裂き、遠く離れた山に大きな穴を穿つ魔力の砲弾は……メジアの頭部を掠め、二本ある角の内の一本を消失させるのだった。

『……何故だ？　この状態で狙いを外すような男ではあるまい？』

「これは殺し合いじゃないからな。それで、今の一撃を受けて生き残れる自信はあったか？」

『今のは……厳しいかもしれん』

「なら俺の言いたい事はわかるだろう？」

『ああ、認めるしかあるまい。私の負けだ』

その言葉と共に『ストリング』を消せば、ゆっくりと体を起こしたメジアが深く息を吐きながら敗北宣言をした。


――　シリウス　――


メジアが負けを認めたのを確認し、スイッチを戻した俺はその場に座り込んでいた。

魔力の回復と消耗を何度も繰り返し、すでに心身共に限界が近いので立っているだけでもやっとなのだ。

やはり竜族は手強かった。そもそも一人で挑んでいる時点でおかしい話なのだが。

もしこれが仲間たちと一緒なら苦戦すらしなかっただろう。レウスやホクトに足止めを頼み、俺は掩護をしながら『アンチマテリアル』を叩き込んで終わりだからな。最悪ホクトが本気を出せば単体でも勝てる可能性もありそうだ。

『む、腕が痛むか？』

「当たり前だろうが」

メジアが心配するように声を掛けてくるが、すでに疲労困憊なので返事もおざなりだ。

戦闘が終わって気が抜けたせいか、右腕の痛みを激しく感じるようになってきたので、魔力を流して麻酔をかけようとしたのだが、予想以上に魔力を消耗していたせいか意識が飛びそうになっていた。

体中の力が一気に抜け、不味いと思いながらも背中から倒れそうになったその時……。

「オン！」

「シリウス様！」

聞き慣れた声に振り返れば、倒れようとする俺をホクトが前足で支えてくれていた。

同時にホクトの背中に乗っていたエミリアとリースが俺の左右に座り、心配そうに覗き込んでくる。

「すぐに治すから、ナイアお願い！」

「リース。ついでにこちらの布も濡らしておいてください」

真剣な表情をしたリースが魔法を発動させれば、重症だった右腕が水に包まれて痛みが引いていく。後は単純な魔力枯渇と疲労なので、腕の傷を塞いで安静にしていれば大丈夫だろう。

治療の間、ホクトは俺の背中を支え続け、エミリアは水を飲ませてくれたり、濡らしてもらったタオルで俺の顔や体の汚れを拭いたりと甲斐甲斐しく世話を焼いてくれる。

少し遅れてフィアたちが竜の姿になったゼノドラとアスラードに乗ってやってきたが、興奮しているのか俺の近くに来るなり大いに騒ぎ始めた。

『見事だったぞ。人族でありながらも果敢に攻めるどころか、竜族さえも仕留めそうな魔法を使えるとはな』

『まさか本当に勝つとは思わなかった。長年生きているが、中々面白い戦いであった』

「さすが兄貴だぜ！　俺もいつか一人で竜族に勝てるようになるぞ！」

「怪我人の前です。もう少しお静かに願えますか？」

「姉ちゃんごめん！」

『『はい……』』

笑ってはいるが、エミリアの静かな怒りを感じた三人は同時に口を噤んだ。レウスは当然として、まさかあの竜族まで素直に頷かせるとは。我が従者ながら恐ろしいものだ。

形勢が悪いとメジアの下へ向かったゼノドラとアスラードを見送っていると、続いて呆れた表情を浮かべたフィアがやってきた。

「全くもう。大丈夫とは思っていたけど、あまり心配させないでほしいわ。腕がなくなったのかと、皆が悲鳴を上げそうになっていたのよ」

「あー……すまないとしか言い返せないな」

「本気で戦っていたのだから仕方がないけど、本当に気をつけなさい。私たちはきちんと両手で抱きしめてほしいもの」

その言葉に同意するように、エミリアとリースが何度も頷いている。

それからフィアは幼子を叱るように俺の額を軽く小突いたが、すぐに笑みを向けながら愛おしそうに頬に手を添えてきた。

「でも無事で良かったわ。しばらく激しい訓練は禁止よ」

「わかっているさ。骨も折れているみたいだし、しばらくは運動を控えるよ」

「今こそ私の出番ですね！　シリウス様の従者として食事からお風呂、そしてあれも含めたお世話はお任せを！」

「相変わらずだね……」

リースの治療魔法は骨に対しては効果が少し薄い。

更に今回は罅どころか完全に折れているようなので、己の治癒力を高めてじっくり治すとしよう。本来なら数ヶ月近くは必要とする怪我だが、魔力で治癒力を高めていれば二、三日である程度は動かせるようになるだろう。

皆を散々心配させてしまったし、しばらく大人しくしていた方が良さそうだ。

そして腕の治療が終わり、最後に包帯と棒で腕を固定していると、処置が終わるのを待っていたカレンとフレンダが近づいてきた。

「もう痛くないの？」

「痛いけど、もう平気だよ。それよりカレン、俺が使った魔法をしっかりと見ていたか？」

「うん！　凄かった！」

初めは俺の傷を見て痛々しそうな表情をしていたが、平気だと理解するなり目を輝かせながら翼を羽ばたかせていた。

しかし思い出している内に疑問が生まれたのか、翼の動きが止まると同時に可愛らしく首を傾げたのである。

「でも、カレンに出来るのかな？　最後の魔法はちょっと怖かった」

「別に全部覚えようとしなくてもいい。俺が魔法を見せたのはな、無属性だろうと頑張れば竜族を相手に戦えるって事をカレンに教えたかったんだ」

世間では適性属性が無属性では不遇だと言われ、それは有翼人も例外ではない。

集落へ来る途中に見せた『インパクト』で無属性の可能性を知ったかもしれないが、今回の戦闘で更に刻まれた筈だ。

「カレンが使いたいと思った魔法はあったかい？」

「えーとね……カレンは空を飛ぶ魔法を使ってみたい！」

おそらくカレンが言いたいのは『エアステップ』の事だろう。

だがあれは魔力の消耗が激しい上に、中途半端なものを作ると足場が抜けて落下する可能性が高い。更に足腰も鍛えなければならないので、今のカレンにはまだ早いだろう。

そう説明しても興奮が冷めないのか、カレンは両手や翼を動かしながらはしゃぎ続けていた。

「カレン。シリウス君は疲れているんだから、その辺にしておきなさい」

「うぅ……でも……」

「わかっているわ。カレンが空を飛べるようになるのを、母さんも楽しみにしているからね」

「うん！」

やはり母親だけあってカレンの気持ちを理解しているようだな。

頭を撫でて娘を落ち着かせたフレンダだが、そのまま俺の前に座るなり少し咎めるような視線を向けてきた。

「シリウス君が無事で良かった。でもね、私は恩人が怪我しちゃう姿はあまり見たくなかったわ」

「心配おかけしました。ですが貴女の娘さんを教育する許可を貰った以上、実力をしっかりと見せておきたかったので」

「全くもう。けど、無理を言ってついて来た甲斐はあったわ」

しかしすぐに優しい笑みを向けてくれたので、彼女は別に責めているわけではなく単純に俺の心配をしていただけだろう。

親愛の情を向けられて少しだけ気分が楽になった俺は、ゆっくりと立ち上がってメジアの下へ向かっていた。言うまでもないが、エミリアとホクトが心配してピッタリとくっ付いているので少し歩き辛い。

『腕は大丈夫のようだな』

「皆の御蔭でなんとかな。それで、少しは気が晴れたのか？」

『……そうだな。少なくとも、兄がお前に負けたのも当然だという事は理解出来た』

現在のメジアは竜の姿なので表情の変化がわかり辛い。

だが言葉の節々からどこか迷いが残っているようにも感じられた。

「……まだ何かありそうだな？」

『いや、そういうわけでは……』

『メジアよ。この際だから隠し事は止めよ』

『ああ。お前は負けたのだから、もっと本音を曝け出すべきだ』

ゼノドラとアスラードの後押しもあって観念したのか、メジアは俺が穴を開けた山を見上げながら呟いていた。

『確かに気になる事はあるが、今更な話だ。聞いたところでお前を不快にさせるだけかもしれん』

「それでもいいさ。話す事によって気持ちが楽になる事もあるだろう？」

『……物好きめ。考えても仕方がないと理解はしているのだが、兄は何故父を殺してまで禁忌を破ったのか不思議でな』

　その疑問はゴラオンがいなくなった時からずっと心に残っているらしく、一時的に忘れても不意に思い出しては悩むそうだ。

『ゴラオンは強さを求めるあまり、家族すら犠牲にした大罪人だ。しかしどんなに嫌おうとしても、私はまだ彼を兄と呼びたい気持ちが捨てられないのだ』

「俺が言えた義理じゃないが、メジアの考えは少し違うと思う」

『どういう事だ？』

「お前たちから聞いたゴラオンと、実際に会って感じたゴラオンから推測するに、メジアの事だけは家族として見ていたような気がするんだよ」

　ゴラオンは強者と戦う悦(よろこ)びより、殺しを楽しむ殺人鬼だった。

　だからこそ当時は子供だったメジアを狙わず、大人である父親を狙った事が気にもなっていたのだ。

「強くなる為(ため)に結晶を欲しがったのに、初めに父親を狙っている時点で変なんだよ」

『それは父の力を得る為だろう。不意を衝かれてやられたとはいえ、父は里で五指に入る実力を持っていたからな』

「それだよ。奇襲や不意を衝くような奴(やつ)が、最も狙いやすいメジアを何故襲わなかったんだろうな」

　普通に考えて、まずは簡単な弟を狙ってから父親を狙う方が楽な筈なのだ。

家族ならば子供のメジアを遊びに誘い、誰もいない場所で始末するくらい容易い。目を離した隙に魔物に襲われるとか、子供なら竜族でも十分あり得る話だからな。

だが……こうして今もメジアは生きている。

そこで俺の言いたい事に弟子たちも気付いたのか、エミリアが代表するように呟いていた。

「もしかして、弟だから狙わなかったという事でしょうか？」

「あくまで可能性の一つだけどな。一度しか遊ばなかったのも、情が移るのを避けようとしたのかもしれない」

単純に強い奴だけを求めていたとか、そもそも何も考えていなかった可能性もある。

本人が存在しない以上、真相は闇のままだが……。

『……随分と都合の良い考え方だな』

「自覚はしているよ。けど、都合が良くて何が悪いんだ？」

どう足掻いてもわからないからこそ、受け手が好きなように考えてもいいと思うのだ。

悩み続けるより、あっさりと割り切った方が人生を楽しく生きられる時もある。俺が前世で学んだ一つの考え方だ。

「時には気持ちを切り替えて前を向く事も必要だと思う。それに、俺の考えも間違っているとも言いきれないだろう？」

『……そういう考え方もあるのだな』

「すぐには無理とは思うが、これからじっくりと考えればいい。心に余裕を持つ事が必要なんだ」

精神的に余裕がなければ物事が上手くいかないものだ。

それにどんな大罪人だとしても、一人くらい兄と呼んでくれる者がいても良いと思うし、いっそ反面教師として捉えてしまうのもいいかもしれない。

奴の所業を許すつもりはないが、弟子たちの精神を大きく成長させてくれた点だけは感謝しているからな。

俺の言葉に耳を傾けていたメジアは竜から人の姿へと戻ったが、試合前とは明らかに違う穏やかさを感じられる。

「まさか兄を倒した相手に諭されるとはな」

『だが悪くはないだろう？　お前の表情を見ればわかる』

「ああ……少しだけな」

ゼノドラの言葉に頷くメジアの表情は、暗闇の迷路に一筋の光を見つけたように晴れやかであった。

次の日、俺はいつもより少し遅い時間に目覚めた。

外の明るさからすでに早朝の訓練を始めている時間だろうが、今の俺は負傷した右腕が完治するまで激しい訓練を禁止されているので、決して寝坊をしたわけではない。

昨日の疲れもあるので、今回はカレンの家で寝させてもらっていた俺がゆっくりと目を開けば。

「おはようございます、シリウス様」

俺の枕元に座り、満面の笑みを浮かべたエミリアの姿があった。

いつからそこにいたのかわからないが、相変わらず俺の寝顔を覗(のぞ)き込んでいたようだ。

「……おはよう。今日も見事なものだな」

「そんな事はございません。シリウス様は昨日の戦いで疲れていましたから」

「それでも勝ちは勝ちだ。おいで」

「はい！」

現在、俺がエミリアの気配で目覚めなければ、褒美として頭だけでなく頬まで撫でる事にしていた。

なので顔を近づけてきたエミリアの頭と頬を撫でてから体を起こした俺は、軽く体を動かして調子を確かめる。右腕は包帯と棒で固定したままだが、昨夜はゆっくりと休んだ御蔭もあって疲労はほとんど残っていないようだ。

「シリウス様。体の調子はどうでしょうか？」

「ああ、もう痛みはほとんどない。だから着替えの手伝いはいらないぞ」

「お断りします。ここでお世話が出来なければ何の為の従者でしょうか！　それにシリウス様がこのような状態になる事は滅多にありませんし、今こそ私の技術を生かす時なのです！」

「せめてその鼻息を抑える努力をしてくれないか？」

着替えくらいなら普通に出来るのだが、エミリアは手伝うと言って離れようとしないのである。

そんな一悶着がありながらも、着替えを済ませた俺が外の井戸で顔を洗っていると、朝の訓練で外を走っているリースとフィア、そしてレウスと人の姿になった三竜の姿が見られた。

よく見ればホクトも走って……いや、レウスと三竜を狩りに行くような動きで追いかけていたが、俺が起きている事に気付いて止まっていた。

そして尻尾を振りながら俺の下に駆け寄ってくるのだが、目の前に立ったホクトの姿に目を疑った。

「オン！」

「お前……ホクトか？」

驚く事に、ホクトの背中に翼が生えていたのである。

不揃いであるが純白に輝く翼が見られ、百狼が進化するとこうなるのかと思ったが……。

「くー……」

「……器用に眠っていますね」

ホクトの背中にカレンがうつ伏せで寝ているだけだった。

朝の訓練をしている筈のカレンが何故そこで寝ているのかとか、ホクトもそんな状態でレウスと三竜を追いかけているのかとか、朝から突っ込みどころ満載である。

俺の困惑も知らず尻尾を振るホクトの頭を撫でていると、走り終わったリースとフィアが汗を拭いながら説明してくれた。

「途中までは普通に走っていたけど、昨日のシリウスさんを見たせいか、ちょっと張り切り過ぎちゃったみたい」

「それでホクトに家まで運んでもらおうと思ったんだけど、ちょうどいいハンデだからってそのまま……」

ちなみにカレンへの本格的な訓練を始めて判明した事だが、カレンは疲労がある程度溜まるとスイッチが切れるのように眠ってしまうのである。それはもう突然落ちるので、初めて見た時は驚かされたものだ。

そんなカレンをエミリアが抱き上げて回収していると、ようやく追跡劇から解放されたレウスと三竜が俺の近くに戻ってくるなり崩れ落ちていた。

「はぁ……はぁ……た、助かりました、シリウス殿」

「先程からずっと……追われ続けていましたので……息が……」

「貴方が来なければ……我々はまた地面に叩き付けられて……」

「オン！」

「ふぅ……いくら頑丈な体でも、上手く使いこなせなければ無駄に疲れるだけだ。その疲労が何よりの証拠……って、ホクトさんが言っているぜ」

「「「は、はい……」」」

俺はただやって来ただけなんだが、三竜からやけに感謝されていた。

一方、息を乱してはいるがレウスは冷静に通訳している。まあ、一年近くホクトにしごかれていれば慣れもするだろう。

「追いかけながらも、背中に乗ったカレンを落とさないように走り続けていたのか。お前も頑張っているようだな」

「カレンちゃんを起こさなかった事に驚かないのですか？」

「この子が揺らした程度で起きると思うか？」

「……ですね」

その気になればどこでも寝られ、蜂蜜を使わなければ中々目覚めない事はよく知っているからな。

とにかくホクトは皆を鍛えながらも、しっかりと己を鍛えているようである。

うーむ……わかってはいるのだが、皆が努力を続けている姿を見せられるとなんだかもどかしくなってくる。

腕は使わずに足腰を鍛えるだけなら……。

「……駄目です」

「駄目だからね」

「駄目よ」

「……わかった」

女性陣の咎(とが)めるような声に断念せざるを得なかった。表情に出したつもりはないのだが、よくわかったものだ。

それを伝えてみれば、エミリアは自信満々に、リースは苦笑しながら、そしてフィアは片目を閉じながら頷(うなず)いていた。

「主(あるじ)の考えを察するのも従者です」

「私は……何となくかな。でも外れてはいなかったんだし、今日くらい止めてね？」

「貴方なら自分の体調管理くらい出来ていると思うけど、上が休む姿を見せるのも必要でしょ？」

俺が弟子たちを見るように、彼女たちもまた俺を見ているわけか。言葉の節々から感じる優しさに、俺は降参とばかりに左腕を上げるしかなかった。

《師と母の決意》

　こうして俺たちが有翼人の集落を訪れてから、早くも半月が経過した。

　この地に住まう者たちの暮らしぶりを知り、訓練をしながらカレンを鍛えたり、ついでに竜族や有翼人に料理教室を開いたりと中々多忙な毎日を送っている。

　そして今日もまた、俺はエミリアを連れて有翼人と人の姿になった竜族たちに料理を教えていた。

「このように、左右の手を使って肉をお手玉してください」

「ハンバーグはこれをしないと美味しく焼き上がりません。エミリアの動きを真似て何度も挑戦し、体で覚えてください」

「うーむ……これは我々の力では難しいな」

「こういう作業は私たち有翼人の出番でしょう。竜族の皆さんは鍋の方と火の調整をお願いします」

「だが、お主たちに頼ってばかりではな。とにかく何度もやって慣れるしかあるまい」

　竜族の力では、ハンバーグのタネの空気を抜く作業が厳しいようだ。力が強過ぎて、反対の手で受け止めると完全に潰れてしまうのである。

　それでも挑戦していく竜族たちと、教えた手順通りに作っていく有翼人たちを眺めながら俺は静かに頷いていた。

「ここまで覚えたのなら、もう俺がいなくても大丈夫そうですね」

「はい。先生みたいには出来ませんが、何とかなりそうです」

「ここまで作れるようになれば、長も文句は言うまい。感謝するぞ」

　料理を教え始めた頃は緊張して固い表情ばかりだったが、今では自然な笑みを向けてくれるようになった。

　有翼人は人族に似ているので気にならないが、竜の特徴が残る竜族が肉をお手玉したり、鍋の灰汁を取っている光景は実にシュールだ。

　そして今日で最後となった料理教室が終わってカレンの家に戻れば、カレンが弟子たちとフレンダに見守られながら訓練している最中だった。

「やっ！　はっ！」

「その調子よ、カレン。立ち止まらないようにね」

「頑張って、カレンちゃん！」

「カレン、もう少しよ！」

　毎日訓練を重ねてきた御蔭もあり、カレンは遂に『エアステップ』まで使えるようになっていた。

　しかしカレンの体内魔力量はそこまで多くないので、現時点では数歩が限界である。

動きもぎこちなく何度もバランスを崩しそうになっていたが、しっかりと五歩分だけ宙を蹴って飛んだカレンは、その先に立っていたフレンダの胸元へ飛び込んでいた。

前へ飛ぶ勢いを殺さずに突っ込んだので、フレンダが支えきれずに背中から倒れそうになっていたが、ホクトが体を張ってクッションになってくれたので大事には至らなかった。相変わらず良い仕事をしてくれる。

「はぁ……はぁ……見てた？」

「ええ、凄かったわカレン。今日は五歩も進めたわね！」

抱きしめられたまま頭を撫でられているカレンだけでなく、フレンダも心から嬉しそうに笑っている。

カレンが何か成功する度にきっちりと褒めるフレンダを見ていると、実に仲睦まじい親子だと思う。ちょっと褒め過ぎな気がしなくもないが、フレンダは父親の分も含めて娘を可愛がっているのかもしれない。

そんな親子を眺めながら近づけば、俺が戻って来ているのに気付いてカレンが駆け寄ってきた。

「ねえねえ、おにーちゃんも見てた？」

「ああ、しっかり見せてもらったぞ。上手くなったな、カレン」

近づいてきたカレンの頭を撫でてやれば、カレンは翼を羽ばたかせながら嬉しそうに笑っていた。

昔の姉弟を彷彿させる姿に懐かしさを覚えながらカレンの体調を確認してみれば、少しばかり魔力枯渇の前兆が見られた。

「だけどそろそろ休んだ方がいいぞ。俺の方も終わったから、一緒に休憩しようか」

「うん！　じゃあね……」

「ああ、もちろんわかっているさ。持っておいで」

「すぐに持ってくるね！」

疲れている筈なのに、駆け足で家から一冊の本を持ってきたカレンは、近くの木を背もたれにして座っていた俺の膝の上に乗ってきた。

最近のカレンはこうして本を読むのがお気に入りなのだが、その理由はカレンが持ってきた本にある。

「ねえねえ、この大きな湖には魚が沢山いたの？」

「沢山いるだけじゃなく、不思議な魚も多かったぞ。全身が柔らかくて足が八本もある生物や、ホクトよりも大きい魚もいたしな」

「ホクトよりも!?　アスじいでもお腹一杯になれそう！」

カレンの父親であるビートが書き残した本には、彼が世界を旅して体験した不思議な出来事や噂、そして行く先々で印象に残った事が書かれており、開かれたページには俺たちが以前立ち寄った事があるディーネ湖について載っていた。

父親の遺品でもあり、カレンの宝物でもある本だとフレンダから聞いて読ませてもらったのだが、著者であるビートは好奇心が非常に旺盛で、旅が本当に好きなのだというのがページを捲る度に伝わってきた。カレンの好奇心が旺盛な点からして、父親の血をしっかりと受け継いでいるのだな。

本は数冊残されており、内容の大半が知らない事ばかりだったが、読み進めている内に俺たちが実際に行った場所が幾つか載っている事に気付いた。それを教えてみれば、カレンは目を輝かせながら現地について聞いてくるようになった。

それ以来、本を読む時は俺の膝へ乗るようになり、今では休憩の合間でもこうして一緒に読むようになったのである。

「じゃあ、これは見た事がある？」

「これは……まだ見た事がないな」

「私は知っているわよ。シリウスと出会う前に行った事がある場所だけど、聞きたい？」

「聞きたい！」

「あ、ここは母様から聞いた事がある場所だ。一度でもいいから行ってみたいな」

「カレンも行ってみたい！」

俺たちから聞いた話を想像したり、新しい知識を得ているカレンはとても楽しそうである。

だから俺も楽しく教えられるのだが……少しだけ困った事があった。

「カレン。もう少し……翼を大人しく……だな」

「ねえねえ、これは？」

「聞いちゃいないな」

興奮した時のカレンは自然と翼が動いてしまうので、さっきから俺の顔に翼が何度も当たるのである。翼は柔らかいので痛くはないのだが、鼻がくすぐったくて仕方がない。

しかし水を差すのもなんなので我慢して読み進めていると、レウスが何かに気付いたように手を叩いていた。

「何だか兄貴って、カレンの父ちゃんみたいだよな」

「駄目よ、レウス」

「あ……ごめん」

生まれる前から父親を亡くしているカレンの前で、そういう話題は避けるべきだろう。リースから指摘されたレウスはすぐに口を閉じたが、すでに遅かったらしい。父親という単語に反応したカレンは、俺の顔をじっと眺めてきた。

「おにーちゃんがパパ？」

「いやいや、俺はカレンのお父さんじゃないぞ」

「でも、パパっておにーちゃんみたいに凄くて優しい人なんだよね？　カレンはおにーちゃんがパパでもいいよ」

父親というものを、他人の家族の姿からしか知らないせいだろう。甘えさせてくれて頼りになる男が、カレンの父親像なのかもしれない。

俺の事をそれだけ信頼している証拠であり、気持ちはとても嬉しいのだが……。

「それは駄目だ。俺はカレンのお父さんじゃないからね」

「うー……パパ、駄目なんだ。でも……いいや。ママとおにーちゃんたちがいるし」

父親に飢えているという程でもないが、やはり憧れがあったのだろう。

あまり気にしていない事に安堵しつつ、俺は屈託のない笑みを浮かべるカレンの頭を撫でるのだった。


それからカレンの訓練が終わった後、俺はアスラードと初めて出会った洞窟にやってきた。

本来ならゼノドラや代表の竜族と一緒でなければ入ってはいけない場所らしいが、俺はアスラード本人から許可を貰っているので問題はない。

光る鉱石で照らされる洞窟内をしばらく進めば、竜の姿のアスラードが広間で岩を削っている姿があった。

『む、お主か。今日で料理教室とやらが最後だと聞いたが、皆の様子はどうだ？』

「良い調子ですよ。基礎は十分に理解しましたので、後は皆さんの頑張り次第ですね。それより、今日お願いしてもよろしいですか？」

『うむ、いつもの所に置いてある。しかし……珍しいな。今日はお主一人なのか？』

「ちょっと理由がありまして」

カレンを救った事や、集落に新たな料理をもたらしてくれた礼という事で、この洞窟を掘った時に出て来た鉱石や宝石を分けてもらっているのだ。

かなり大きい宝石もあって実に魅力的な話であるが、俺が一番嬉しかったのは魔石もあった事だ。ほんの一欠片でも金貨数枚はする魔石でも、それを利用する必要のない竜族にとって何の価値もないらしく、洞窟内にはかなり残っていたのである。

好きに使っても良いと許可は得ているので、俺はここぞとばかりに新たな魔道具の作成や、実験等に使わせてもらっていた。

いつもなら持ってきた袋に魔石を詰めたらすぐに帰るのだが、他にも欲しい物があった俺はアスラードに声を掛けた。

「今日はこちらの宝石も幾つか貰っていいですか？」

『急にどうした？　お主は今までそれに興味を持っていなかっただろう？』

「実はこれで作りたい物があるんです」

『ほう、何を作る気だ？』

先程から岩を削る作業を止めなかったアスラードであるが、俺の言葉を聞いて手を止めていた。この洞窟内の装飾品を作ったように、アスラードは工作が趣味だからだろう。

興味津々と言わんばかりに顔を近づけてきたので、周囲に誰もいない事を確認して理由を教えれば……。

『なるほど、そういうわけか。一人で来るわけだな』

「では、こちらの原石を幾つか貰っていきますね」

『否！　知ったからには簡単に渡せんぞ！』

「……ここは快く渡す場面だと思うのですが？」

『確かにそうかもしれんが、結果を思うと素直に渡す気になれんのだ。欲しければ力尽くで手に入れてみせろ！』

「面倒くさい上に大人気ない！」

話し合いの結果、洞窟を出た俺は人の姿になったアスラードと殴り合いの喧嘩をする羽目になった。

後で判明したが、どうやらアスラードは嫉妬だけでなく、メジアと戦った俺と一度戦ってみたかったらしい。

本気ではなく冗談交じりの喧嘩であるが、相手は仮にも竜族を束ねる長なので、集落に住む竜族と有翼人たちが集まる大騒ぎになるのだった。


俺の右アッパーが決まってアスラードに勝利し、宝石を手に入れてから数日後。

遂に目的の物を作る事が出来た俺は、その日の夜にエミリア、リース、フィアの三人を誘って夜の散歩に出かけていた。

「相変わらず星が綺麗だね」

「はい、空がとても近い気がします」

「色んな場所を巡って来たけど、この辺りは特に綺麗よね」

「標高が高く空気も澄んでいるからな。星を見るには最適なんだな」

満天の星の下、楽しそうに笑う彼女たちと共に俺は集落を当てもなく歩き続けていた。

そして集落から少し離れた小高い丘まで来たところで、前を歩いていたフィアが穏やかな表情で振り返ってきたのである。

「それで、一体どうしたの？　夜の散歩に誘ってくれたのは嬉しいけど、私たちに何か話があるのよね？」

「やっぱりわかるか？」

「わかるよ。だって散歩ならレウスとホクトがついて来そうなのに、ここにいるのは私たちだけだもの」

「もしかして、何か悩みがあるのでしょうか？」

確かに散歩となればホクトが黙っていないだろうが、別に仲間外れにしているわけじゃない。事前にレウスとホクトには説明しており、今夜だけはカレンの家で待っているように伝えているのだ。

何か深刻な話だと勘違いして心配されているが、俺は違うとばかりに笑いかけた。

「悩みじゃない。今後について大事な話をしておきたくてさ」

「相談なら皆一緒の方が……あ、もしかしてレウスに関わる事なの？」

「またあの子が何か仕出かしたのかしら？」

「その辺りの事情も含めて、まずは俺の話を聞いてほしい」

そこで一旦立ち止まった俺は、カレンの家がある方角を見ながら語り続ける。

「まず、そろそろこの集落を発(た)とうと思っている」

「そう……」

「遂(つい)にですか……」

料理教室はもう十分だし、フレンダの体調も健康そのものだ。

カレンには魔法だけでなく魔力の基礎も教えられたので、今後も訓練を怠らなければ有翼人の中でトップクラスの強さとなるだろう。

有翼人の暮らしぶりも十分知ったし、正直に言って俺たちがここにいる意味はほとんどないのだ。

「もうちょっとだけ……いてもいいんじゃないかな？」

「そうしたいところだが、大陸間会合(レジェンディア)の時期が迫っているからな」

各大陸の王や重鎮が集まり、会談が行われる大陸間会合(レジェンディア)はまだ先の話だが、移動を考えると時間に余裕を持って向かいたい。

俺の言葉に納得はしているようだが、やはり簡単には割り切れないようだ。

「もうカレンちゃんとお別れなのですね」

「せっかく妹が出来たのになぁ」

「あ、そうだ。カレンって外の世界に興味を持っていたわよね？　いっそ私たちの旅に誘ってみる？」

フィアの言葉は冗談だと思うが、俺が頷(うなず)けば本気で誘いそうだ。

一度は共に旅をしたせいか、皆カレンに愛着が湧いているようである。少し独特な性格だが、あの子には不思議な魅力があるからな。

正直に言わせてもらえば無属性同士という事もあり、もっと色々と教えてみたかったが、こればかりは仕方があるまい。

「その気持ちはわからなくもないが、母親から引き離すわけにはいかないだろう」

「……はい。やはり子供は親と一緒なのが一番ですよね」

「わかっているよ。でも……寂しいな」

カレンと別れるのは寂しいが、大陸間会合(レジェンディア)で家族と会えるかもしれないリースは悩ましい表情をしている。慰めようと頭を軽く撫(な)でてあげれば少し表情は柔らかくなったが、それでも辛(つら)そうである。

「私、笑って別れられるかなぁ？」

「カレンちゃんが泣いたら、心が凄(すご)く痛みそうです」

「そこは大人の私たちの方が我慢しないとね。なるべく笑顔で別れましょう」

「必ずまたここへ来よう。カレンの成長を見てやりたいからな」

すでにこの件はレウスとホクトにも説明して納得済みである。

惜しみながらも全員納得してくれたので、明日にでもフレンダやアスラード辺りに話を切り出すとしよう。

　後は……だ。

「実はもう一つ大事な話がある。まだ先の話だけど、サンドールの大陸間会合(レジェンディア)が終わったら、一度メリフェスト大陸に戻ろうと思っているんだ」

「いいと思います。久しぶりにお姉ちゃんたちと会いたいですし」

「あれから一年は経(た)っているし、もう二人目の子供が生まれている筈(はず)だよね？」

「シリウスの家族でしょ？　私はまだ会った事がないから、挨拶しに行かないとね」

　今後の状況次第で変わる可能性もあるが、メリフェスト大陸へ戻る事に反対はないようで一安心である。

　しかし、本当に大事なのはここからだ。

　俺は一度深呼吸をしてからゆっくりと振り返り、彼女たちと正面から向き合った。

「それでメリフェスト大陸に戻って、ノエルたちと会って、母さんの墓参りを済ませた後は……エリュシオンで結婚式を挙げようと思っているんだ」

「……え？」

「結婚……」

「姉様とメルトさんの事……じゃないよね？」

「俺たちの結婚式だよ」

　俺たちは恋人の関係であり、将来を約束した仲であるが、旅をしている事情もあって結婚についてはあまり口にしてこなかった。

そもそもこの世界の人たちにとって結婚式とは、お披露目というより貴族同士が繋がりを得る政治的手段の一つして考えるので、必ずしも行うものではないのだ。

実際、過去にレウスの親友であるアルベリオの結婚式に招かれた時は羨ましがっていたが、彼女たちが結婚式をしたいと口にしてきた事はほとんどない。お互いに一緒にいられるだけで満足しているし、フィアに至っては子供を欲しがっているしな。

傍から見ればもう夫婦みたいなものだが、だからといって何もしないのは彼女たちに失礼だろう。

もう俺も結婚するには十分な年齢だし、この際だから知り合いを集めて盛大に結婚式を行い、夫婦というのを明確な形にしようと決意したわけだ。

「エミリア。リース。フィア。左手を出してくれないか？」

結婚と聞かされて呆然する彼女たちの前に立った俺は、この数日で作った指輪を懐から取り出していた。

そして銀、青、緑色の小さな宝石が付いた指輪を彼女たちの薬指に通してから、俺は一人一人の目を見ながらはっきりと告げる。

「エミリア。いつも俺を支えてくれて、本当に感謝しているよ」

「シリウス様……」

「だからこれからも俺を隣で支えてほしい。従者としてではなく、俺の妻として」

「あ……あぁ……もちろん……です」

俺のプロポーズを聞いたエミリアは感極まったかのように泣き出している。それでも必死に嗚咽を堪えながら、プロポーズを受け入れてくれた。

涙が零れていても、こんなにも幸せそうに笑いかけてくれたのだから。

「ほ、本当に私でいいの？　私は……そう！　凄く食べるよ!?　それにシリウスさんや皆と違って戦うのが苦手だから、迷惑かけちゃうし……」

「俺はリースが食べている姿を見るのも好きだし、戦いが苦手な事を迷惑に思った事はない。それを全部知った上でリースを好きになって、俺は一緒にいたいと思っているんだ」

「私も……同じだよ。いつも私たちを優しく見守ってくれるシリウスさんが……その、大好きだから」

「ありがとう。リース、こんな俺だけど、結婚してくれるかい？」

「……はい、喜んで」

顔を真っ赤に染めているリースだが、俺が嵌めた指輪を擦りながらもしっかりと頷いてくれた。

後はフィアだけだが、彼女は若干苦笑しているようだ。まあ、それも当然だろうな。

「まさか、全員一緒にプロポーズしてくるなんて思わなかったわ」

「すまない。本当なら一人一人呼んでするべきかもしれないが、順番を付けたくなかったんだ」

彼女たちの仲の良さを知らなければ、こんな風にプロポーズ出来なかっただろう。

少し申し訳ない部分もあるが、苦笑していたフィアは目を細めながら笑い始め、俺の腕に抱き付いてきたのである。

「ふふ……大丈夫よ、シリウスが気にする必要はないわ。だって貴方(あなた)は私たちを平等に愛して、きちんと応えてくれるんでしょ？」

「従者である私を、恋人どころか妻にしてくださるのです。これ以上の喜びはありません！」

「これで私たちは本当の家族だね！」

同時にエミリアとリースも俺の胸に飛び込んできたので、俺は優しく抱き留めながら、彼女たちだけでなく自分への誓いを口にしていた。

「旅ばかりで色々苦労をかけているけどさ、これからも俺は君たちを守り続けるよ。だから……ずっと一緒にいてくれ」

「大変な事は確かにあったけど、貴方と一緒で後悔なんてした覚えはないわ。貴方はそのままで十分よ」

「そうだよ。それに私たちは守られるだけの、お……奥さんになるつもりはないからね！」

「これからもずっと、私たちはシリウス様を支え続けます」

実に頼もしい言葉と共に恋人……いや、俺の妻たちは笑いかけてくれるのだった。

お互いの想いを確かめ合い、色々と緊張したプロポーズの次の日。

俺はカレンの家で、テーブルを挟んでフレンダと向かい合っていた。

他の皆は外でカレンの訓練を見守り、デボラはちょっとした所用で出掛けているので、現在この家にいるのは俺とフレンダだけである。

「シリウス君。話があるって言っていたけど、何かしら?」

「実はそろそろ旅に戻ろうと思っているんです」

「そう……遂に来たのね」

何となく予想はしていたのだろう。フレンダは残念そうに息を吐きながら窓へ視線を向けていた。

俺も釣られて振り向けば、窓から見える外では皆と一緒に訓練をしているカレンの姿が見える。大変そうでも充実した表情をしている愛娘を、フレンダは優しく見守っている。

「貴方から見て、カレンの腕前はどうかしら?」

「正直に言わせていただくなら、将来がとても楽しみな子だと思っています。努力家ですし、何より探究心が強い御蔭でイメージするのが上手く、魔法に関する才能は非常に高いでしょう」

「うふふ……それは良かったわ」

無属性とわからず、魔法の才能がないと思っていたせいか、フレンダは本当に嬉しそうだ。

「カレンに使えそうな魔法はほとんど教えましたし、魔法のコツもほとんど理解しました。後は自ずと強くなっていくと思います」

「まだ教えられる魔法があるの？」

「ありますが、カレンにはまだ早い魔法ばかりです。軽々と使えない強力な魔法がありますので」

カレンには前世の武器をイメージした魔法の類は教えてはいない。人の命を軽々と奪う魔法はあの子には似合わない。

ちなみにメジアへ散々放った『マグナム』は、遠目なせいもあって『インパクト』の強力なものだとカレンは捉えているようだ。

とはいえ、結局は使い手次第である。

魔物相手には強力な自衛手段にもなるので、『マグナム』だけでもメモに残し、カレンが力の使い方を知ったらゼノドラから渡すように頼むつもりだと説明した。

「……ありがとう。そこまであの子の事を考えてくれているのね」

「カレンは教え甲斐のある子でしたので、つい可愛がってしまうのですよ」

出会いは偶然とはいえ、俺は自分のやりたい事をやってきただけに過ぎない。それよりも、夫を亡くしてもカレンを立派に育ててきたフレンダの方が立派だと思う。

俺のその言葉にフレンダは苦笑していたが、やがて真剣な表情で俺を見ていた。

「ねえ、シリウス君。もう何度も言ったけど、私たちの命を救ってくれただけじゃなく、今も娘の為に頑張ってくれる貴方たちには本当に感謝しているわ」

「気にしないでください。俺たちをこの家で預かってくれて、とても助かっていますから」

「そんな事じゃ全然足りないわ。でもね、返しきれない恩があるのに、私はシリウス君にお願いしたい事があるの」

「……聞きましょう」

短い付き合いだが、フレンダはとても誠実で優しく、恩は返さないと気が済まない人というのは理解している。

そんな彼女がこんなにも真剣に何かを頼んでくるという事は、それだけ重要な話なのだろう。

そこで一度言葉を切ったフレンダだが、俺が頷いたのを確認してから、決意を込めた表情で告げた。

「娘を……カレンを、貴方たちの旅に連れて行ってあげてほしいの」

――　フレンダ　――


私が夫と初めて出会ったのは数年前……集落から少し離れた森の中だった。

その日はいつも集めている山菜が中々見つからなくて、気付けば集落から大きく離れていた私は五人の人族と出会った。

人族と出会ったらすぐに逃げろと言われていたけど、初めて感じた人族の欲深い目に恐怖を覚えた私は、飛んで逃げる事さえ忘れてしまったのだ。

その隙を突いて人族が矢を放ち、私は思わず目を閉じてしまったけど……不思議な事に痛みはなかった。

何故なら……。

「ぐっ!?　お前たちは何をしているんだ!」

咄嗟に人族の一人が私の前に飛び出し、その身を挺して私を守ってくれたからだ。

足と脇腹に矢を受けながらも、残りの人族たちへ怒鳴る彼こそが私の夫となった……ビートだった。

後で教えてもらった事だけど、他の四人はビートが雇った護衛と案内役らしく、別に仲間でも何でもなかったみたい。

ビートはただ有翼人に会いたかっただけなのに、他の人族たちは私を見た事で欲が生まれ、彼の呼びかけを無視して捕まえようとしたのだ。

そしてビートを無視し、四人の人族が再び矢を放とうとしたその時、空からアスラード様が助けに来てくれた。

空から下りると同時に人族たちをブレスで焼き尽くしたアスラード様は、続いて矢に塗られた麻痺毒のせいで倒れてしまったビートへと近づいていた。

竜族の縄張りへ勝手に入って来てしまった人族が全滅させられるのはいつもの事だ。

でも……私を守ってくれたビートを見殺しになんか出来る筈がない。

だから私は止めさせようと駆け寄ったけど、彼に近づいたアスラード様は手を出さずにビートを見下ろすだけだった。

『不思議な奴だ。このような状況でお前は何故笑っていられる？』

「言葉？　そうか……貴方が有翼人を守護する上竜種なのですね」

『そんな事はどうでもいい。それよりこのような状況で、お前は何故笑っているのだ？』

「何故って……彼女が無事だったんだ。それがわかれば……十分だ」

迫力満点の竜に睨まれてもビートは満足気に笑っていたので、アスラード様が興味を持ったみたい。

そして刺さった矢を抜いてあげようと私が近づけば、ビートは心から安堵した表情で私を見ていた。

「ああ、君が無事で……良かった」

「貴方が守ってくれた御蔭よ。ねえ、どうして私を助けてくれたの？　そうしなければ、こんな痛い目に遭わなかったのに」

「だって僕は……有翼人を見たかっただけなんだ。でも……有翼人がこんなにも美しいなんて……思わなかった……よ」

「えっ!?」

その言葉と共にビートは気を失ってしまった。

私の懇願だけじゃなくアスラード様自身も彼が気になったのか、ビートは集落へと連れて帰る事になった。

もちろん人族を連れて来た事によって色々と揉めた。

結局アスラード様が全ての責任を取るという言葉と、私の家で預かる事が条件でビートは集落に住む事を許されたので、私は心から安堵したのを覚えている。

母さんも皆と同じくビートを良く思っていなったけど、私の命を救ってくれたのも事実なので、ビートを家に置く事を許可してくれた。


こうして私の家に住む事になったビートは周囲から距離を置かれながらも、旅で得た知識で私たちの暮らしを楽にしてくれた。

幼い頃に父親を亡くし、母さんと二人きりだった私にとって男性のビートと暮らす生活は新鮮だった。

それ以上に一番楽しかったのは、ビートから旅の話を聞く事だ。

「そこに住む人たちは独自の風習があったんだ。だから意味を聞いてみたら本当に不思議な話でさ……」

自分が体験した事を夢中で語る姿は、まるで子供みたいに可愛かった。

「初めて君を見た時は天使に出会ったのかと感動したなぁ。翼があるからじゃなくて、君が本当に綺麗だと思ったんだ。だから君の隣にいられて僕は幸せだよ」

かと思えば、真っ直ぐ想いを伝えてくるビートに、私は次第に惹かれ始めていた。

不思議だったのは、アスラード様の孫であるゼノドラ様とビートは気が合ったのか、気付いたら親友のような間柄になっていた事だ。ビートがゼノドラ様の背に乗せてもらって遊びに出かける姿を、私は微笑みながら見送っていたものだ。

そして半年が経ち、ビートが集落に馴染み始めた頃……私はカレンを身籠った。

ビートとゼノドラ様、そしてアスラード様はとても喜び、母さんも複雑な気持ちながら祝福してくれた。

この幸せな時がいつまでも続くと思っていた矢先……ビートの体調が崩れ始めた。

原因不明の病気は治療魔法も碌に効果がなく、一日の大半をベッドで過ごすようになったビートは本を書くようになった。

文字を書く事さえ辛い筈なのに、それでも書き続けるビートを見るのは辛かったけど……。

「僕はもう、我が子を抱き上げるどころか顔すら見られないと思う。でも、自分の子供に何も出来ないなんて嫌だ。だから少しでも寂しくないように、そして僕がいたという証を残しておきたいんだよ」

まるで命を削るように書き続けたビートは、八冊目の途中で静かに息を引き取った。

一緒に過ごした時間はあまり長くはなかったけど、私はビートと結ばれた事を後悔はしていない。覚悟はしていたし、それに私にはカレンがいた。

貴女はビートが授けてくれた、何よりも大切な存在。

だからあの人の分まで、私が成長を見守り続けようと誓った。

けれど、私では……。

※　※　※　※

「娘を……カレンを、貴方たちの旅に連れて行ってあげてほしいの」

「フレンダさん……」

私の言葉にシリウス君が複雑な表情をするのは当然だと思う。

だって母親の私が、まだ甘え盛りの娘を預けると言い出したのだ。正気かと疑われても仕方がないけど、私も覚悟を決めて口にしたのだから簡単に引く事は出来ない。

だから視線を逸らさずにいると、シリウス君は根負けしたかのように大きく息を吐いていた。

「連れて行くかどうかは一旦置いておきましょう。カレンはそれを知っているのですか？」

「まだ何も。けどあの子も一緒に行きたいと思っている筈だから、少なくとも嫌だって言わないと思うの」

「カレンを大切に思っている貴女が、その結論に至った理由を教えてくれませんか？」

「あの子の好奇心がとても強いのは、シリウス君もよく知っているわよね？」

「それはもう。あんな酷い目に遭っても、外の世界に興味を持つ子ですから」

「ふふ、思わず笑っちゃうくらい知りたがりな子でしょ？　でも私はあの子の母親なのに、教えてあげられる事があまりにも少な過ぎるのよ」

魔法も、外の世界も、この集落から出た事がない私にはどうしても限界がある。

今の私では、集落から少し離れた川へ連れて行き、カレンの好奇心を僅かに満たしてあげるのが精一杯だった。

いや、精一杯どころじゃない。

そのせいで襲われた私は、カレンどころか自分の身すら碌に守れず、あの子を永遠に失うところだったのだ。

「でも、カレンと同じ無属性のシリウス君なら魔法をもっと教えてあげられるし、外の世界に詳しいからあの子の好奇心を満たしてあげられる。それに、貴方たちの強さも十分わかったわ」

メジアさんと戦う事になったあの時、無理を言ってついて行った御蔭もあってシリウス君の強さは十分理解出来た。

弟子だと言うあの子たちも十分強いし、伝説と言われる百狼も傍にいる彼等と一緒ならカレンも安全だと思う。それにシリウス君の人柄を知ろうと、彼を慕っている子たちから話を聞いてみた事もあった。

『シリウス様は素晴らしい御方です。奴隷だった幼い私とレウスの命を救ってくださり、生きる術を教えてくれましたから』

『兄貴？　俺の憧れで目標の男だな！』

『うーん……皆の保護者で、母親って感じかな？　厳しい時はあるけど、優しくて頼りになる人だよ』

『いい男よ。別れの時が来るまでずっと一緒にいたい程にね』

皆、シリウス君を心から慕い、彼と一緒にいて幸せそうに笑っている。

たった半月だけど、カレンを通して付き合ってきた結果、シリウス君は信頼に値する人だと理解したわ。

私たちを救ってくれただけじゃなく、その後もカレンに様々な知識を与え、危険な事をしようとしたあの子を父親のように叱ってくれた。

他人である筈のカレンに愛情を注ぎ、ここまで真剣に面倒を見てくれる貴方たちなら……。

「そんなシリウス君たちなら、カレンを安心して預けられる。あの子を守りながら外の世界を見せてくれるって……信じられる」

彼が信頼出来る根拠は他にもある。

幼い頃に救われ、育ててもらったと口にしているエミリアさんとレウス君がこんなにも強く、真っ直ぐに育っているのだから。

そして私より年下なのに、まるで子育てを経験しているみたいに子供の扱いが上手い。

悔しいけど、私よりも上手いと思う。

そんなシリウス君にカレンを預けようとする私は……本当に卑怯な母親だ。

私たちを救ってくれた恩を碌に返してもいないのに、シリウス君の優しさにつけ込もうとしているのだから。

自己嫌悪に陥りながらも語った私の気持ちを、シリウス君は鋭い視線を向けたまま聞き続けていた。

やっぱり……怒っているのかしら?

でも怒るのも当然ね。あまりにも突然で一方的な提案なのだから。

「本当に、それでいいのですか?」

しかし……シリウス君は怒っているのではなく、どこか悲しそうに私を見つめていた。

予想外の反応に首を傾げそうになっていると、シリウス君は私を諭すように穏やかな声で話しかけてきた。

「せっかく再会出来たのに、また離れ離れになるのですよ？」

「…………」

「正直に言わせてもらえれば、俺はカレンを旅に同行させても構わないとは思っています。しかし旅というのは何が起こるかわかりません。予期せぬ事態に巻き込まれてカレンを守り切れず、今度こそ本当に娘さんを失う可能性もありますよ？　一時的とはいえ、その気分を味わった貴女ならわかる筈です」

「ええ、理解はしているわ」

やはりシリウス君は優しい子だ。自分の事より、離れ離れになる私たちの事を気にしているのだから。

もちろん、本音はカレンと別れたくない。

けれど……あの子を思うからこそ私は……。

「でも、私はあの子の才能を潰したくはないの」

以前、シリウス君は私に教えてくれた。

子供の頃の経験はとても重要で、大人になっても影響するものだと。

無属性でも魔法の才能があると言われたカレンには、すぐ隣に良き先生が必要なのだ。

「それにね、この集落はカレンにとって狭過ぎるわ」

奴隷にされても、外に興味を持ってしまう子だもの。放っておいても、いつかあの子はこの集落から旅立とうとするに違いない。

そしてもしビートが生きていたら、カレンが旅に出るのをきっと止めないと思うから。

『ねえ、ビート。貴方の書いた本を読んで、この子が旅をしたいって言い出したらどうするの？』

『そうだね。その時は……なるべく止めないでほしいな。危険な事が多いけど、旅は楽しい事や運命的な出会いが沢山あるからさ。君と僕が出会えたようにね』

『でも、やっぱり外の世界は危険過ぎるわ。生まれた子が有翼人だったら、それこそ……』

『もちろん、ただ送り出すわけじゃなく、その子が相応の知識と力を身に付けた場合の話だよ。必要な知識はこの本に書いたし、もし自らの意思で旅に出たいと言い出したら、君が魔法を教えて強くしてあげてほしい。本当は旅に慣れた信頼出来る人に預ける事が出来れば良いんだけど、それはさすがに高望みかな？』

余所者（よそもの）なんて滅多に来られない場所だというのに、ビートが冗談のように言っていた希望が目の前にいる。

親だからこそ、我が子の転機を見誤りたくない。

まるで奇跡のように、カレンを託せる人が現れたのだから。

「シリウス君は教育者になるのが夢だって、貴方の奥さんたちから聞いたわ。そんな貴方から見て、カレンに教える事はもうないのかしら？」

「先程も言いましたが、まだ教えてやりたい事は沢山あります」

「ならもっと教えてあげてほしいの。カレンもきっと、貴方に教わる事を楽しみにしているから」

寂しいけど……永遠の別れじゃない。

私が我慢すれば、カレンもシリウス君も満たされるのだから。

それよりシリウス君たちに何を返すか……よね？

カレンを預ける以上はどうしても負担が増えるし、お世話になったお礼をしたいところだけど、何も渡せる物がない。

外のお金なんて持っていないし……申し訳ないけど、後でゼノドラ様に相談してみよう。

説明を終えた私がそんな事を考えていると、シリウス君は突然立ち上がって背を向けた。

「一度、互いの家族と話し合った方が良さそうですね」

「そう……ね。あの子の本音も聞かず、勝手に決めちゃ駄目よね」

そう口にしたシリウス君が部屋を出て行くのを見送ったところで、私は予想以上に疲れている事に気付いた。

緊張が続いたせいだろう、喉の渇きを覚えて立ち上がると同時に隣の部屋で待っていてくれた母さんがやってきて、水の入ったコップを差し出してくれた。

「ありがとう、母さん」

「本当にこれで良かったのかい？」

「……わからない」

この件については、事前に母さんへ相談している。

私の話を聞いた母さんはシリウス君と同じように複雑な面持ちだったけど、最後は貴女の好きにしなさいと言ってくれた。

だから自分で決めて、あの子を託す道を選んだというのに……溜息がどうしても止まらない。そんな私を見て、母さんが呆れた表情で私の肩を叩いてきた。

「なんだいその溜息は？　もしかして反対してほしかったのかい？」

「そうじゃなくて……ううん、やっぱりそうなのかな？」

「これぱっかりは、あの子の母親であるあんたが決めるしかないんだよ。そりゃあ私だって孫がいなくなるのは寂しいけど、あんたの言い分も理解出来るからね」

コップの水を飲み干しても全く落ち着かない中、シリウス君から促されたであろうカレンが部屋に入って来た。

「どうしたの、ママ？　せっかく魔法が上手く出来そうだったのに」

「ごめんね、カレン。今からとっても大事な話があるから聞いてほしいの」

カレンの純粋で吸い込まれそうな目に見つめられる中、私は娘にシリウス君の旅に同行する事について話した。

「……というわけなの。シリウス君たちなら貴女をきっと守ってくれるし、皆と一緒に旅をすれば色んなものが見られるようになるわ」

「行っていいの!?」

「貴女が行きたいのならね。それにカレンはシリウス君たちや皆の事が好きでしょ？」

「うん！」

やっぱり、カレンも旅に出る事を考えていたようね。

これならきっと……。

「おにーちゃんも、おねーちゃんも、ホクトもママと同じくらい好き！」

「……………そう。皆と一緒なら私がいなくても大丈夫そうね」

「ママは……行かないの？」

それは少しだけ考えた事はあるけど、私の実力では足手纏いでしかない。

未熟なカレンを託すというのに、私の面倒まで見てもらうのは大人として情けない。

「ごめんね。私は旅に出るわけにはいかないの」

「そうなんだ……」

旅に出られると聞いてあれだけ目を輝かせていたのに、私が行かないと言うなりカレンは落ち込んでいた。

今ならまだ……引き返せる。

『やっぱり私はカレンと一緒にいたいわ。シリウス君たちならきっとまた来てくれるから、一緒に待っていよう』

　そう声を掛ければ……きっと。

　でも、それは駄目だ。

「……お母さんの事はいいの。カレンは皆と一緒に旅がしたいんでしょ？」

「う、うん。でも、ママが……」

　貴女(あなた)が川に落ちた時は絶望で真っ暗になったけど、一度離れ離れになって、そしてシリウス君たちの下で成長していく貴女を見ていく内に私は悟っていた。

　この子よりも、私の方がカレンに依存している事にだ。

　子供の成長の為(ため)、母親である今の私が出来る事は……カレンの背中をそっと押してあげる事だろう。

「私はここで貴女が帰ってくるのを待っているわ。それで、旅の話を沢山聞かせてちょうだい」

「ママはカレンの話を聞きたいの？」

「うん。お母さんはね、貴女のお父さんから旅の話を聞くのが大好きだったの。だからカレンからも聞きたいな」

　シリウス君から教わった事を夢中に語る貴女の姿は……ビートにそっくり。

「じゃあ……行く！　ママに沢山お話を聞かせてあげたいの！　それにカレンは……」

　そしてカレンが密(ひそ)かに抱いていた夢を聞いた私は、誰よりも愛(いと)しい娘を抱きしめた。

――シリウス――


フレンダから聞かされた提案に驚きはしたが、俺としては望むところでもあった。

後継者とまでは考えていないが、俺以外の無属性がどれだけ成長するのか純粋に興味があるからだ。

しかし守るべき対象が増える以上、危険もまた増えるものだ。

俺だけで決めるわけにもいかないので、早速皆と相談してみたわけだが……。

「私はシリウス様の判断に従うのみです。ですが個人的な意見を言わせていただくのであれば、反対する理由はございません」

「私は賛成だよ。そっか、前に私たちの事やシリウスさんの事を聞いてきたのは、この為だったのかな？」

「これから大変そうだけど、私としては望むところよ。皆で色々教えてあげましょ」

「おう！　俺が守ってやるぜ！」

「オン！」

概ね予想通りといった反応である。

どうやらカレンを仲間に加える事に反対はないようだが、やはり俺と同じく気掛かりがあるようだ。

「でもカレンちゃんとフレンダさんは大丈夫かな？」

「あんなにも仲の良い親子が離れ離れになるわけですし、素直には喜べませんね」

「カレンもだけど、問題はフレンダの方よ。夫にも先立たれているし、寂しくなって心を病まなければいいけど」

「兄貴。二人共連れて行くのは駄目なのか？」

「いや、フレンダさんは旅に向かないと思う。すでに二度も襲われている身だし、外だと気が休まらないと思うからな」

少し残酷かもしれないが、そこはしっかりと判断させてもらう。

それにフレンダがその点について口にしなかったのは、足手纏いになると理解しているからだろう。

「全てはカレン次第……だな」

どちらを選んだとしても、俺たちは母娘の意思を尊重して行動するのみだ。


その日の夜。テーブルに並んで座った俺たちは、カレン一家と向き合いながら話し合いとなった。

自然と緊張する雰囲気の中、お互いの話し合いによる結果を報告すると、カレンは嬉しそうに翼を羽ばたかせ、フレンダさんは胸を撫で下ろしていた。

「ですが、カレンを預かるには二つ条件があります。まずカレンだけど、俺の事をこれから先生と呼んでほしい」

「おにーちゃんじゃ駄目なの？」

「俺から色々教わるんだ。やっぱりそう呼ぶのが正しいと思う」

「じゃあ、パパって呼んじゃ駄目？」

「カレン……」

　これまでに俺を父親みたいだと聞いていたのだろう、そんなカレンの発言にフレンダは複雑な表情で娘を見ている。

　前にもこういう話はあったが、やはり俺ではカレンの父親役にはなれない。

　責任とかそういう意味ではなく……。

「カレンにはね、君の事を誰よりも愛しているお父さんがいたんだ。その人に俺は絶対勝てないから、代わりだとしてもお父さんと呼んでほしくないんだよ」

「でも……」

「後でその証拠を見せてあげるよ。いいですよね、フレンダさん？」

「え⁉　そ、そうね。今がその時よね」

　急に話を振られて驚きはしたが、俺が言いたい事を理解したのだろう。フレンダは決意したようにはっきり頷いてくれた。

　首を傾げるカレンを余所にもう一つの条件を伝え、フレンダがそれを受け入れたところで話は纏まった。

　旅に連れて行ってもらえる事にはしゃぐカレンを、穏やかな笑みを浮かべたフレンダが声を掛けていた。

「カレン。喜ぶのはいいけど、これからもお世話になるんだからしっかりと挨拶しなさい。さっき教えてくれた、貴女の夢も一緒にね」

「うん！」

そして満面の笑みを浮かべたカレンは俺たちに向き直り、深々と頭を下げた。

「カレンね、パパみたいに色んなものを見て、ご本を書きたいの。えーと……これからよろしくお願いします！」


こうしてカレンが旅に同行する事が決まったので、俺たちは集落を旅立つ準備を始めた。

旅に必要な物資を馬車に詰め込むだけなのですぐに終わるだろうが、カレンが同行するので荷物を整理する必要があった。

カレンの物が増えるので整理は女性陣に任せ、その間に俺はアスラードの下へ赴きカレンを連れて行くことを報告していた。

『フレンダとカレンが選んだのであれば、私は止めはせぬ。だが、急ぎでなければ出発は二日くらい待ってもらえぬか？』

どちらにしろカレンに心の準備もさせておきたいので、待つのは一向に構わなかった。

探せばやる事なんて幾らでもあるので、旅に必要な事をカレンに教えている内に二日はあっという間に経ち、俺たちは再びアスラードの下を訪れた。

カレンも連れて来いと言われ全員でやってきたのだが、洞窟の広間には竜の姿をしたアスラードだけでなくゼノドラとメジアの姿もあった。

しかし一番気になったのは、アスラードが妙に疲れている点だろう。ここ二日間、彼の姿を全く見ていなかったのだが、何かあったのだろうか？

首を傾げる俺を余所に、アスラードはカレンに近づきながら質問をしていた。

『カレンよ。改めて聞くが、本当に彼等と一緒に行くのだな？』

「うん！　先生と一緒に、外で色んなものを見てくるの。帰ったら、アスじいにも話をしてあげるね」

『ああ、楽しみにしていよう。しかし旅をするのであれば、魔法だけでは心許ない事もあるだろう。シリウスよ、この子への武器はもう用意したのか？』

「いえ。近くの町に着いたら、この子に合った武器を探すつもりです」

『ならば探す必要はない。カレンよ、これを持って行くといい』

そう口にしたアスラードは、一本のナイフをカレンに渡していた。

黒曜石の如く黒色に輝くナイフで、刃と柄が一体化している形から、おそらく一つの塊を削って作られた物だろう。

見た目は武骨な黒いナイフにしか見えないが、膨大な魔力を秘めているのがわかる。

『それは私の角を削って作ったものだ。まだ幼いお前には少し重たいかもしれんが、直に馴染むであろう』

言われて視線を向けてみれば、アスラードの頭部に生えた角が少し短くなっている事に気付いた。

全体からすれば大した損失ではないだろうが、竜族の角は鱗(うろこ)以上に硬く、削る事さえ一苦労らしい。アスラードが疲れていたのは、これをずっと削っていたせいのようだ。

「ありがとう、アスじい！」

『人でも魔物でも簡単に刺せるナイフだからな。使い方には気をつけるのだぞ』

「アスじいでも？」

「ははは、私の鱗を舐(な)めるでないぞ。そんな小さなもので、この自慢の鱗を貫ける筈(はず)がー

……ぬぐっ!?』

「刺さった！」

己の頑丈さを偉そうに語るアスラードの腕を、カレンは貰(もら)ったナイフで刺していた。

軽く突いた程度なので血は出ていないが、あのナイフは竜の鱗でさえも貫くという事が判明したな。

随分とやんちゃなカレンであるが、アスラードの頑丈さを理解した上での行動なので、手当たり次第やる事はあるまい。

今回は孫に見栄(みえ)を張った爺(じい)さんが悪かったという事にしておこう。

「カレン。そういう時はきちんと相手に断りを入れてからやるものだ。自分だって急に刺されたら嫌だろう？」

「でもアスじいなら平気だと思っていたし、アスじいも不思議そうだったから」

『ははは、この程度なら掠り傷だから心配はいらんぞ。ほれ、もう傷は塞がり始めているだろう？』

「良かった。じゃあ、どこなら刺さらないのかな？　アスじいの鱗は凄いもん」

『……刺すのはもう勘弁してくれ』

見た目も大きさも全く違うのに、見ていて飽きない孫とお爺さんである。

竜族の長も子供には敵わないのだと思いながら眺めていると、ようやくカレンを止める事が出来たアスラードが俺に手を伸ばしてきた。

そして目の前で広げられたその掌には、カレンのより一回り大きいナイフが乗せられていた。

『お主たちには、カレンと今までの礼を含めてこれをやろう。私の牙を研いで作ったナイフだ』

アスラードの話によると、以前からフレンダに俺たちへのお礼について相談されていたそうだ。

母娘の命を救うだけでなく、カレンを預かってもらう事になったのに、何も返せる物がないと悩んでいたらしい。

そんなわけで、親子を見守り続けてきたアスラードが代わりに何か用意する話となったそうだ。

「そういう事でしたら、遠慮なくいただきます」

『うむ、あの子に必要な物を揃える為に金は必要だろう？　困ったら売って金にでもするといい』

「魔石や宝石も沢山貰っていますから当分困りませんよ」

竜族の、それも長となる程に成長した竜の牙で作られている物なら頼りになりそうだ。

しかし俺はディーから貰った剣に、フィアや師匠から貰ったナイフがあるので武器は十分足りている。

どうするか少し悩みながら受け取り、巻かれていた布を外せば、カレンが貰ったナイフと同じ黒く染まった見事な刀身が現れた。

「おお……何か凄いな」

「うん、カレンちゃんのナイフとは違った凄さを感じるね」

「見ているだけで吸い込まれそうな刀身ね。エルフが作るナイフより凄いものだわ」

「とても良さそうな武器ですね。これなら鉄ですら簡単に切れそうです」

「なら、エミリアが使ってみるか？」

「よろしいのですか？」

不足しているわけではないが、俺たちの中で一番攻撃力が低いのはエミリアだからだ。

ナイフはレウスに合わないし、リースやフィアには強力な精霊魔法がある。それに俺の次にナイフの扱いが上手いのはエミリアだからな。

『それはもうお主たちの物だから、誰が使うかは好きに決めるといい』

全体の戦力が上がれば、それだけカレンを守れるわけだからな。

これはエミリアが一番相応しいと思うが、当の本人が少し困った表情を浮かべている。

「私に使わせていただけるのは嬉しいのですが、これ程のナイフとなれば、シリウス様の方が使いこなせると思います」

「ならさ、兄貴のミスリル製のナイフを姉ちゃんが使えばいいんじゃないか？」

「いい案かもしれないが、止めておこう。こいつは今まで使ってきた相棒みたいなものだしな」

手に馴染んでいるし、大切な思い出の品でもあるのだ。限界を迎えるまでは自分が使い続けたい。

もちろん師匠から貰ったナイフも他の人には使わせたくない。実は地面に埋めなくても喋れる仕様で、俺の陰で変な事をエミリアに拭き込んでも不思議じゃないからな。

「そこまで大事に扱ってくれるなら、私もあげた甲斐があるわね」

「こいつには何度も助けられているからな。そういうわけだから、こいつは遠慮なくエミリアが使ってくれ」

「わかりました。大切に使わせていただきます」

俺から手渡されたナイフを大事そうに受け取ったエミリアは誇らし気に笑っていた。おそらく主から武器を賜るのは、従者として最高の名誉であるからだろう。

喜びでエミリアの尻尾がパタパタと振られる中、ナイフを眺めていたフィアが何かを思い出したかのように頷いていた。

「そういえば……どこかの風習で、男が女へのプロポーズとしてナイフを贈るって話を聞いた事があるわね」

「何だそれ？　武器を貰って嬉しいものなのか？」

「夫以外の操を守る為に、どうしようもなくなったら自決してくれって事らしいわ。別に本気でしろってわけじゃなくて、自分だけの女でいてほしいって意味で贈るのよ」

「うふふ。私の全ては、もうシリウス様のものですのに」

尻尾を振る速度が止まるところを知らないので、その辺にしてほしいものである。

ついでにゼノドラやメジアが自然と抜けた牙や鱗を分けてくれたので、上手く使えば色んな物が作れそうだな。

その後、明日には出発すると告げて家へと戻った俺たちだが、その中にカレンの姿はなかった。

またアスラードと話し込んでいると伝えれば、フレンダとデボラは特に気にしていなかったが、俺はそんな二人を連れて外に出ていた。

「こんな所に連れて来て、一体どうしたんだい？」

「そうよ。まだ持っていく物の吟味が済んでいないのに」

「出発前に、お二人には見てもらいたいものがありまして」

いきなり連れ出されて首を傾げる二人と一緒に、俺たちはアスラードが住む洞窟が見える場所へとやってきた。

見上げる程に高い位置にある洞窟の入口は、空を飛べなければ入る事も出来ないが、現在その大きく開いた入口の前には一人の少女が佇んでいた。

「あれは……カレン？　アスラード様に遊んでもらっていたんじゃないのかい？」

「今日はアスラード様に送ってもらえなかったのかしら？　すぐ迎えに行くからね」

「待ってください。あそこにカレンがいるのは、二人に見せたいものがあるからです」

万が一に備えてホクトを近くに待機させているから、最悪の事態だけは起きないだろう。

首を傾げる二人を余所に深呼吸を済ませたカレンは、突然その場から空へ向かって飛び出したのである。

有翼人なら飛べるので焦る必要はないが、翼が揃っていないカレンでは空を飛べる筈もないので、見上げていた母娘は大いに慌て始める。

カレンを助けようとフレンダとデボラが慌てて翼を広げるが、その動きは途中で止まっていた。

「え……カレン？」

「どういう事だい？　あんなにもゆっくりと……」

「カレンが二人に内緒で行っていた訓練の成果ですよ」

何故（なぜ）ならカレンの落下速度が非常に緩やかだったからだ。

鳥のように大きく翼を広げ、弧を描きながらゆっくりと滑空するカレンの姿を二人は呆（ぼう）然（ぜん）と見上げている。

「地上から飛ぶのは難しいですが、高い位置から飛び降りるくらいなら問題ありません」

「母さん、カレンが……カレンが！」

「ああ。多少ふらついてはいるけど、見事なものだね。同年代の子でも、あそこまで楽しそうに飛べないと思うよ」

「でも……どうして？　カレンの翼だと、あんな風には……」

「あの子の翼をよく見てください」

疑問を浮かべていた二人だが、俺の言葉でカレンの短い方の翼がぼんやりと光っているのに気付いたようだ。

「魔力は圧縮すれば質量を持ちます。カレンは魔力を翼に収束させ、左右の翼を同じ大きさにしているのですよ」

そもそも有翼人は、ただ翼を羽ばたかせて空を飛んでいるわけではない。翼に魔力を込める事によって浮力が得られ、左右の翼でバランスを取りながら飛ぶ仕組みらしい。

それゆえにカレンは真っ直（す）ぐ飛ぶどころか、落下速度を殺す事さえ難しかったのだが、今は魔力によって擬似的な翼を作れるので、見た目は違えど他の有翼人と同じ事が可能となった。

当然ながらそれ相応に魔力を消耗し、更に精密な魔力操作をしなければならないので、現在では滑空しか出来ない上に長く(も)は保たない。他の有翼人が空を飛ぶのに一の魔力を使うとすれば、カレンの場合は四の魔力を必要とする感じだろう。

それでもカレンは、空を飛ぶ為の一歩を踏み出したわけだ。

「はぁ……はぁ……ママ！　おばーちゃん！　見てた？」

途中で危なげな場面も見られたが、息を乱しながらもフレンダの前に着地出来たカレンは誇らしげに笑っていた。

娘に抱きついて喜びを露(あら)わにするフレンダだが、気になる事があるのか不思議そうにもしていた。

「本当に凄かったわよ、カレン。でも、どうして飛ぼうと思ったの？」

「ああ。他の子だってまだなのにねぇ……」

カレンくらいの年齢で空を飛ぶ練習はまだ早いらしい。危険が伴うし、まだ体と翼が成熟していないからだ。

それを知っている筈(はず)なのに、何故カレンは俺に頼んで訓練してまで親に見せたかったのか？

「だって、私が大きくなったら、ママとおばーちゃんも平気でしょ？」

それは、少しでも親を安心させる為だった。

今まで見た事のない真剣な表情で、飛べるようになりたいとカレンが頼んできた時は驚いたものだが、その時に持っていた本を見て納得出来た。

その本は、俺の事を先生と呼ぶようになった後で渡された本で、ビートが最後に書き遺したものなのだ。

時が来るまで隠されていた本には旅に必要な知識や注意事項だけでなく、カレンに宛てた言葉も書かれていたので、この子はそれを実践したに過ぎない。母親を安心させる為に、娘に強く成長してほしいという想いに応えたのだ。

「そう……ね。もっともっと大きくなって、お母さんを安心させてね」

「うん！」

娘の想いを理解したフレンダは、複雑な感情を必死に抑えながらも、カレンの頭を慈しむように撫でていた。


そして旅立ちの日。

俺たちが出発するという事で、多くの有翼人と竜族が見送りに来てくれた。

最初は忌避されていたものだが、カレンやフレンダを救った事や料理を教えた御蔭だろう。俺たちは集落の人たちから別れの言葉を掛けてもらいながら、最後の準備と親子だけの別れをしているカレンが家から出てくるのを待っていた。

「……遅いね、カレンちゃん」

「しばらく母親と会えなくなるんだ。焦らずに待つとしよう」

「ま、まだかカレン？　俺はそろそろ限界だぞ！」

背後から妙に情けない声が聞こえたかと思えば、集落に住む子供たちがレウスに群がって大変な事になっていた。

裏表のない性格に加え、訓練の合間によく遊んであげていたので懐かれてしまったらしい。

「レウスお兄ちゃん！　行かないで！」

「そうだよ、もっと遊んで！」

「だから駄目だって。俺は兄貴と行かなくちゃいけないんだよ」

「「嫌だー！」」

腕や足にしがみつく子供たちを力尽くで引き剝がすわけにもいかず、親たちが必死に宥めている中、ようやくカレンがフレンダと一緒に家から出て来た。

個人的な物を持って来なさいと伝えていたので、カレンは革製の鞄を重そうに抱えているのだが……。

「見事に詰まっているな」

「着替えや日用品は馬車に積んでありますし、何が入っているのでしょう？」

「先生、準備出来たよ！」

「あはは……」

首を傾げる俺たちを見てフレンダが苦笑しているので、どうも嫌な予感がするな。

「カレン。そんなに何を持って行くつもりだ？　必要な物だけだと言った筈だろう」

「そうだよ？」

「じゃあ、何が入っているか見せてくれないか？」

「……必要な物なの！」

質問を拒否するように袋を体で隠そうとするが、その反動で鞄から何かが落ちて地面を転がる。

それを確認した俺たちは一斉に頷き、無言でカレンを取り囲んでいた。

「……強制捜査を実行する」

「だ、駄目なの！　これはカレンの……あーっ！」

「………蜂蜜だな」

「蜂蜜ね」

鞄には容器に入った蜂蜜がぎっしりと詰まっていた。

これまで何度かカレンに強請られて蜂蜜を採取しに行ったが、どうやら俺の知らない所でこっそりと自分用に確保していたらしい。まさかこんなにも隠し持っているとは思わなかった。

結果……荷物の八割近くが蜂蜜だった。

保存食と考えるにしても明らかに過剰なので、必要な分を除いて残りは全て家へ置いて行く事に決まった。

「カレンの蜂蜜……」

「そんなに持ち歩かなくても、旅の途中で採取すればいいじゃない」

「現地調達は旅の基本だぞ？」

「うん。でも……」

まだ未練が残っているので、早く出発した方が良いかもしれない。放っておくと、隙を見て取りに戻りそうだし。

そしてレウスに群がる子供たちも落ち着いたところで、フレンダが俺たちの前に立って深々と頭を下げてきた。

「皆さん。こんな食いしん坊な娘ですが、どうかよろしくお願いします」

「こういうのは慣れていますから、お任せください」

うちにはもっと食いしん坊な二人がいるからな。それに食いしん坊でも、蜂蜜限定なら可愛(かわい)いものである。

偶(たま)にはこの集落へ帰ってくると伝えてはいるが、やはり不安は拭えないと思うので、俺は改めて宣言するようにフレンダへ告げた。

「フレンダさん。貴女(あなた)の娘さんは責任を持って預かります。ですから、俺との約束も守ってくださいね」

「ええ。貴方(あなた)に負けないよう、精一杯頑張るわ」

フレンダの目が赤いのは、きっと家の中で娘を抱き締めながら泣いたからだろう。

　それでも、決意を込めた目で彼女は頷いてくれたので、俺も安心して旅に出られそうだ。

　そして俺たちの馬車を抱えたゼノドラと三竜たちの背中に乗り、集落を出発しようとしたところで、カレンはフレンダに向かって叫んだ。

「ママ！　おばーちゃん！　カレン、頑張るからね！」

「カレン、そうじゃないだろ？」

「あ、うん。行ってくるね……お母さん！」

　最後に、母親の呼び方を変えたカレンにフレンダは呆然としていたが、すぐに大きく手を振って娘と俺たちを見送ってくれるのだった。


『では、達者でな。今度訪れる時は空に何か合図を出すといい。すぐに迎えを寄越そう』

『色々と勉強になりました』

『困った事があれば、いつでも呼んでください』

『ホクト様とレウスもお元気で！』

　竜の巣の入口である森の前に下ろしてもらい、ゼノドラたちと別れを済ませた俺たちは、次の目的地であるサンドールを目指して馬車を進めていた。

　近くの街道へ向かって道なき道を進む中、俺たちは遠ざかっていく竜の巣を馬車から眺めながら語り合っていた。

「色々あったけど、温かい人たちばかりだったね」

「違う種族でもお互いを尊重していますし、穏やかで過ごし易かった集落でした」

「俺たちや爺ちゃんが住んでいた集落を思い出すな」

「そうだな。落ち着いたら、ああいう所に住みたいものだ」

永久に旅を続ける予定はないので、いつかは終わりを迎えて腰を落ち着ける時が来るだろう。三人も妻を娶れば子供も多いだろうし、ゆっくりと自分の子や教え子たちを育ててみたいものだな。

まあ未来の話は置いておいて、今はカレンだ。

「あんなにも元気だったのに……やっぱり寂しいのね」

旅を楽しみにしていたカレンだが、現在は馬車の後部に座って流れる景色をぼんやりと眺めていた。

今までは外への憧れや、好奇心もあって気にならなかったのかもしれないが、実際に故郷から離れる事によって寂しさが一気に押し寄せてきたのだろう。

そんな哀愁を漂わせるカレンの背中だが……どこか様子が変だ。

すると俺と同じ疑問を抱いていたエミリアが鼻を動かすなり、旅の物資を仕舞っている箱を突然漁り出したのである。

「シリウス様。蜂蜜が一つ減っています」

「お、俺じゃないぞ!?」

「私もだよ！　あ、そういえば、さっきカレンちゃんがそこにいたような気が……」

「なるほど、皆の目を欺く見事な腕だ。蜂蜜限定かもしれないが」

「どちらにしろ旅の備蓄を勝手に食べるなんていけない子ね。叱りたいところだけど、今のカレンには厳しいかしら？」

「ふむ、今回だけは特別だな。すまないが、ここは俺に任せてくれないか？」

　頷いて静かに見守ってくれる妻たちに見守られながら、俺は蜂蜜を指で掬って食べているカレンの横に座った。

　いつもなら満面の笑みで食べている蜂蜜なのに、今のカレンは無表情で食べ続けている。

「美味いか？」

「っ!?　カ、カレンは食べてないよ？」

　俺の言葉に慌てて蜂蜜を背中に隠したが、それだとエミリアたちに丸見えだ。

　とりあえず気付かない振りをしておいたが、これは俺が隣に座るまで気付かないくらい上の空だったという事でもある。好物を食べて誤魔化しているのだろうが、ここははっきりと伝えておかねばなるまい
「カレン。今ならまだお母さんの所へ帰れるぞ？　恥ずかしいかもしれないが、お前の年齢なら家に帰りたいって思うのは当然の事だからな」

「……ううん。パパの本に……泣き虫になっちゃ駄目だって書いてあったから」

「そうか」

　カレンの家に残してきたビートが書いた本には、旅に関する心構えや様々な事が書かれ

ていた。

旅とは、新しき出会いや不思議なものを見つける楽しさだけじゃなく、酷(ひど)い現実や親しき者との別れといった恐怖や悲しみもある。

そういう負の感情に押し潰されないよう、我慢と忍耐を磨くようにとも書かれていたのである。

おそらく十分に成長した我が子の為(ため)に書き残したものなので、幼いカレンには難しい内容ばかりだったが、簡単に泣いたり諦めては駄目だというのは理解したようだ。

それは間違ってはいないのだが……。

「でも、泣いたら駄目ってわけじゃないだろ？」

「泣いたのに、泣き虫じゃないの？」

「ああ。家族や故郷を思って泣くのは悪い事じゃない。大切なのはいつまでも泣かないで、またお母さんと会える事を楽しみにする事なんだよ」

「また……会える？」

「いつになるかわからないけど、必ずカレンの家に帰るよ。それまでに泣き虫じゃなくなればいいのさ。我慢もいずれ覚えればいいし、今は……な？」

「……うん。うぅ……」

新たな教え子の頭を撫(な)でながらゆっくりと胸元へ抱き寄せてやれば、カレンは嗚咽(おえつ)を堪(こら)えるように泣き出した。

こういう時は我慢せずに泣くのが一番だろう。特に幼い子の場合、色々と溜め込んでしまうと情緒不安定になりそうだからな。

あの本に書かれた心構えは、カレンの成長に合わせて俺がゆっくりと教えていくとしよう。

カレン……泣き虫は駄目と言うが、母親や故郷が恋しくても帰りたいと口にしないお前は本当に強い子だ。

これからも俺たちが精一杯守っていくから、お前の成長を隣で見届けさせてくれ。

こうして別れを経て少しだけ成長した少女と共に、俺たちはサンドールを目指すのだった。

《エピローグ》

――フレンダ――

「……本当に大丈夫かい？」

「当たり前よ。カレンには、ビートも認めてくれそうな先生と一緒なんだから、何があっても無事に帰ってくるわ」

「違う、カレンじゃなくてあんたの事だよ。あの子がいない生活に、あんたは本当に耐えられるのかい？」

母さんが心配するのも無理はないと思う。

ビートを亡くし、何をするにも塞ぎ込みがちだった頃の私を見てきたからだ。

更に夫を失った悲しみを、娘であるカレンに依存して誤魔化していた姿も知っているから尚更だと思う。

「それは……わからないよ。明日には、寂しくて何も手がつかないかもしれない」

考えれば考える程、嫌な考えばかり浮かぶ。

私の事をお母さんと呼んでくれた姿を最後に、もう二度とカレンと会えなくなるかもしれないから。

「けどね、このままカレンと一緒にいても、私も駄目だって事に気付かされたもの」

彼等と出会った事により、カレンだけじゃなく私も成長しなければならないんだと教えられた。

お互いに足を引っ張り合うなんてしたくないもの。

「それにシリウス君と約束したわ。頑張って練習して、帰ってきたあの子に美味しい料理を食べさせてあげないとね」

カレンを預かる条件として、あの子がシリウス君を先生と呼ぶようになったけど、もう一つの条件は私の事だった。

『こちらに書いてある食材と、料理を作れるようになってください。カレンに必要な事なので』

渡されたのは一冊の本で、中にはシリウス君が書いた料理のレシピや、食材の作り方が事細かく書き込まれていた。

『俺が旅の間に書き溜めた料理のレシピと、その料理に必要な食材の作り方です。長時間の熟成や発酵が必要なものばかりですから、旅の間では難しくて』

『これが条件なの？　カレンとそこまで関係がなさそうだけど』

『俺たちがまた戻って来た時、これに書かれた料理をカレンに作ってあげてください』

聞いた時はちょっと耳を疑ってしまった。

別に料理を作るのは嫌いじゃないけど、シリウス君たちが作る料理の味を知っている以上、私なんか足元にも及ばないと思ったから。

将来、あの子に私の料理よりシリウス君の料理の方が美味しい……なんて言われたら、しばらく立ち直れないかもしれない。

「でも、難しいからこそ……よね？」

これはきっと、娘しか見えなかった私に新たな目標を持てという事だと思う。

そしてビートの姿を知っているから、シリウス君がどれだけ真剣にこれを書いていたのかがよくわかる。

ここまでしてくれる彼に応えなければ、私は合わせる顔がない。

ゼノドラ様も手伝ってくれそうだし、精一杯やってみよう。

それにしても、外の世界には色んな料理があるのね。覚えるのが大変そうだけど、今度あの子たちが帰ってきたら、恩返しも兼ねてこの料理を沢山ご馳走してあげないと。

さて……熟成というもので時間が必要そうな食材があるし、取りかかるなら早くした方が良さそうね。

私はあの子が飛び去る姿を眺めながら、誓うように呟いていた。

「行ってらっしゃい、カレン。お母さんも頑張るからね」

――― 残されし本の一節 ―――


僕の子へ。

これを読んでいるという事は、君が外の世界へ旅立つと決めたからだね。

その為に必要な心構えはもう伝えたけど、もう少しだけ書いておくよ。

旅というのは楽しい事ばかりじゃなく、辛(つら)い事や悲しい事が沢山あるものだ。

だから体だけじゃなく、心も強くなりなさい。

そうすればきっと母さんも安心して君を送り出せるから。

そして心から信頼出来る仲間を作りなさい。

お互いに支え合う事で、君だけじゃなく仲間も一緒に強くなれるからね。


ところで……君はどんな子だろう?

男の子?

それとも女の子かな?

いや、どちらでも構わない。

だって僕は、君が無事に生まれてくれただけで嬉(うれ)しいんだ。

君を抱きしめる事も、名前を呼んであげる事も出来ない父親だけど、僕は君の事を誰よりも愛しているよ。

最後に、僕からお願いがあるんだ。

空を自在に舞う有翼人の翼のように、君は自由に生きなさい。

君が自由に生きて、元気に育ってくれる事が、僕にとって何よりの幸せなのだから。

番外編《閉ざされし集落の革命》

シリウス一行が有翼人の集落に滞在してから数日。

これは……メジアとの問題が片付き、外の者たちを忌避していた有翼人たちがシリウスたちに慣れ始め、普通に話し掛けてくれるようになった頃の話である。

その日、集落の長であるアスラードの命により、重要な会議を開く時に使う洞窟に多くの竜族が集められていた。

『皆、揃ったようだな。招集された意味……わかっておるな？』

『はい、理解しております』

『これは非常に由々しき事態です』

竜の姿ゆえに見た目の迫力が満点な竜族だが、さすがに普段から気を張っているわけではなく、通常は厳かな雰囲気の中で話し合いが行われるものである。

だが……本日集められた竜族たちの表情は皆険しく、ここにいると肌が焦げそうなくらいに空気がピリピリとしていた。

『長よ。やはり外の者たちを迎え入れたのは間違いだったのでは？』

『連中の影響は計り知れません。このままでは強硬手段に出る者が現れるかもしれませぬ』

『悪い事ばかりではあるまい。ビートの時と同じように、我等を豊かにする技術を授けてくれたのだぞ』

『だがこれは竜族の誇りを汚す行為だ！　私は我慢ならんぞ！』

現在、竜族たちは二つの派閥に分かれており、この場でお互いの主張をぶつけ合っていた。

しかし言い争いをしている内に感情が高ぶってきたのだろう、遂には尻尾による殴り合いに発展する者も現れたが、ゼノドラの一喝によって何とか収まる。

『ふぅ……やはり我々では収拾が着かぬな。ここは長に決めてもらうとしよう』

『そうですね。このまま言い争いをしていても平行線のままですし』

『どちらを選ぼうと、我等は後悔しませぬ。決断を！』

次第に話は纏まり始め、竜たちの視線が長へ向けられたところで、アスラードは目を見開きながら決断を下した。

『明朝……決行する！　皆、覚悟を決めよ！』

『『『はっ！』』』

こうして誇りを捨ててまで覚悟を決めた竜族は、未来を大きく変える為に動き出した。

―― シリウス ――

「やあ、おはようさん。今日も精が出るねぇ」

「おはようございます。後で手伝いに行きますので、あまり無理はしないでくださいね」

「待っているよ。畑の拡張が一気に進んで本当に助かっているんだ」

早朝……朝の訓練で走っていた俺たちは、途中で畑作業に勤しむ有翼人の青年の横を挨拶しながら通り過ぎた。

途中から集落の子供が一緒についてきたり、こちらに気付いて笑顔で手を振ってくるお婆さんの姿も見られ、俺たちも随分受け入れられものだと実感していた。

「最初はあんなにも警戒されていたけど、温かくていい人たちばかりだね」

「俺たちが敵じゃないと、竜族の人たちが認めてくれた御蔭だろう。それに警戒はしていても、心根が優しい人が多い証拠だな」

それから早朝の訓練が終わり、途中で力尽きてしまったカレンをホクトの背中に乗せて戻ると、カレンの家の前がいつもと様子が違う事に気付く。

朝からゼノドラや三竜がやってくる事はよくあるが、今日に限ってゼノドラたちだけでなく、アスラードを含めた二十体近くの竜族が家の前に並んでいたのだ。

更に全員が人の姿なのだが、その表情は真剣そのものであり、いつこちらへ攻撃をしてきてもおかしくない雰囲気を醸し出しているのである。

正直に言って全く身に覚えがないのだが、このまま放っておくわけにもいかないので、俺たちは警戒しつつ彼等へと近づいた。

「待っていたぞ。ゼノドラから聞いていた時間より遅いではないか」

「ちょっと訓練が長引いてしまいまして。それで……何かあったのですか？」

「うむ、少々問題が発生してな。まずは覚悟して聞くがいい」

そして妙に不穏な言葉を放つアスラードがそう口にすると、背後に並んでいた竜族たちが一斉に刃物を取り出したのだ。

あまりにも突然な行動に驚きながらも身構えたその時、竜族たちは……

「「「『コロッケ』の作り方を教えてください！」」」

頭を下げながら、そう告げてきたのである。

その後、予想外の内容にずっこけそうになった俺たちへ、ゼノドラが経緯を説明してくれた。

「……つまり、コロッケの味が忘れられなかったと？」

「うむ。前にお主たちへ私と爺(じい)さんが頼んでコロッケを作ってもらっただろう？　あれを皆に振る舞ったら、どうも味を占めたらしくてな」

「べ、別にそこまでとは言っておらん！　ただ……また食いたくなっただけだ」

「そうだそうだ！　あんな一口で食えるようなもので、我々が騙(だま)されると思っているのか！」

ゼノドラの言葉に竜族たちは反発しているが、どう見ても夢中になっているとしか思えない。

とりあえず事情はわかったものの、何でそんなにも真剣な表情をした竜族が多いのかを聞いてみれば、どうやら竜族の誇りや沽券に関わる事が理由らしい。

「お前たちに頭を下げるのが我慢出来ない者が多いのだ。全く、頭の固い者ばかりですまんな」

「頭が固いとは何だ！　我等より小さき者に媚びるなど、竜族として許せる筈があるまい！」

「いいか、先程見せた我等の姿は忘れるのだ。さもなければ許さぬぞ！」

竜族という特殊な種族ゆえか、小さい相手に軽々と頭を下げるのが許せないらしい。俺たちで言えば貴族と平民みたいなものだろう。

メジアと戦ったように強さを見せれば皆の態度も違ったのかもしれないが、さすがにもう一度戦うのは大変なので止めておく。

「このような態度ですまぬ。別に我々ではなくとも、有翼人の誰でも構わないからコロッケの作り方を教えてほしいのだ。そうしないとまた殴り合いになりそうでな」

「そうだそうだ！　我々は早急に、コロッケを食すにはパンかコメかのどちらが美味いかを決めなければならんのだ」

「とにかくコロッケが必要なのだ。早く教えるがいい」

昨夜、洞窟の方角から聞こえた激しい物音は、コロッケは米とパンのどちらで食べる方が最適かで揉めていたらしい。思い出してみれば、過去のゼノドラとアスラードもそれで揉めていた気がする。

一部を除き、とても人にものを頼むような態度ではないが、それでも頭は下げているし、特に断る理由もないので料理の講習会を開くと伝えてみた。

その言葉を聞いた竜族たちは安堵するように息を吐いたが、問題が一つあった。

「教えるのは構わないのですが、さすがにこの人数になると場所と火元が足りないのでは？」

「それに関しては心配いらん。我々についてきてくれ」

「はぁ……」

眠ったままのカレンを家のベッドに寝かせた後、妙に自信満々な竜族たちに案内された場所は、集落から少し離れた河原だった。

そこには数十名の有翼人と、石を組んで作られた簡単な調理台と石釜が幾つも用意されており、料理をするには十分な場所が出来ていたのである。昨日まで何もなかった筈なのに、いつの間にこんなものが……。

「昨夜、皆で協力して作ったのだ。これだけあれば火元が不足する事はあるまい」

「コロッケに必要なモプトは大量に用意しておいたぞ」

「肉と油が必要という事で、適当な魔物も狩っておいた。他に必要なものはあるか？」

「そうですね……薪がちょっと少なくありませんか？　コロッケは揚げ物なので、火を結構使いますよ」

「火か？　我々がいるではないか」

そう言われて近くの調理場に目を向けてみれば、石釜の前に座って炎のブレスを吹き続ける竜族の姿があった。

確かに自前の火が出せるなら問題ないし、余計な心配だったか。

「あ……」

「馬鹿者が！　せっかく作ったものを台無しにするんじゃない！」

激しい物音に振り返ってみれば、若い竜が加減を間違えたのか、ブレスで石釜ごと吹き飛ばしていた。

竜族という規格外な種族のせいで、やる事が一々大きいというか、大雑把というか……とにかく巻き込まれたら俺たちもやばそうである。やる気満々の竜族には悪いが、俺たちの分だけは普通に薪でやらせてもらおう。

それから俺は自分の作業をしながら周りへ指示を飛ばし、各家庭から持ち込んだ鍋でジャガイモと似た実……モプトを煮込み、竜族たちが狩ってきた獲物で肉と油を用意して下準備を手早く済ませた。

そして材料を混ぜ、コロッケを揚げる前のタネが完成したところで、見本を皆へ見せるようにしながら説明していく。

「これくらいの量を手に乗せて、俵形に成形してください。多少なら崩れても問題はありませんので」

途中でやってきたカレンとその家族も加わり、全員でコロッケのタネを作る事となった。

しかしタネが柔らかいせいか中々上手くいかず、見本のように作れず苦戦している者が多い。特に竜族に至っては有り余る力のせいか、タネを潰す者が続出していた。

その中で変り種が……。

「よし、出来たぞ！　ちょっと丸くなったが、これなら文句はあるまい！」

「……やり直しです」

コロッケ数個分のタネを握り潰し、力業で模っている者もいた。

竜族の腕力によって圧縮されたタネは料理とは思えぬ硬さとなり、下手をすればキャッチボールが出来そうなくらいである。

「ここまで圧縮されると火の通りも悪いし、もう一度使うにも難しいか。仕方がない、何とか他の料理にでも……」

「うーむ、やはり全く違うな。ここから何故あんなにも美味くなるのか……謎だ」

再利用を考える俺の横で、失敗作は彼の胃に収まっていた。

竜族は雑食なので食べても問題はないのだが、何かこう……様々な意味で目が離せない者ばかりである。

とはいえ、竜族全員が不器用なわけじゃない。中には手先が器用な者もおり、ゼノドラとアスラードを筆頭に上手く作れている者も見られた。

「見て、ママ。カレンも出来た！」

「あら、中々上手いじゃない。それに母さんも、もうそんなに作ったの？」

「こつさえ摑めば簡単さ。まだ沢山残っているし、じゃんじゃん作っていくよ」

全体的に見て、やはり普段から料理をしている有翼人は上手いようだな。

こうしてタネを全て使い切ったところで、一度皆の注目を集めてから俺は鍋の前に立った。

「後は先程のタネを熱した油で揚げるだけです。油が跳ねる可能性が高いので、火傷しないように気をつけてくださいね」

「カレンは駄目なの？」

「貴方が火傷したら困るから、ここは母さんたちに任せてね」

「そうそう、カレンが作ったものは一番に揚げてあげるから、ちゃんと鍋から離れて待っていなさい」

カレン一家や、有翼人たちは仲間たちと和やかな雰囲気の中で次々とコロッケを揚げていた。

一方、竜族たちは……。

「うーむ、少し温くないか？　火力を上げてみるか」

「これは随分と厚く作られているな。もっと高火力で揚げた方が良さそうだ」

「では私のブレスで」

「はい、そこ！」

全く……本当に目が離せない竜族ばかりである。

下手をすれば、鍋の底が抜けそうな温度まで熱してもおかしくない。

しかも向こうの竜族に至っては、揚げたコロッケを箸ではなく素手で直接油から回収しているし……もうどこから突っ込めばいいのやら。

いや、竜族の手なら高温の油でも平気なので問題はないのだろうが、有翼人の子供が真似したら大変だからな。本気で自重していただきたい。

そんなハプニングがありつつも、全てのコロッケを揚げたところで試食会となった。

「おお……これだ！　これこそがコロッケよ！」

「うむ。揚げたてが一番だと聞いたが、正にその通りだな」

「しかし……何だ、前に食べたものと明らかに違うな。何が違っていたのだろうか？」

初心者なのもあるが、下準備における味の細かい調整や、揚げる時間等で差が出たせいだろう。

これで手順は理解したと思うし、後は何度も挑戦して理想の味に近づけてくれと伝えたところで、今回の講習会は終わりだ。

舌鼓を打つ者や、理想と違って首を傾げたりする者と、様々な反応を見せる生徒たちを満足気に眺めていると、一部の竜族が悔しそうな表情を浮かべながら呟いた。

「うーむ……これもいいが、やはりパンが欲しいな。あれは冷めていても美味かった」

「だからパンよりコメだろう。二つ同時に食べた時の美味さは、パンとは比べものにならんと何度も言ったではないか」

「何だ？　昨日の続きをここでやるつもりか？」

「ふん、お前が退かぬ限りはな！」

「……ホクト」

「オン！」

即座にホクトを派遣すれば、喧嘩を始めた竜族をあっという間に鎮圧してくれた。竜の姿ならホクトでも多少手を焼いたかもしれないが、人の姿なら簡単だったようだ。

「くっ!?　竜族である我々がこんな簡単に……」

「片付けがまだ済んでいないので、喧嘩は後にしてくださいね」

「しかし片付けより、もっと大事な戦いがだな……」

「ガルルルっ！」

「「はい……」」

竜族たちのしょうもない争いと、ホクトの舎弟がまた増えそうな状況に、俺は自然と溜息が漏れるのだった。

そんな講習会が行われた次の日、俺は朝からゼノドラの背に乗って空を飛んでいた。

何故なら朝の訓練が終わった後、突然現れたゼノドラに誘われたからである。

『もっと美味いコロッケを作るには素材が重要なのだろう？　希少な獲物が生息している場所へこれから行くのだが、一緒に行かないか？』

確かに、先日竜族たちが狩ってきた魔物の肉と油は、あまりコロッケに合っていなかった気がする。

ここ数日はカレンの訓練に専念していたし、そろそろ休みを入れようかと考えていたので、皆に今日は自由の日だと伝えてからゼノドラと一緒に行く事を決めたわけだ。

ただ……彼は一つだけ条件を付けてきたのである。

『すまぬが、あまり大勢で行ける場所ではないのだ。行くのであれば、シリウス一人だけにしてほしい』

素材確保の件だけでなく、カレンの目を気にしている様子からして俺と個人的な話をしたいのかもしれない。

そう感じた俺は構わないと伝えたが、話を聞いたエミリアが止めに入ったのである。

「お待ちください。せめて私たちから一人だけでも連れて行ってくださいませんか？」

メジアとの戦いで折れた骨も大分治り、日常生活程度なら問題はなくなっているが、激しく動かすとまだ痛みを感じるのだ。

それを心配するエミリアの気持ちを汲んだゼノドラが、もう一人だけならば構わないと告げれば、フィアを除く弟子たちの雰囲気が一変した。

「ここはやはり、従者である私ではないでしょうか？」

「けどさ、狩りなら俺だろ？　美味いものを探すなら俺が行くべきだろ」

「怪我人なら治療出来る私じゃないかな？」

「どこか行くならカレンも行きたい！」

カレンは元から駄目だが、三人とも退く気は全くなさそうだ。ちなみにフィアも行きたがってはいたが、年上として遠慮してくれたらしい。

そして話し合いの結果、ジャンケンで決める事になったのだが……。

「ではいきますよ……」

「「「ジャンケン……」」」

「オン！」

何故ホクトまで参加しているのだろうか？

いや、参加するのはいいのだが、ホクトの手ではパー……辛うじてグーしか出せないので、かなり不利だと思う。

「……ホクトさんはチョキですか。もう一度ですね」

すると皆が手を出した瞬間にホクトの足元から砂塵が舞ったかと思えば、そこにはチョキのマークが描かれていたのである。なるほど、爪で地面に手を描けば、不利も何もないか。身体能力の無駄遣いな気はするが。

そして互いの読み合いを制したのは……ホクトだった。

そんなわけでご満悦なホクトと一緒にゼノドラの背中に乗って空を移動しているわけだが、一つだけ気になる点があった。

「なあ、別にそこまでしなくてもいいと思うんだが」

「クゥーン……」

有翼人の集落へ初めて来た時は我慢したが、俺を背中に乗せるのはやはり自分じゃないと嫌らしい。

結果、ゼノドラの背に伏せたホクトの上に俺が跨(また)るという、傍(はた)から見れば実にシュールな姿になっているのだ。

『まあそう言ってやるな。ホクトもお主を乗せる事に誇りを持っているのだろう』

「オン！」

通訳はいないが、助力を感謝する……とでも言っているんだろうな。

複雑な感情のまま空を移動し続け、目的地と言われる周辺に近づいたところで、不意にゼノドラが感慨深そうに俺たちへ語り掛けてきた。

『ふふ……懐かしいものだ。かつてビートと一緒に空を飛び回っていた頃を思い出すよ』

「そういえば、ゼノドラ様は彼の親友だったそうですね？」

『ああ。忘れたくても忘れられない、私にとって良き友だった』

やはりカレンの父親の事について話したいからこそ、俺を連れて来たわけか。

そこで一旦口を閉ざしたゼノドラは、深い森のど真ん中に着地してから俺たちを降ろし、人の姿に変わりながら続きを語り出した。

「最初は、大人でありながら子供みたいにはしゃぐ者だなと呆れていたが、話していると妙に気が合うのでな。気付けば背中に乗せて、あちこちを飛び回るくらい仲良くなっていたのだよ」

集落へ連れて来られたビートの見張りはゼノドラが担当していたそうだ。

ビートは他の有翼人や竜族から珍しい景色や、動植物が生息する場所を聞く度に、ゼノドラへ連れて行ってほしいと何度も頼んできたらしい。俺がメジアと戦った場所である神殿跡にも連れて行った事もあるとか。

「初めて見る植物や魔物を発見する度にビートは子供のようにはしゃいでいたが、我々では思いつかない使い方をすぐに見つけ、教えてくれたものだ。例えば……これだ」

森を歩きながら語っていたゼノドラは、近くに生えていた草を手に取って俺へ見せてきたのである。

「お主たちは、デボラが作ったモプトの煮込みを食べた事があるだろう？」

「ええ。作り方が簡単に見えても、味がとても深くて美味しかったです」

「その料理に使われる香辛料の材料がこれなのだ。この草が食べられると気付き、加工して香辛料にする方法を考え出したのがビートなのだ」

前にビートが書いた本を見せてもらってわかったのは、彼の知識量と記憶力は本当に凄(すさ)まじいという点だった。

おそらく俺とは比べようがないくらいに旅をしており、様々な事を経験して技術を学んできたのだろう。

簡単にとは思えないが、彼ならばこの辺りで採れる未知の薬草に気付き、加工出来たとしてもおかしくはない。

「他にも農業の収穫が増える方法や、新しい服の生地や便利な道具を作り、中々治り辛(づら)い病に効く薬草の調合法も教えてくれた。御蔭(おかげ)で同胞の暮らしが随分楽になったものだ」

外とは交流を断っている筈(はず)なのに、外の世界に近い服や道具類が見られたのはそういうわけか。

一人納得していると、不意にゼノドラの雰囲気が変わった事に気付いた。

「ビートが訪れるまで、同胞である有翼人たちの暮らしはあまり良いとは思えなかった。特別困っていたわけではないが、ただ何となく生きている……という感じだったのだ」

竜族たちは強靭(きょうじん)な肉体を持つだけでなく、何でも食べられる雑食性だ。その気になれば単体で生きていける存在故に、有翼人にとって足りないものに中々気付けなかった。

更に有翼人も竜族に守られている身であり、生活も普通に送れていたので、何かを求めたり、不満を言ったりしなかったわけだ。

「その状況を外から来たビートはすぐに気付いた。私もまた、奴(やつ)に言われて気付かされた。

だから少しでも暮らしを改善しようと動くビートを私は手伝う事にしたのだ。奴が何をするか興味もあったからな」

そうやって知識と技術、周辺を巡って新しい食材や薬草で暮らしに彩りを与えた結果が、現在の集落というわけか。

中々骨が折れそうであるが、ビートだけでなくゼノドラも楽しんでやっていたらしく、特に苦労したとは思っていないようだ。

「心残りは、あいつがカレンの顔も見られず逝ってしまった事だな。子供が生まれて家族と遊びに出かける時は、私が運んでやろうと約束したものだが……」

長命らしい竜族ゆえに人の死は割り切れても、子供を楽しみにしていたビートの無念を思うと心が乱されるらしい。ゼノドラにとってビートは、家族と呼んでもいい程の親友だったのだな。

少し雰囲気が重くなったが、それを吹き飛ばすようにゼノドラは笑いながら俺へ顔を向けてきた。

「……とまあ、私がビートについて知っているのはこのくらいだな」

「とても興味深かったです。しかし、何故(なぜ)俺に話してくれたのでしょうか？　こんな所に連れて来てまで」

「カレンにビートの事を聞かせるにはまだ早いからな。それに、気になっていたのではないか？　出会って間もないお前たちを、私がすぐに受け入れた事を」

思い返してみれば、確かにそれを疑問に思った事はある。

ゼノドラの誠実さと親しみやすさで次第に忘れてしまったが、俺たちを受け入れた理由は二つあったわけか。

一つは、親友の忘れ形見であるカレンを救ってくれた事。

そしてもう一つは、昨日の料理講習会のように、新たな知識や技術を有翼人たちに授けてほしいのだろう。

そんな俺の推測を伝えてみれば、正解だと言わんばかりにゼノドラは頷(うなず)いた。

「やはりお前は察しがいいな。年齢と性格は全く違うが、またビートがやってきたみたいだ。それで、引き受けてくれるのか？」

「いずれここを出て行く身なので、出来る限りで良ければ。ですがその前に……」

俺はビートのようになれないし、彼の真似(まね)をするつもりはない。

だが一つだけ真似ようと思った俺は、ゼノドラへ手を差し出しながら微笑(ほほえ)みかけた。

「俺と友になりませんか？　ビートさんが恋人や家族の為(ため)に頑張っていたのなら、俺は親友たちの為に頑張りたいのです」

突然差し出された手に首を傾げるゼノドラだったが、親愛の証(あかし)なのだと告げれば、爽やかな笑みを浮かべながら手を取ってくれた。

「いいだろう！　シリウスよ、これからもカレンと同胞たちに色々教えてやってくれ。私も可能な限り力となろう！」

「こちらこそお願いします。ゼノドラ様」

「ははは、友となったのならば畏まる必要などあるまい。今後はゼノドラと呼ぶがいい」

「わかった。これからよろしく、ゼノドラ」

「オン!」

「うむ、お主もだな。あの馬鹿者共の躾も頼んだぞ、ホクトよ」

俺と同じように差し出したホクトの前足を取ったゼノドラは、満足気に頷きながら背中を向けた。

「ではさっさと狩りを済ませて戻るとするか。あの魔物の肉であれば、きっとコロッケも更に美味くなるに違いない」

「コロッケだけじゃなく、他の料理に合うかどうか試してみたいところだな」

「ほう、出来ればそれも教えてもらいたいな。楽しみが増えたぞ」

それからホクトとゼノドラの協力であっさりと魔物を確保した俺たちは、意気揚々と帰るのだった。


その後……ゼノドラから許可を得たので、俺は積極的に料理の講習会を開き、この集落でも作れそうな料理を教え続けた。

他にも有翼人でも作れそうな道具や、前世の知識を生かした農業も伝えてみた。あまりやり過ぎると有翼人たちの純朴さを失いそうなので、ある程度加減も忘れずにである。

そして今日は新しい料理として、ラーメンの作り方を教えてみたのだが……。

「トンコツに決まっている！　あの濃厚な味こそ、ラーメンの至高であろう！」

「塩だ！　基本にして余計な味が混ざらないからこそ、最高の一品なのだぞ！」

ビートと違い、俺が教えるものはどうしても争いを生んでしまうらしい。主にくだらない方向で。

トンコツラーメン派と、塩ラーメン派で殴り合う竜族を眺めていた俺は、深い溜息（ためいき）を吐（つ）きながらホクトに鎮圧を頼むのだった。

あとがき

皆様、お久しぶりでございます。ネコです。

ここまで読んでいただいた皆様と、そして本の発売に関わった方々の御蔭で十二巻を出せる事が出来ました。いやもう、本当にありがとうございます！

さて……今巻から新キャラとなる翼の少女が登場しましたが、可愛らしく感じられたでしょうか？　独身の身ゆえ、子供の可愛らしさを上手に表現出来たか気になっていたりします。

彼女は別に選ばれし者とかではなく、特別な力を持っているわけでもありません。変わり者ですが、翼がある以外は一般人と大きく差はない子供ですね。

そんな彼女がシリウスたちの背中を見てどう育つのか？　そこまで重要というわけではありませんが、今後はレウスたちだけでなく、少女の成長も楽しんでいただけたらと思います。

そして……十三巻は出せるのか？

こればかりはネコの気合いと根性と運次第ではありますが、次回も皆様に会えるように祈っております。それでは！

GARDO COMICS
コミックスシリーズ好評発売中!!
コミカライズ版も絶好調!!
漫画：
吉乃そら
原作：ネコ光一
キャラクター原案：
Nardack
に息づく魔よ
放つは魔の衝撃…
最高の師と
『生涯 命尽きるまで シリウス様を主とし 付き従うことを月に誓います』
最高の弟子による
最高の〝授業〟――。
ワールド・ティーチャー
異世界式教育エージェント

ワールド・ティーチャー
異世界式教育エージェント 12

発　　行　2020年1月25日　初版第一刷発行

著　　者　ネコ光一
発 行 者　永田勝治
発 行 所　株式会社オーバーラップ
〒141-0031　東京都品川区西五反田 7-9-5
校正・DTP　株式会社鷗来堂
印刷・製本　大日本印刷株式会社

Printed in Japan ISBN 978-4-86554-601-9 C0193